# 洱源
# 这两年

## （之二）

黄金贤

著

上海交通大学出版社
SHANGHAI JIAO TONG UNIVERSITY PRESS

## 内容提要

本书从上海交通大学派驻洱源县挂职副县长黄金贤的视角，连续而真实地记录了中央单位定点帮扶和祖国西南乡村振兴工作的人和事，是党和国家乡村振兴战略全面实施的一个缩影。全书以洱源工作为主线，结合上海交通大学教育事业发展，融合作者对乡村振兴工作的体会和思考，围绕教育、产业、医疗、生活等主题依次展开，各篇独立成文并以时间推移串联。

本书语言活泼，故事有趣，图文并茂，适合广大读者阅读，也可供乡村振兴工作者和研究者参考借鉴。

### 图书在版编目(CIP)数据

洱源这两年.之二/黄金贤著.—上海:上海交通大学出版社,2024.8—ISBN 978-7-313-31188-7

Ⅰ.I25

中国国家版本馆 CIP 数据核字第 20242C0N29 号

**洱源这两年(之二)**
**ERYUAN ZHE LIANGNIAN (ZHIER)**

著　　者：黄金贤
出版发行：上海交通大学出版社　　　　地　　址：上海市番禺路 951 号
邮政编码：200030　　　　　　　　　　电　　话：021-64071208
印　　制：上海盛通时代印刷有限公司　经　　销：全国新华书店
开　　本：880mm×1230mm　1/32　　印　　张：11.5
字　　数：287 千字
版　　次：2024 年 8 月第 1 版　　　　　印　　次：2024 年 8 月第 1 次印刷
书　　号：ISBN 978-7-313-31188-7
定　　价：98.00 元

# 序

　　《洱源这两年（之一）》，金贤请我写了序。

　　距离金贤从洱源挂职期满回到交大，差不多快一年了，这一年他在交大人文学院工作，很认真，也继续关心着之前在洱源张罗的人和事。这一年我主要精力放在推动世界湖泊大会和洱源海菜花产业上，在大理和洱源时间比较多，在上海的时间反而少一些。

　　在上海时，金贤来看过我两三次，说说工作，谈谈看法，有交大的情况，也有洱源的项目。他说人文学院和学校的工作是主责主业，洱源经手的捐赠项目也要人走茶不凉，力所能及的新事情也愿意再做一些。

　　今年五月份我们在交大徐汇校区喝咖啡，我问金贤，看起来你也有点忙，《洱源这两年（之二）》，还出吗，弄到什么地步啦？金贤说肯定出的，已经交给交大出版社审稿了，进行时。最近，审稿接近尾声了，金贤发给我先睹为快，并请我给之二再写一篇序。作为交大老人家，我也欣然应允。

金贤在洱源的第二年，我们交往颇多。我印象最深的是他在做"留得下来"的事情上想得深入，做得坚定，建成了上海交通大学乡村振兴洱源基地，筑巢引凤，支教团有了自己家，第一书记有了根据地，创新中心有了办公室，往来师生有了落脚点。现在，服务托管帮扶洱源一中之余，交大洱源基地又逐渐成为交大师生帮扶洱源偏远山区学校的中继站。

推进海菜花产业化的过程中，金贤的协同与配合也是很重要的。他特别尊敬和尊重我们老人家的思路和想法，也常常给我一些很好的建议。他与校内各跳线都比较熟悉，对各方资源和想法比较了解，分寸把握得很好，与洱源领导和部门协调和协同很到位，大家都很认可他，配合和支持都很得力。从技术突破到市场拓展，金贤都帮我做了大量有益的工作。

我仔细看了《洱源这两年（之二）》的初稿，内容依然很丰富，条线也很清晰。《洱源这两年（之一）》中开局或者构思的很多工作，在之二中不断落地，开花结果，非常用心，令人欣慰。我想这两本书合在一起，对金贤是一个很好的总结，对交大是一个很好的成果，对洱源是一个很好的宣传，对乡村振兴是一个很好的片段，对实践同志也是一个很好的借鉴。

希望大家能够喜欢。

上海交通大学讲席教授
国家水专项洱海项目首席科学家
2024 年 7 月

# 导读

在师长们的关心帮助下,《洱源这两年(之二)》出版了。兹事于我体大,给两年洱源时光划上一个内心充盈,感怀激荡的阶段符号。

洱源这两年,成长多多,收获满满。两年期满离任之前,县委县政府授予我首位"洱源县荣誉市民"称号。回校之后,我从交大基金会调任人文学院工作,交大128周年校庆之际,学校授予我"校长奖"至高荣誉。作为交大人,我以为这是对我过往工作的认同和肯定,并清醒知道自己所做任何工作,都是在交大帮扶宽广平台上、在师长学长襄助扶持下才得开花结果,绝不敢贪个人之功。当我的同学们发起设立交大会计系发展基金时,我也捐出"校长奖"的奖金。

记录这两年的工作,也是用自己的方式表达对师长学长感恩之情。如《洱源这两年(之一)》导读所言,第一年的工作收尾于上海交通大学乡村振兴洱源基地的谋划,第二年的工作围绕交大洱源基地建设和发展,着力于「教育」「医疗」「产业」「基地」几个方面，至「再会」，仍依时间为序，一共选入 73 篇。夜深人静，修订每一篇文章的时候，往事历历，就在眼前，第二年过得真是太快了。

返校工作，与地方相比，是另一种责任和忙碌。我想，洱源这两年的缘分，乡村振兴的实践，不该因着这本书出版剪断或截止，应该有机会与自身的工作找到恰当的结合点。我经办的支持洱源的捐赠项目，会一如既往地协调好、执行好。去年底，也是在校友的支持下，我们发起"上海交通大学乡村振兴与慈善公益发展基金"，先是支持江苏江阴市域高中振兴。今年我们又筹募新的资源，人文学院本科生联合上海中学国际部高中生，人文仁和基金和校友企业 ClassIn 共同支持，开启对洱源县最偏远最困难和最有需要的高寒山区西山乡西山初级中学为期五年的系列帮扶。诸如这样的工作，我们能想到一点就再想多一点，能做到一点就再做充分一点。

结缘洱源，第一年的摸索和融入，第二年的忙碌和充实，返校后的联络与往来，当时只是平常事，过后思量倍有情。不忘初心，牢记使命，借此《洱源这两年（之二）》出版之际，再次向一路惠予关心、鼓励、帮助和支持的学长师长尊长们敬申谢枕。

才疏学浅，恳请包涵。

于上海交通大学

2024 年 7 月 5 日

# 目录

001 · 教育　助学圆梦，班长一粒米

004 · 医疗　在沪几日，还是顺利的

008 · 教育　荣昶讲坛，签约

011 · 教育　荣昶讲坛，顺理成章

014 · 教育　入学教育，"双馆"齐下

017 · 教育　破晓而生，"啟源未来"

021 · 医疗　大健康培训，小结心得

025 · 教育　入学前，谈话提纲

029 · 产业　洱源店焕新，敬请期待

031 · 教育　吴总的朋友，汪总的支持

033 · 基地　洱源基地，迈开一步

037 · 教育　洱源思源，优秀公益

040 · 教育　洱源励学，校友再支持

045 · 教育　桌椅板凳，应有尽要

048 · 基地　洱源基地，大步向前

| 052 | · | 产业 | 领个任务，又到弥渡 |
| 056 | · | 教育 | 县中托管，交流推进 |
| 061 | · | 产业 | 交大洱源店，真开张了 |
| 064 | · | 基地 | 洱源基地，与睿远再交流 |
| 067 | · | 产业 | 乡村振兴交流坊 |
| 072 | · | 产业 | 致富带头人，线下再培训 |
| 075 | · | 产业 | 时隔一年，"丰源甄选" |
| 079 | · | 基地 | 定点帮扶，"卧底"or"叛徒" |
| 084 | · | 产业 | 同样的会场，工会来一场 |
| 087 | · | 教育 | 与有荣焉，其鸣清昶 |
| 090 | · | 产业 | 巡河，就是有点"废"腿脚 |
| 094 | · | 教育 | 我怎么总是遇到好事 |
| 097 | · | 基地 | 基地设计，一起来 |
| 102 | · | 产业 | 能为孔老师出点小力，太好了 |
| 105 | · | 教育 | 西山小娃娃说，谢谢雯倩阿姨 |
| 110 | · | 考核 | "国考"，不慌不忙 |
| 117 | · | 基地 | 叮叮叮，定资金 |
| 120 | · | 教育 | 百贤学者，来咱洱源 |
| 126 | · | 产业 | 天秀的项目，张罗起 |
| 131 | · | 产业 | 双招双引，提点建议 |
| 134 | · | 教育 | 红会的合作，正式开始 |
| 137 | · | 产业 | 招才引智，交大走起 |
| 139 | · | 产业 | 绿色食品牌，我们出张牌 |
| 145 | · | 教育 | 县中托管，恳谈与推进 |

150 · 教育 老孟牵线，丰源励学

154 · 产业 孔老师的海菜缘

158 · 基地 基地，开工准备

162 · 产业 鹤庆的白棉纸

168 · 医疗 胸科专家，终于碰着了

173 · 教育 谋一谋，基础教育大理论坛

177 · 基地 泸水到洱源，睿远仰望星空

182 · 教育 荣昶讲坛，如约接续

188 · 产业 乔后的布局，再走一步现真容

194 · 产业 健康食品，创新中心

201 · 产业 交大校庆，洱源食材

205 · 产业 两年三次，信任与勉励

213 · 产业 巢已筑，引凤来

220 · 教育 看看小柏，聊聊合作

229 · 产业 "丰源甄选"，求字访友

234 · 基地 广西北流，遇人知事

244 · 教育 呈邓学长，汇报与请求

255 · 教育 乡村合唱，推荐李老师

259 · 教育 再去二中，没有的浴室

264 · 产业 海菜花开，孔老爷子劳心

272 · 教育 交大"戎耀"，走进洱源西山

279 · 医疗 医学天团，义诊洱源

286 · 基地 基地优化，再行西山

292 · 产业 常来常往，开小花

297 · 产业 创新中心，工作中

301 · 教育 洱源师生，交大研学

306 · 基地 基地揭幕，思源桥启用

311 · 教育 教育交流，两条线

318 · 产业 海菜花保鲜，重要突破

324 · 教育 暑期，欢迎大家来洱源

334 · 教育 研支团，辞旧迎新

338 · 产业 海菜花市场，新的拓展

345 · 产业 上海市场，海菜来了

352 · 再会 我回家了，谢谢大家

## 助学圆梦，班长一粒米

8月2日，洱源县红十字会王洁枚和团县委书记尹秀萍到我办公室坐了一会儿，聊起大家的工作，颇为不易。两家单位工作常常是在一起开展，互相配合得非常好，一方面是服务对象有交集，另一方面也是限于经费有来往。

同为慈善组织，挺多共同语言。我对洱源红十字会的工作相当认同和敬佩，极其有限的人员队伍和工作经费，开展的活动和筹募的善款，对于县级红会的体量而言，看在眼里，服在心里。

两位领导邀请我参加5日联合举办的2022年"汇聚爱心帮圆梦·助学育人感党恩"公益活动座谈会。我有点犹豫，是不是合适去。两位说一定得去，因为有交大基金会支持的一份钱。

说起来也很巧。县红会和团县委开展的这个活动，大约7月就启动了。

7月中旬时，远在美国的本科班长谭陈歌问候我。

班长说,从你的公众号了解到可以对接资助有需要的同学或孩子,我也报个名,有机会麻烦你也帮我们留意一下,非常感谢!

心里暖洋洋的。一方面是班长和同学关心我和我们洱源,另一方面动动笔也还是有用处,能产生一点微弱的力量,虽然也有点累,却是值得的。

接着,我仔细了解了一下红会这个项目的情况,是给今年新考上大学的家境贫寒的洱源孩子筹募一点费用,大约每个孩子两三千元,再按筹募的善款和各乡镇遴选走访的情况确定具体资助的金额。

我建议班长通过交大基金会做个中转,体现交大校友的心意。凌晨 4 点出头收到了班长的一粒米(1 万元),来自大洋彼岸的饮水思源情义。

县红会和团县委的筹款也在不断努力,不断进展。有一阵子,我总看到洱源邓川工业园区的胡飞鹏主任和王会长她们一起去募款,一度我以为难道老胡调动到红会去了。问过会长才知道,老胡就是在帮忙。后来在座谈会上老胡分享了一下为什么他要这么卖力的原因,是源自老母亲的言传身教。说得非常朴素,我很感动,我认为非常高尚。

筹款与预期可能有些差距,但已非常不错。总共筹募到了 112,090 元,结合部分捐赠人的特定意愿,统筹下来,最终资助了 37 名同学,1 名资助 5 000 元,其他同学均资助 3 000 元,红会额外补足了 910 元的小小缺口。

众人拾柴,事在人为。

其中我看到了老高的名字,特别感动。老高是在邓川开烧烤店的,也算是小本经营吧,赚得的每一块钱都是一把把串烤出来的。这两年生意其实也不太好。

会长告诉我,2020 年初,有一天老高和太太就直接找到了红会办公室,带着一包现金,说想捐点钱支持一下医护员工。会长也很感动,

洱源县2022年"汇聚爱心帮圆梦·助学育人感党恩"公益活动座谈会

"汇聚爱心帮圆梦·助学育人感党恩"公益活动座谈会

帮着老高落实了心意。第二天老高带着兄弟和亲友又来了，说回去后发动了家里人，大家也都想力所能及地支持一点点。

去年河南水灾，老高又来红会，问有什么渠道可以表一点心意，很着急。会长和他商量了一下，用最直接最快捷的办法，直接捐到了河南公布的接受渠道。

这次爱心助学，老高又慷慨解囊。其实老高也不见得手头很宽裕，今年大姑娘刚考上大学，座谈会这天他是上午刚送姑娘去昆明开学，下午急忙赶回来参加的；小姑娘还小。其实家里负担也不轻的。

我向老高和太太致意，表达我个人深深的敬佩。

座谈会上，主持人也给了我一个发言的机会。我大抵是祝贺同学们，感谢捐赠人，包括我的班长，期待同学们励学励志，更上一层楼。呼应一位受资助的同学发言提到的"落其实者思其树，饮其流者怀其源"，这就是交大校训"饮水思源，爱国荣校"的出处，也希望同学们未来有能力时，也能尽己所能或者力所能及的回报社会，帮助更有需要的人。

# 医疗 YI LIAO

## 在沪几日，还是顺利的

　　8月上旬，大理州领导访问上海，其间访问上海交大。县里代表团也就着这个时间访问浦东新区相关街镇，上海交大自然也是访问目的地。今年上海交大与县里互动的一个重点是基础教育，医疗卫生的交流也是县里希望加强的，于是联络棒就交到我手里，先一两天回上海对接安排。

　　在基金会工作这些年，每年对接几次学校领导出访行程，有一小点经验。这次用上了，对接很顺利。

　　基础教育的交流，上海交大基础教育办、教育学院和附中的领导老师都是比较熟悉的，前期在托管帮扶等工作上多有对接，我心里还是有底的。医疗卫生的交流，除先心病救助项目之外，县里好像还没有与上海交大的附属医院直接面对面交流，本想"傍大腿"，但没有前期基础，于是自个儿好好琢磨了一下。

　　上海医院的帮扶条线是通过卫健体系，帮扶任务都是国家东西部协作体系中协调分配的，除了云南，还承担西藏、新疆、青海、海南以及驻外医疗帮扶工作，上海交大医学院附属医院又是承担以上任务的重中之重。东西部协作体系的安排自有章法，想从中能分一杯羹，我倒也是拎得清自己几斤几两的，想来想去，还是要从缘分最佳着手。

头发渐少的脑瓜里转过几所有交往的附属医院后，我就奔着上海交通大学医学院附属上海儿童医学中心去了。平时大家都称呼这间医院为"儿中心"，这与交大基金会及我个人大概是很有缘分的，儿中心医疗水平自不消说，由上海市人民政府与世界健康基金会于 20 世纪 90 年代立项建设，1998 年正式建成对外开放。

儿中心季老师（季庆英，上海交通大学医学院附属上海儿童医学中心党委书记）是我一直很敬佩的医生和老师。初识季老师是 2014 年，我们在香港访问时遇上了。儿中心在争取社会资源帮助困难儿童就医方面一直做得非常好，专门有社会工作部，工作极为扎实有效。玉婷（陈玉婷，上海交通大学医学院附属上海儿童医学中心社会工作部主任）具体负责社工部，大家一起做过筹款和发展的工作，我们落地在儿中心的几个捐赠项目都开展得非常好。有一些朋友想多了解一些小孩子相关的医疗帮扶项目或者有意向做一些支持时，我们也是麻烦季老师和玉婷的。

儿中心承担的东西部协作医疗帮扶任务也很重的，有一个团队就在云南省普洱市宁洱哈尼族彝族自治县开展医疗帮扶，此外还在海南承担着重要的医院建设发展工作。儿中心在对外交流与帮扶上持更开放态度的，大概是源于儿中心的建立就得到了多方资源的支持，在困难儿童救助方面也得到了社会各界的支持。季老师说，儿中心秉持的是一手牵着爱心资源，一手牵着困难群体的朴素理念。

洱源的儿科基础还是可以的，县人民医院院长就是儿科主任医师，但总体还是很薄弱，亟须得到帮助和帮扶。后来交流时，县领导也说，儿童总是最需要关心和帮助的，如果我们医院的儿科能进一步发展，洱源的小娃娃碰到个急症难症，就不用舟车劳顿往远处跑。我们做强了，形成了区域的覆盖能力，隔壁邻县的小娃娃也能就近就医。

我觉得如果有机会能与儿中心加强交流，对我们都是很有好处的。于是先和玉婷聊了一下拜访的想法和可行性。玉婷说没问题，并且很快告诉我，都张罗好了，季老师也很高兴并欢迎我们到儿中心交流。我们约的还是周六，开始我有点顾虑周末叨扰，玉婷说没问题的。

周六一早到儿中心，大家聊得特别好，地点在交大名誉校董方润华透过香港方润华基金和方树福堂基金支持建设的树华会议中心。树华会议中心当年就是季老师、玉婷和我一起筹募张罗的，兜兜转转又回来了。虽然方老先生年初安详地离开了大家，但是我想老先生的爱国精神和对祖国教育的贡献，正如 1994 年中国紫金山天文台命名方润华星时所述，"谨以我台发现的国际编号为五一九八号的小行星誉名为'方润华星'，刊布于世，永载史册"。

真是聊得很好。儿中心在云南有好几个支援项目，大家也头脑风暴看能不能用合适的形式和方式延展到洱源。季老师让我放心，说一定会带队来洱源先看一看的。

原定一小时左右的拜访，将近两小时才撤退，意犹未尽。

转场基础教育的交流。这段时间正是上海中考招生季，各学校紧锣密鼓，另外暑假也是各学校基础建设修修补补的时间，现场走访就不太方便了。于是攒了一个交流会，请上海交大基础教育办和附中的领导一起到李府，大家聊一把。

李府是李政道先生捐赠给学校的旧宅，位置绝佳，风貌依旧。学校委托我们基金会把李府张罗起来，作为捐赠人与校友、学校沟通交流的场所。

洱源县党政代表团赴上海交通大学医学院附属上海儿童医学中心考察交流

　　在诺奖得主的宅子里交流基础教育，别是一番风景。聊的内容聚焦县中托管和思源特班的工作。大家都有心做好这件事情，如意不如意的地方畅所欲言，目的是一致的，效果是显见的，分别也是不舍得的。

教育 JIAO YU

## 荣昶讲坛，签约

　　7月在荣昶过生日许的愿，8月回来就如愿了。借着陪同州县代表团访问上海的机会，8月3日到上海荣昶公益基金会，见证"交大洱源—荣昶教育基金"签约。"交大洱源—荣昶教育基金"的设立是荣昶与交大共同在教育领域进行的又一次亲密合作。

　　涉及洱源项目的协议，我都是自己起草的，确实也是情况比较熟悉。交大同事们很给力，我在上海时间少，签约用到的各类物料他们噼里啪啦都准备好了。我也做了点准备，提前设计并且做了"交大洱源—荣昶讲坛"的铭牌，一是致送留念，二是接下来在洱源用得上。

　　签约的氛围很轻松，像在家里一样。出席的师友济济一堂，荣昶的长者们、学校领导、俺的直接领导和同事、地方合作办公室的领导、教育学院和基础教育办公室的领导、学生创新中心的领导，都是正在或者即将支持洱源项目的，都很高兴。我最高兴。

　　荣昶是交大的老朋友了，对学校的关心支持绝对是长期持续和特别关切的。敲定荣昶支持洱源这件事情也只是短短两三个月,长者们的心意,可见一斑。基金会黄总(黄银荣,上海荣昶公益基金会理事长)就是到云南上山下乡的知青,在云南待了好多年,每年都自己做云南泡菜。

王总(王建明,上海荣昶公益基金会执行委员会主席)说我们这个项目切入点很好,前几年他每年都和交大荣昶储才项目的同学去洱源,观察同学们的情况,和同学们交流看法想法,确实体会到同学们在直面乡村的现状和困难时,产生的一些无力的感觉。荣昶也支持沪滇协作体系中云南一些县里的基础教育和上海徐汇区的基础教育项目,了解过两地乡村振兴中教育方面的长短。通过对支持交大的储才项目和青少年科技项目的观察和思考,大家认为基础教育在人才培养和帮扶协作工作中的角色仍是举足轻重,这是本次捐赠项目从发起讨论到迅速达成的基础共识。"交大洱源—荣昶教育基金"将支持交大荣昶储才学子和洱源高中学子开展多元活动,构建第二课堂,帮助荣昶储才学子摆脱无力感,强化责任感,收获充实感,更深刻感受乡村、读懂中国,更深入更实际地帮助洱源高中学子立志成才。

张校长(张安胜,上海交通大学党委常委、副校长)说,荣昶与交大亲如一家,荣昶支持的项目始终围绕学校人才培养,深度融合,形成体系,成效显著。此次设立的"交大洱源—荣昶教育基金"更是支持双向培养和交流,一方面为交大储才学子深入了解和理解国情,进一步将所学所得奉献社会开辟了新的通道,另一方面也有力推动洱源高中学生树牢正确的世界观、人生观和价值观。学校一定会珍惜并用好捐赠资金,并以此为契机,进一步发挥学校人才资源优势,搭建更多更好的平台和渠道。

签约仪式除去规定动作之外,更像是家人聊天,聊定点帮扶,聊人才培养,聊基础教育,聊科技成果转化,聊校地合作,聊古风诗韵。

"交大洱源—荣昶教育基金"签约

　　我插嘴，签约后就是我的事了，一定会做好，一定能做好，一定要做好。

## 荣昶讲坛，顺理成章

    8月15日晚间，李灿老师带队，荣昶储才七期12人抵洱源。储才惯例是能节约就节约的，到昆明的机票只是大理的三分之一，于是大家先到昆明，再乘高铁过来，也是方便的。

    储才是交大最优秀的本科生群体，也是最年轻的优秀群体，大一下选拔组成，对大学生活已有了一年的体会和认识，距离高中学生又可谓最近的学长学姐。交大支持洱源一中今年起设立思源特班，首次招生，生源水平较之过往大幅提升，可谓洱源当下基础最好的高中学生了。

    荣昶支持，今年新晋出炉的储才七期和思源特班两个群体会师洱源。

    16日下午2点，简朴仪式。仪式前我看到储才的同学正在吭哧吭哧写着啥，凑近一看，原来是扛过来了很多书，在每本扉页上手书祝福语。

    仪式议程大致是分别介绍思源特班、荣昶储才、结对方案，以及结对赠书。仪式后，储才同学带着特班同学,20分钟打成一片,我们一群老师就乐呵呵地坐在对面看。

仪式结束后,就开讲一直酝酿的"交大洱源—荣昶讲坛"。还是那句话,希望能通过相对稳定并且多元的讲座和交流,助力洱源高中第二课堂建设,给洱源的同学理想、信念、志向、生涯、兴趣方面能有所启发。人生的触点,有时候就是星星之火燎原起来的。

筹备储才洱源行的时候,与李老师商量,把荣昶讲堂做一点扩展覆盖,涵盖洱源一中和洱源二中。李老师觉得很好,与荣昶同学们商量,同学们热情高涨。于是"交大洱源—荣昶讲坛"就设立在一中和二中了,这次如此,并相约后续的讲座也是如此。机智如我,之前多做了一套铭牌,完美发挥作用。

首期"交大洱源—荣昶讲坛"邀请了储才星火宣讲团的三位同学。

储才一期的李致远同学已经在交大读化学博士了,讲的主题是"我在交大装电池"。到底是老储才了,颇为老道幽默,从自己考上交大讲到加入储才,再讲到现在研究的电池储能设备的前世今生和自己的工作。

储才四期的祁佳慧同学来自人文学院,刚刚本科毕业,讲的主题是"《围城》三讲"。到底是中文科班的,长长一串书单,台下听众发出惊叹。《围城》以前我们也看过,这次听佳慧这么一讲,准确说是三讲,感觉以前看错掉了。话说同学们还是对围城内外的吴语亲侬很感兴趣的。

储才四期的赖庆锶来自电院,也是刚刚毕业,给大家讲人工智能是如何这般,充分体现了交大本科的学术锻炼,也用自己的语言说清楚了人工智能的前沿应用及其背后原理和弱点。庆锶报告的结构和方法非常符合高中同学的兴趣和思路,反响相当热切。

17日一早出发,来到二中,开讲。到了二中,我们把致远、佳慧、庆锶三位大神送入讲坛,驰骋发挥。剩余队伍先参观二中的校园,再去松曲海菜花基地实践学习。

原本我倒也知道松曲的海菜花,这次陪着储才同学过来,倒是又开

交大洱源—荣昶讲坛，如约而至

了新的眼界。我们沿着海菜花田往里走，走进去后，远远看见一片异常繁盛的荷花地，旁边也有其他荷花地，但这一片很特别。大家走近了看，老法师们告诉我们，这是今年引进试种的新品种，花好看是一方面，主要是莲子好吃，所谓水果莲子。

正好有大哥在采莲，丢给我们一大把，真是好看，果然好吃，莲心丝毫也不苦。没舍得吃完，带着几支回去孝敬三位讲坛人。

老法师们说这不算啥，于是领着我们往回走，去另一片田，稻鱼桃共生。这真是又开眼界，没想到这么高级。

下午再领着大家去丰源村，也算是自家地了。小熊带着我们看正在建设的农特产品加工园，看提水项目。同学们津津有味，有感而发。

同学们傍晚要赶去下关，于是惜别。

18日上午，前方发来报道，储才同学受到了研究院的热情接待。欣泽院长〔王欣泽，上海交通大学云南（大理）研究院院长〕、顺子副院长〔熊顺子，上海交通大学云南（大理）研究院副院长〕与同学们亲切交流。展示厅、洱海科普基地、教育培训中心、科研设备设施，应看尽看；发展历程、研究方向、科研成果，应知尽知。大家感叹研究院建设发展不易，感叹洱海现有美景弥足珍贵，感叹学校的倾情投入和责任所在。

略加休整，实践团安全返程。交大洱源—荣昶讲坛，第一讲顺理成章，第二讲、第 N 讲，敬请期待。

# 教育

JIAO
YU

## 入学教育，"双馆"齐下

6月底，欧老师(欧七斤，上海交通大学档案文博管理中心副主任)呼我。去年欧老师到洱源一中帮助做过入学教育，今年暑期档案文博管理中心要去云南泸西调研张永和纪念馆建设情况，学校帮助泸西编撰的《张永和文集》也要去交流一下。张永和(1902—1992)是交通大学第一位中共党员、首任支部书记，是云南党团组织的开创者之一，也是红河州第一个中共党员。欧老师问我有无需要再到洱源一中开展入学教育。

所谓踏破铁鞋无觅处，得来全不费功夫。我与欧老师报告，太需要了。今年思源特班首届入学，正想着入学教育中交大如何发挥作用，想啥来啥。相约8月中旬，洱源一中开学第一周，加入交大主题的入学教育。

7月初，图书馆袁老师(袁继军，上海交通大学图书馆党委副书记)呼我。图书馆有意将经典阅读的活动送到洱源来。难不成是以前拯救过地球，我也太美滋滋了。立马"下定"。

于是俺做点协调的活，就来个"双馆"齐下吧。敲定8月18日抵洱源，19日一天在洱源一中，档案文博中心上午场，图书馆下午场。

档案文博中心和图书馆对洱源一中入学教育都非常支持和重视，万老师（万晓玲，上海交通大学档案文博管理中心党总支书记）和姚老师（姚奕，时任上海交通大学图书馆党委书记）都亲自带队。

上午档案文博中心专场，内容是上海交通大学科学家精神展览开幕仪式暨校史专题报告会。今年安排的是顾诵芬院士精神展览。顾院士是交通大学1951届航空工程系校友、我国著名飞机设计师、2020年度国家最高科学技术奖获得者。档案文博中心的老师们做了精心的设计和布置。万老师在开幕式上简单致辞，说起她在交大附中工作的经历和看到洱源同学们油然而生的亲近，情真意切。

上海交通大学科学家精神展览开幕

接着就是欧老师做交通大学的历史与文化主题报告。报告前，欧老师还给我们思源特班的同学赠书。报告场子很大，欧老师的风格，人越多越勇，果如其然，效果相当好。讲座之后，档案文博中心胡端老师做展览的导览介绍，又是围了一大圈同学。

正如档案文博管理中心后来发的新闻简讯所言，听史、观展、阅书，一个个动人的"交大故事"激励着洱源学子传承弘扬科学家精神，厚植爱国情怀，敦品励学，勇毅前行。

欧老师开讲之时，图书馆就穿插工作了。这次来除了入学教育之外，还要对一中的图书管理工作进行指导，帮助学校图书室建立借阅系统，对学校图书的分类编码上架等工作进行培训等。

下午的课，图书馆主场，聚焦在思源特班。姚老师亲自上阵，洋洋洒洒一小时，讲述了李政道先生求学、研究、获诺奖的故事，以及创立CUSPEA项目对中国物理学界人才培养的巨大支持、与交大的深厚渊源。

印象特别深的小插曲，姚老师开篇后，问了一个问题，请知道李政道先生的同学举手。近百名同学，无一人举手。没关系，俺们姚老师风采依旧。课间，一中杨老师对大家说，作为一名物理老师，他今天被深深伤害了，没想到我们特班的同学竟然全都不知道李先生，特别失落。我也略有同感，但转念一想，这也恰恰说明我们做的这些事情是急需的，有意义的，很重要的。

姚老师讲完，交大领读者社团的小张同学与大家分享阅读小技巧。小张是阅读达人了，典型的交大工科背景的阅读人，阅读还是改变人生的。

下午同期，档案文博中心的老师们与洱源县档案馆、党史办、县志办负责人进行业务工作交流，并赠送校史档案编研成果。

"双馆"齐下，高规格、高标准、高要求、高质量。一整天，元气满满，内容满满，收获满满，感谢满满。

## 破晓而生，"啟源未来"

　　这一年在洱源，听说起前两年交大支教团有个老师做助学的工作，姓陈。

　　具体的情况倒也没详细了解，一是忙忙叨叨的，二是做好事都是好的，各自做好自己的事就好了。不曾想，陈老师回来洱源了。

　　陈老师叫陈晓生，原来是交大第 21 届研支团的成员，今年硕士毕业，考取了选调生，分配到南通，他本身也是南通人。8 月底要明确岗位报到上班了，于是中旬回洱源，与助学的同学们见个面，聊一聊。

　　14 日见到晓生，得知已经安排好 8 月 16 日上午做一个小小的座谈会，团县委帮着组织张罗，尹书记（尹秀萍，洱源团县委书记）主持。晓生邀请我一起参加，我当然很乐意。晓生说介绍我认识一起发起资助项目的交大钟圣怡老师，说与我有点小小缘分。

　　还真的有点小小缘分。钟老师说看到议程上有我的名字，问晓生我是不是交大的。晓生说是的。钟老师说当年在交大本科快毕业申请出国留学时，成绩单上的是这个名字。说当时看走眼了，心想不愧是交大，成绩单盖个印还叫"黄金"印，霸气得很。后来发现漏看了一个字。

钟老师和当年的同宿舍同学、现在交大材料学院党委副书记沈小丹老师，晓生，还有好些爱心人士，一起发起的项目叫作"啟源未来"。"啟"取自钟老师家娃娃名字，"未来"取自小丹老师家娃娃名字，"源"是洱源也是思源。真是很有意义。

想起来真是小有缘分。钟老师本科时，是我在交大第一个岗位教务处八年半期间，在本科成绩单上我的印用了七年半。钟老师海外学成归来，加盟交大，那时候我已到了现在基金会的岗位了。巧的是大家在一个楼里工作，上下层，不过并不认识。认识的缘分却是因为都在洱源做点事情，还蛮感慨的。

"啟源未来"快三年了，一直都是晓生在张罗，做得非常好。当年资助的 30 多名一中、二中和职中的高一学生，今年全部考取大学，太了不起了。晓生既做筹款，又做财务，又与资助学生保持联系，鼓励点拨。让我很诧异的是，晓生竟然说动了云南省青基会对"啟源未来"设立了一个专门的项目，这样善款有专门机构管理。云南省青基会根据晓生的资助名单，把资助款发放到每个同学手上。

座谈会上，晓生介绍了受助学生筛选、助学资金募集、助学资金使用、帮扶工作维度等。三年走来，颇为不易，今日硕果，尤为珍惜。

请了两位受资助的同学发言，其中有一位竟然就是洱源二中今年通过日语选科考取一本的小李同学，在这里碰上了，真是很好啊。他俩表达的是对社会各界爱心人士的感激之情，表示非常珍惜受资助机会，将一如既往地努力学习，奋发向上，争取早日回馈社会，回馈家乡人民。我觉得他们会做到的。

钟老师拉着小丹老师一起线上相见。钟老师鼓励同学们努力奋进，寒门学子既要立志勤奋，用知识改变命运，改变家庭的困境，也要积极参加学校社会公益活动，不忘回报社会。

今年是第 24 届研支团服务洱源，晓生请了朱怡菲老师和大家分享一点点大学学习和生活的心得体会和中肯建议。

晓生很有心，给大家筹来了很好的保温杯，作为考上大学的小礼物。来自白族文墨之乡的小余同学诗书画兼长，给晓生和定向资助他的阿姨送了自己创作的诗书画。看着晓生乐呵呵的，我们没由来还有点羡慕。

我很认真地准备了发言。

先说今天是个好日子。

刚刚外面下雨，这会儿有点雨过天晴了，一会儿再下也不怕，有雨有水有财有才的好日子。今天这个好日子大家坐在一起聊聊天，同学们也是克服了家庭和学习上暂时的困难，顺利完成高中学业，升入大学，未来可期。谨向新大学生们表示祝贺。从这一点上看，"啟源未来"当年立下的 flag，实现了。

对晓生、钟老师、小丹老师以及所有支持"啟源未来"的爱心人士，今天也是一个好日子。善心的种子结出果实，爱心的希望圆满成功。晓生这次来洱源，今天一定是最开心的。

对我个人而言也是一个好日子，有缘在这么一个开花结果的时间和大家认识，也给了我一个机会与交大同事、洱源同事更亲密沟通交流，共同做好事、做善事。

再说感谢的话。

感谢设立"啟源未来"项目的老师们，不求回报，孜孜不倦，尽管看起来只是做力所能及的事情，但折射出来的就是慈爱大义的光芒，这就是对交大校训饮水思源的践行。

感谢在座的同学们，虽然是老师们和爱心人士们资助了你们，但我想老师们做"啟源未来"也一定收获很多，正如 7 月在支教团"换防"时我所表达的，我认为我们的收获是远大于这一点点付出的。

感谢团县委、教体局、一中、二中、职中的领导和老师们，感谢云南省青基会，大家共同支持这个项目发展。在大家的共同呵护下，才有今天的开花结果。

最后说一点期待。

期待同学们读书学习不懈怠，不倦怠。以过来人看，学习成绩与未来发展一般而言还是很大正相关。莫到毕业择路时，后悔当年不努力。

期待同学们低头读书，也抬头看路。可能有同学的专业不一定是最心仪的，进大学后有机会调整最好，没机会的话要尽快喜欢上自己的专业，从专业中能找到未来的路是很讨巧的方法。学习的同时，尽可能地锻炼一些多元的能力，多开口，多交流，多提升。

期待同学们越来越好。期待在不久的将来，我们能在各种场合听到"啟源未来"同学们的好消息。

"啟源未来"助学公益项目回访受助学生座谈会

# 大健康培训·小结心得

　　8月21日至27日,县里派我参加云南省大健康产业融合发展培训班,在浙江大学华家池校区,这里是浙江大学继续教育学院的主阵地。第一天开班前,在食堂吃饭,一抬头看到胡老师(胡炜,浙江大学继续教育学院党委书记),大感诧异。胡老师原来是浙大基金会秘书长,那段时间我们互相走动和来往都很多,常常在同一个捐赠人的活动上遇见,非常熟识。聊起来,原来胡老师已调任浙大继续教育学院,开班式上就是胡老师代表浙大欢迎大家。

　　这次聚焦大健康产业融合发展的培训,是与云南省构建现代化产业体系的布局相关联的。2020年8月,中共云南省委、云南省人民政府出台了《关于加快构建现代化产业体系的决定》,计划将先进制造业、旅游文化业、高原特色现代农业、现代物流业和健康服务业打造成万亿级支柱产业,将绿色能源产业、数字经济产业、生物医药产业、新材料产业、环保产业、金融服务业、房地产业以及烟草产业培育成千亿级优势产业。万亿级产业目标中的文旅、农业、健康服务，千亿级产业中的数字经济、生物医药、金融服务和房地产，均与大健康产业密不可分。

2022年3月，《云南省"十四五"健康服务业发展规划》印发，明确健康服务业主要涵盖医疗服务、健康管理、养老养生、体育健身、健康旅游、健康产品研发、互联网＋健康、健康保险等领域，提出发展目标，确定空间布局，明晰主要任务。为全力推动云南省大健康产业创新发展和融合发展，经云南省委组织部批准，云南省卫生健康委联合浙江大学举办此次"大健康产业融合发展业务骨干培训班"。此次培训班绝大部分学员都是云南本地同志，一部分是来自省州市卫健系统，另一部分是基层县市分管卫健工作的副县长。我们县里分管副县长因为工作安排冲突，于是宝贵的学习机会给到了我，我也很珍惜。参加这次培训，可谓对大健康产业有了深入了解，和省直机关、州市卫健系统以及基层县市分管卫健负责同志结下友谊，对不同层级和地域关于大健康产业发展的定位和切入点有了进一步认识。

短短一周培训，收获良多。作为来自高校的挂职干部，我也有几点思考和启发。

一是关于大健康产业融合发展的人才支撑方面。《中共云南省委、云南省人民政府关于加快构建现代化产业体系的决定》和《云南省"十四五"健康服务业发展规划》关于大健康产业融合发展的理念、目标和框架阐述清晰，为落实决定和规划要求，下一步要在方法做法和技术路径等方面将逐项开展，具体落实。这与此次培训班中老师们提到的道、法、术、器有机对应。具体落实过程中，人才支撑和储备至关重要，一方面是政府部门探索、理解、掌握和优化大健康产业发展规律的领导干部人才队伍，另一方面是产业界聚焦云南大健康融合发展的企业家、专家以及技术人才队伍。对于前者而言，此次培训过程中多位老师是在浙江省大健康产业前期工作中实践并做出贡献的同志,报告内容对云南省大健康产业融合发展很有借鉴。此外建议可以加强与浙江省当下操盘大健康产业发展的同志加强交流和互动,掌握最新发展思路和做法,进一步增强时代感、紧迫感和操作性。对于后者而言,引育并举的基础上可以增加柔性人才支撑和储备环节。借鉴产业发展中研发飞地的做法,招才引智环节中考虑设计人才飞地,科学设计、评估和核定飞地人才对省内地州的贡献度,给予适配的激励举措。观察目前地州级招才引智举措,面向高端人才的大额激励举措往往没有真正吸引到高端人才入滇,而对于中端和技术人才的激励举措相对比较薄弱,结果可能从引进高端人才和激励经费支出两个方面差强人意。人才飞地的做法可以形成一定补充,相关激励举措可以聚焦到省内地州购房补贴,带动房产及相关消费。

二是关于打造"绿色食品牌"的思考。培训期间我注意到媒体报道,8月17日中国疾控中心主办的《环境卫生学》杂志发布了南京大学环境学院、污染控制与资源化研究国家重点实验室的一份研究报告。研究发现,大米和蔬菜重金属/类金属的污染情况表现出空间差异,湖南、云南、贵州、广西等南方省份的重金属/类金属超标率较高。联想到近期大理州联合中国农业大学张福锁院士及相关高校科研院所专家开展洱海流域农业面源污染防控和绿色转型发展研究时,我请教过有关教授,农业面源污染或者重金属超标问题有不同成因,比如开矿污染,农肥污染等,但也可能是独特的地质地貌和土壤结构形成的土地本底情况所造成。上述研究报告中也提到重金属超标与食用后健康与否无直接关联,但在当下人们对于食品安全和大健康高度关注和重视的情况下,很可能形成一定负面传播和导向,这对云南省打造"绿色食品牌"一定不是加分项。建议省里相关部门关注这方面的研究情况,避免因报告数据引起负面效应,可以考虑与研究机构和研究者做一定沟通交流，具体了解研究开展过程和数据产生情况，做到心里有底。

三是尽己所能为云南省大健康产业融合发展做力所能及的工作。从挂职工作而言，努力为洱源县教育卫生事业做增量，也是为大健康融合发展提供助力。2019年7月，大理州科技局和州人民医院与上海交通大学医学院附属新华医院签署战略合作框架协议，建立区域合作型医联体，开展专科对口扶持，探索假肢和院内制剂等生物医药产业化合作开发。培训期间我向新华医院分管领导汇报，请求加快工作推动。

培训一周，很快结束了。我觉得从眼界、思维和方法上都得到很大提升。增加了对大健康领域的了解和理解，虽是初学者，但已收获满满。

云南省大健康产
业融合发展业务
骨干培训班合影

# 入学前，谈话提纲

8月27日，浙大培训最后一天。下午妈咪带着小哥去学校铺床，准备住宿去了。妈咪说小哥很淡定，也很愿意，俩人大包小包就去了，噼里啪啦收拾完了又回来了，29日正式住校。本来还想带妹子去炫一下，想来想去觉得不妥，一是可能进不去，二是妹子会做显眼包，可能尬得哥哥收不住，于是把妹子寄养出去同学家半天。

我借培训这个机会，安排回上海一趟，后面一周跑一圈看能不能给构想中的交大洱源基地争取一些支持。于是培训结束赶回上海，正好也赶上29日送小哥去住校。

一直跟小哥说，你去上学前，我要和你谈一谈。于是28日晚间谈了四点。

第一点，已踏上台阶，勿妄自菲薄。

不管是运气爆棚，实力水平，还是志愿技巧，总之你是考上了。可能都出乎我们意料之外，但不管怎样也在大家憧憬之中，这步台阶是踏上去了。从名额分配到区

自家娃娃，讲真道理，真讲道理

的录取结果看，一样踏进来比你高分的人很多；从名额分配到校的录取结果看，一样踏进来比你低分的人也有。对你而言，就是不要妄自菲薄。运气好、技术强也是我们的本事，这点自信还是要有的。

第二点，要总结经验，更要吸取教训。

总结经验第一条是基础尚好。这次运气能用得上，基础是相当重要的。基础不牢，地动山摇。基础牢靠，运气有效。

总结经验第二条是心态很好。好的心态这次是帮你大忙的，当然心态很好是你一直的状态。我们心态也很好，考得上最好，考不上也行。

总结经验第三条是目标与方法是匹配的。进初中时我就跟你说，咱们就考闵分(上海交通大学附属中学闵行分校)，努努力，能行的，你看这不就行了么。所以目标很重要。谋其上，得其中；谋其中，得其下。

吸取教训第一条是再也不要学习时偷鸡摸狗打游戏了。实话实说，到中考之前，我是一步步放弃目标的，乃至考前我是想揍你一顿的。之所以没真动手，一是因为毕竟还有一周考试，尽量保持和平友好，二是担心打不赢。上高中了，读书学习更是你自己的事情了。

吸取教训第二条是刻苦自律还是差点意思的。人的一生，总是有几个阶段是要刻苦自律的。如果说初中还没那么高的要求，那么高中一定是需要刻苦自律的起点阶段。如果高中也搞不定刻苦自律，那么大学和工作中大约也很难的。

吸取教训第三条是效率为王啊。我总说你一个缺点，就是把对待作业和对待考试的态度和方法颠倒了。平常总说作业多，可是哪科作业也没多过考试那张卷子的题量吧，至今为止也没有听你说哪场考试没做完。考试就是效率高的时候，这种效率是做得到的。所以我总说你应该把作业当考试来训练自己，快快地做完，时间短、速度快、效果还好。

第三点，要埋头苦读，也抬头看天。

刻苦用功这件事情说一千道一万都没错，不过也要抬头看天。学校总也有些其他活动或者讲座，认真听听。所谓抬头看天，就是要找找自己的兴趣。最近你也见过几个新大学生，好几个都是说不知道要学什么，也不知道怎么填的专业，也不知道这个专业是什么，我想你也有所感觉吧。这是有点可怕的，搞得不好这个大学就念不下去的。所以哪怕是对着学科学习，对着老师交流，常想想自己到底想学啥，这很重要的。

第四点，遇事不要慌，与人友好相处。

最近我也观察你要去读高中的状态，我倒还真觉得你长大了。个头比我也高出 1 厘米了，希望这是个头的一小步，成长的一大步，最好要再多高出几厘米。去住宿，你也是很高兴的，我对你提个要求，就是三年都住宿。这就开始集体生活了，和家里总是不太一样的。

学习生活都在学校了，遇事不要慌，不要炸，不管是老师这边，还是同学舍友，都是如此，可千万不能像以前，受点小气就背起"炸药包"啊。人与人交往，你来我去，说话不中听啥的，很正常，都不要放在心上，遇事要淡定，不要着急往上冲。冷静以后再处理，一般也就没啥要特别处理的了。

和同学舍友相处，最怕严以待人，宽以律己。谁还不是个宝宝呢，对别人要求要低一点，对自己要求可以高一点，凡事看开点，能一笑而过就笑一下。不要抠抠搜搜，自己有的东西，同学舍友要用就用一下，要拿就拿一点，这都没事。不要想着占别人便宜，也不要觉得别人是要占你便宜，长大就知道了，几年同住一间屋，就是兄弟呀。

就这些了。

# 洱源店焕新，敬请期待

学校的洱源商店，是欣泽院长在洱源挂职的期间张罗起来的，算起来也有五年光景了。

这个店的前因后果，茶董（茶江，洱源县国有资产投资集团有限公司董事长）一清二楚。商量下来，要做几个变化才行。

一是授权的变动。作为商店，还是归属企业更合适。商店的大授权是学校与县里，于是向县里报告，县里能不能授权给县国投。不是图国投能从这里赚钱，而是图企业归属的灵活便利。

二是经营的变化。原本的经营模式，初期有效，慢慢体现出对市场和客群反应不灵敏的弊病，自然走下坡路。在学校经营，机关单位是客群，老师同学也是客群。不同群体的需求，需要仔细琢磨。经营的人，需要熟悉上海市场，更要研究学校市场，从客群到产品，拓展空间很大。于是朝着熟知大理和上海两边的经营企业找过去，很快也有合适的伙伴。

三是门店的变化。原本门店的布局，相对而言传统一点，对空间的利用不太充分，店面的调性不算明快，文化的体现不算通达，加之五年时间了，总是疲劳了。于是门店的变化也是必不可少的。

几个变化，都需要深度参与和协调，度要把握好。画下一条红线，经营不是我应该干涉和干预的，这一块不去碰，其他方面都应该努力推动。

授权的变动，县里很快同意，校内部门也非常支持，很顺利。

经营的变化，我倒不是特别担心，一方面学校部门会支持，另一方面去年张罗在程及美术馆开 Mong's Coffee，也是有经验的。

门店的变化倒是最具体和最紧急的活。门店变化，一是需要资金的支持，二是需要有人操盘。

资金的支持很快搞定，非常感谢7月"换防"回沪的磊哥（张磊，时任洱源县委常委、副县长），三年洱源行，一生沪滇情。向磊哥报告交流好几次，磊哥很认同交大洱源商店的意义，也认为几个举措下去后，经营起来了，对洱源产品以及大理产品更进一步打开学校和上海市场是有很大作用的，也是很好的正面宣传和加分。回沪前，磊哥帮助解决了门店变化需要的资金。

上海的市面上，店面的格局，直接关乎业态的经营好坏。于是有限的资金一定要找到能做好的操盘手。这个我有底。6月和7月都回过上海，这件事情也是专门对接的安排之一。很快和学校老师们谈妥，明确说明，我们的升级资金实在是有限，但我们的眼光还相对有点高，这事肯定是不挣钱的，可能多少还是要贴点钱的。老师们说，这你就别管了，这事怎么着也给你弄得漂漂亮亮。于是牵线，很快与国投完成了必需的手续。

预计9月下旬，交大洱源店焕新，敬请期待！

## 吴总的朋友，汪总的支持

最近签了一个捐赠协议，交大洱源基础教育发展基金的中兴财光华项目。中兴财光华会计师事务所上海分所的合伙人汪总亲力亲为，非常顺利。

缘起七月吴剑勋、王晔伉俪（交大洱源吴剑勋王晔助学基金捐赠人）来洱源乔后看望娃娃。吴总有所感慨，朋友圈提及一二。汪总看到后颇有感触，一直也想做点公益的事情，忽觉缘分很好，于是吴总介绍汪总与我相识。

说时迟，那时快。我向汪总汇报了在洱源开展的一些工作、协调和参与做的几个力所能及的资助项目。一个是吴总伉俪乔后助学的项目，另一个是洱源一中特班的项目。汪总当即表示他一定会支持，此外也会发动所里同事做个小小的众筹。

汪总估摸着大约能筹 10 万元左右，剩下的他来兜底。幸福来得很突然，不管筹募到金额多少，都是满满心意，爱心善举不分大小。

8 月底时，汪总呼我，这两日会安排拨款，都是同事们爱心汇聚。次日，8.6万元善款到账。与汪总商量，在交大洱源基础教育发展基金框架下设立中兴财光华项目，因为确是所里同事爱心汇聚，这样比较有意义一点，也让大家与洱源心相连。这笔善款一部分用于资助乔后困难小学生，这一方面我们已经积累一年经验，另一部分资金用于支持洱源一中思源特班励学励志。汪总欣然应允。

小弟我也算手勤笔快，很快按约定草拟协议报汪总审定，按所里同事的善款金额，请俺后方交大基金会同事分别开具捐赠票据，明年初申报税前抵扣，总也是好事情。

汪总觉得挺好，很快告诉我，所里也拿出5万元，再资助几个小娃娃，于是我们的协议金额嗖的一下就14万了。汪总真好！

我与汪总商量，最近我在洱源，可以10月回沪时相约做个签约，哪怕简单一些。汪总婉拒，他说不用现场签，形式什么的不需要的，主要是尽到心意。汪总让我给个地址，协议签署并安排同事用印后寄过来，交大基金会领导签署用印后再寄回就行了。汪总说，其实协议什么的也不需要的，一点捐助能让我们自己因为助人而心生欢喜就是最大的满足。有时间见面就是喝喝茶聊聊天，恰似一位老友就是最好了。

这些工作，我落实。与汪总相约，10月回沪，茶叙。

谢谢吴总的朋友，谢谢汪总的支持！

# 基地
JI DI

## 洱源基地，迈开一步

8 月底和睿远佳雨秘书长联系，汇报关于交大洱源基地的一点设想。我说受去年秘书长提到关于支教场地构想的启发，我们想探索一个交大乡村振兴的洱源基地。最近就在折腾这件事情了，如果场地意向搞定了，就可以拓展做下去了。所以请秘书长帮忙看看，有无可能也得到睿远的帮助支持。

说起睿远，是交大学长陈光明创办的公募基金公司，目前执掌两千多亿人民币的投资体量。光明学长见过好些次，有时候开玩笑讲，真不像是个有钱人，朴实、低调、善良，遇着学校的人，不管是领导还是普通同志，总是笑呵呵的。

去年 4 月 8 日，交大 125 周年校庆的时候，光明学长通过睿远公益基金会捐赠 3 000 万元人民币设立人才培养基金，帮助学校在学生培养上再进一步。那次他说，作为一个山里走出来的孩子，能取得现在的一点点成绩，深深感恩时代、感恩国家、感恩行业、感恩母校，谨以绵薄之力以表感恩之情。

又过了半年，今年春节后，学校开学第二周，光明学长通过睿远公益基金会捐赠一亿元人民币，设立上海交通大学睿远科技大奖，旨在鼓励勇走无人区、敢啃硬骨头的科研精神，表彰在基础研究、应用研究和科学前沿探索领域贡献卓著的杰出交大人。首届睿远科技大奖将奖励在全国范围内取得杰出成就和重大创新的交大系科研工作者，后续计划推广到更大范围。他说，科技是推动人类社会进步的重要力量，设立科技大奖的想法由来已久，希望能以绵薄之力支持和鼓励科技创新，助力高质量发展。

秘书长说，念念不忘，必有回响的感觉。9月睿远基金会有云南行程，争取也来洱源看一看，在这之前，咱俩当面沟通。

于是8月底杭州培训完，俺再跑一趟睿远。再见佳雨秘书长，也是老朋友啦。佳雨说，已经与潘理事长（潘鑫军，上海睿远公益基金会理事长）、林总（林敏，上海睿远公益基金会理事、睿远基金管理有限公司联合创始人）、传春总都报告过洱源基地的事情，领导们也很有兴趣，于是对了对行程，我先回洱源，做好前后衔接，就等着睿远大驾光临。

睿远一行要先去怒江泸水，支持了一所小学的早餐项目，还支持了一间咖啡园的种植和产品拓展。9月15日一早，睿远一行从怒江往大理赶。得到欣泽院长支持，我们中午在研究院会合一下，歇一歇，顺道也让睿远的领导们参访一下研究院。顺子哥介绍了研究院的情况，睿远师长们饶有兴趣，问了好几个问题，很在点子上。

睿远此行，基金会潘鑫军理事长带队，成员有公司创始合伙人林峰、执行董事孙传春和姜峰、志愿者协会副会长刘毅、佳雨秘书长，以及外援上海第一财经公益基金会彭佳秘书长。

在洱源，一路调研，一路交流，我对睿远也算越来越了解，越来越佩服。善良一词，当为睿远之本。

洱源考察很顺利。基地的选址大家觉得也很好，对一中的看法也不错。潘理事长和林总代表睿远明确表示，愿意支持交大在洱源做这样的拓展和深入工作。佳雨秘书长很替我们高兴，也很愿意全情投入，全力以赴，一起张罗推进。不过也有一些顾虑和要求。

大的方面，这项资金支持的体量相对而言不算小，从涵盖的内容和项目的可持续度而言，是否足以支撑，能否良好运行，进而形成比较好的效果，拓展至一定范围内示范推广。如果能达到这样的效果，后续睿远还愿意再支持。一财基金会彭佳秘书长说，他们也愿意参加支持，把媒体公益的资源导入，也是同心振兴。

小的方面，这块地5亩，几幢酒楼，一个大院子，真要做的话，设计就非常重要，既要考虑功能布局，也要有审美和艺术性，既要和村庄院落融合，又要和村庄院落不一样，最后的呈现结果应该是交大在洱源的一个小小的校区。这个方面，不能丢睿远的人，更不能丢交大的人。这么重要的任务，谁揽的活，谁得领！看我左顾右盼，理事长说，你看啥呢，东看西看也是你领呀。好的，我领。

于是一个很实际的、亟须确定的问题交到我的手里，那就是基地的可持续性。可持续性指两方面。一是县里能不能给予比较长期的共建支持，这主要体现在场地供给的确定性和稳定性，以及运行过程中的协调支持；二是承载内容的多元化以及基地在乡村振兴工作中发挥作用的可持续性。

后者我有些思考，前期也向学校方面汇报，也与一些校友有过相对深入的交流。基地除了对当下急迫的基础教育具有支撑作用之外，还可以快速容纳交大在医疗卫生、农业科技等方面的资源，此外也会持开放的态度，面向校内外资源，探索多元文化教育、文旅研究以及公益慈善的板块。在这方面持续探索和发挥作用，我们是比较有把握的。

前者正是亟须落实的工作，主要是场地的供给，涉及省州县的协调。我向睿远领导们报告，这项工作我全力跟进，尽快拿到具体意见。与我而言，此事做与不做，似乎可左可右，可我还是想在洱源第二年能够通过这个基地留下一个可持续发展和服务的平台。我也实事求是，绝不会忽悠愿意支持我们的人，能成则全力推，不行也尽快反馈。

洱源基地，迈开了一步。下一步，睿远看我，我需努力和尽力。

交大洱源基地，
迈开一步

## 洱源思源，优秀公益

忙完睿远师长们考察交大洱源基地筹建选址这事后，我一直记着有篇稿子要抓紧落实报送。这篇稿子是关于高校基金会优秀公益案例选送评比的事情，我们交大基金会和洱源结缘，这篇稿子我是责无旁贷。

起源在5月下旬，中国教育发展基金会联合中国科学院大学教育基金会，发布了中国高校基金会优秀公益项目案例征集活动通知。

通知中提到，近年来，我国高校基金会筹资能力日益增强，资产规模稳步增长，项目管理水平显著提高，在凝聚兴学力量、助力高等教育内涵式发展进程中做出了突出贡献。为系统总结高校基金会在立德树人、人才培养、基础研究、脱贫攻坚、乡村振兴等方面的参与实践，特别是在公益项目管理方面的有益经验，进一步提高高校基金会落实立德树人根本任务的能力与水平，中国教育发展基金会联合中国科学院大学教育基金会，以"聚焦立德树人　传播公益文化"为主题，共同举办2022年度中国高校基金会优秀公益项目案例征集活动,并将优秀公益项目案例汇编出版。征集内容包括但不限于公益需求识别、项目设计、项目管理、品牌推广等方面的典型案例。

中国教育发展基金会可以说是教育系统的官方慈善机构,直接在教育部、财政部和民政部的领导和指导下开展工作。我曾经跟随领导拜会过几次,交大基金会的发展也得到中国教育发展基金会的帮助和支持。

中国教育发展基金会的行业地位、影响力和公信力在教育界是首屈一指的,由中国教育发展基金会发起的案例征集活动,同样是很有影响力和公信力的。

其中有一个方向是乡村振兴类:紧密围绕党中央关于脱贫攻坚、乡村振兴的战略部署,充分发挥所在高校人才与资源优势,扎实开展教育帮扶,取得突出成果的案例。

掂量掂量我们的素材,感觉这个方向可以尝试。于是向领导建议,这些年我们在洱源有几个资助项目,近期又开展了相对有体系的乡村振兴领域的工作,可以申报。

领导说,你执笔吧。于是构思起来。接到任务是 6 月 5 日,6 日一整天我坐火车从昆明到上海。4 个月没有回家了,在火车上正好有时间想想思路。

10 日是截止日期,于是 9 日关在办公室一天,任务终于完成了。我们的案例名称是"洱源思源,同心振兴——上海交通大学教育发展基金会服务乡村振兴实践",从几个方面展开。

先是洱海保护和心行梦恒,这是交大和交大基金会与洱源的结缘,也是孔海南老师拿出个人积蓄,捐赠设立洱海保护人才教育基金的"久久为功"和"功成有我"。

再是洱源思源和同心振兴,这是我到洱源后,交大和交大基金会、交大校友和社会贤达共同支持的一系列工作。

一是基础教育中思源特班与交大洱源孙斌教育基金、交大洱源吴剑勋王晔助学基金、交大洱源—荣昶教育基金等三个百万元的持续资助,带动了交大洱源励学励行基金、交大洱源中兴财光华项目等。

二是协调整合资源,形成同心合力。比如沪滇协作与校地携手的更紧密联动,校内助力形成合力的各部门支持,提供机遇导入资源的各种缘分和帮助。

三是研究产业基础和创新服务业态。比如轻资产轻资源的财税管理项目,绿色孵化器的创新创业模式。

四是多元渠道和多种方式促进校地互动。

最后表达任重道远和再接再厉的决心和思考。

9月23日,我们的项目入选了。全国一共入选42项,其中社会服务类12项,我们就位列其中。大家都很高兴,这是站在前辈们的肩膀上,大家一起支持才做成的。不过倒也不算太意外,因为我们是很努力的,同期入选的其他项目也都很好,但从王婆卖瓜的角度,还是觉得我们的工作更具系统性和长期性。

很高兴,再努力。

# 洱源励学，校友再支持

第 23 届研究生支教团洱源小队的几位老师完成为期一年的支教，今年 7 月返沪。返沪之前，几位老师们希望在服务的玉湖初级中学设立研支团励学项目。返沪后，几位老师就又变成学生了，于是队长薛容向云南校友会秘书长纳勤骁汇报，是汇报，也是求援。

纳秘书长是云南校友会资深秘书长，其实是副会长，但大家都习惯了称他纳秘。校长曾经开玩笑说，云南校友会是秘书长领导下的会长负责制，听得纳秘惶恐。

纳秘听薛容说过后，基本就给他定心丸。后来咱几个又专门就这个事情交流过几次，推进很顺利。

其实今年云南校友会有好几个项目都需要筹款。

第一个是为交大环境学院筹措新大楼院名石的项目，这是一件非常重要的筹款活动，是校友们对交大与云南战略合作的认可，特别是在洱海治理与保护方面，也是对未来校地合作再走深、愈走实的期待。洱海治理，环境学院是学校最大的支撑单位，环境学院为主建设的上海交通大学云南(大理)研究院是学校在云南的教学科研总体单位，于是大理石材自然成为新大楼院名石的理想之选。

苍山现已禁止开采石材，早年既有一点存量旧石，也很少很难得了。为这件事情，孔老师、欣泽院长和纳秘跑了多次，终不负校友们所托。

第二个是云南校友们献礼交大医学院成立七十周年。思来想去，选择了斑铜工艺的悬崖孔雀。斑铜是云南特有的工艺；悬崖，有风险，代表医生的职业特点；孔雀，美丽优雅，代表医生的成就感，也代表云南。8月，交大副校长、医学院院长范先群院士访问云南，看望校友，悬崖孔雀广受好评。

第三个是为云南泸西张永和纪念馆致送开馆纪念品。上一轮沪滇协作，徐汇区派出驻泸西的常委副县长正好是我们校友邵志宏学长，于是邵学长争取了徐汇区支持，筹办张永和纪念馆。今年7月，邵学长三年任务完成返沪，纪念馆筹建基本完成，10月之后开馆。

云南校友会将向张永和纪念馆捐赠一对建水紫陶花瓶。这也有渊源，交大和云南建水校地合作，成立了上海交通大学—建水紫陶联合研究中心，近水楼台。

第四个就是研支团洱源励学项目了。纳秘与我们沟通，交大研支团玉湖中学励学项目肯定要支持，接着想呼应交大托管帮扶洱源一中的工作，转而支持洱源一中的励学工作，帮助学校形成一些合力。

这真是考虑得比我们更周到。

9月1日云南校友会面向校友会员启动募捐，为期两周。作为云南校友会阶段性会员，我也略表心意。3日，纳秘呼我，告诉我一个好消息，90级电力系的王伟梁学长决定支持洱源励学项目三年的资金。喜出望外，我赶紧与伟梁学长和纳秘对接。伟梁学长是红河个旧人，现在上海和云南两头跑，两边都有企业。5 日草拟落实协议，6 日伟梁学长就签署了，并且汇出捐款。8 日交大基金会出具捐赠票据，证书和感谢状随即呈上。相约 9 月下旬大家来洱源，做一个小小的仪式。

玉湖中学的评选，薛容回上海前也基本对接好了，期末成绩是一个重要的参考。于是我跟玉湖中学李玉梅校长对接好了同学名单，又和后方联系，安排了勉励状和感谢状，和李校长定了定具体议程，和县红会商定了励学金合作发放的具体模式。就等东风了。

27 日，如期而至。纳秘、伟梁学长中午到了县里。可巧了，交大广州校友会文海岩秘书长带队在大理考察，纳秘力邀文秘一行拨冗见证。于是这天校友阵容很强大。

为了不影响孩子们正常上课，我们把时间选在了孩子们午饭后到上课前的这一阶段。李校长考虑和准备得非常周到，请初二年级所有同学都参加了。李校长说希望通过这样一个仪式活动，一方面对 10 位同学进行表彰和勉励，另一方面对其他同学有一点教育和鼓励的作用。

纳秘表达了校友们对洱源的心意，介绍了云南校友会诸位学长在产业、助学诸多方面与洱源的互动，以及此次励学项目的来龙去脉，也希望大家多努力，多进步。

伟梁学长说，作为一个交大校友，作为一个云南人，也作为一个小时候家里很困难的孩子，深知家庭困境对于读书孩子的艰辛和不易，有能力为洱源做一点力所能及的事情非常乐意，请诸君务必砥砺。

支教团老师们回到上海后又变成学生了，学业也是忙得不亦乐乎。于是请薛老师录了一个视频发言。薛老师想念玉湖的老师同学，肯定同学的努力进步，鼓励同学们多想多问。

我们一起给孩子们颁发交大研支团励学立志资助纪念的勉励状，还是那句话：洱源思源，励学励行，任重道远，自强不息，特奉此状，与君共勉；落款是上海交通大学和上海交通大学云南校友会。

我们也给云南校友会和伟梁学长致送感谢状,帮助过我们的人,不能忘。

受资助的同学小姑娘代表发言,感谢教她们一年英语的薛老师和张老师,感谢交大校友们,一定会努力读书,长大回报社会。

上海交通大学研究生支教团励学立志基金颁发仪式

我也唠叨了几句。

一是说明这次活动缘起交大研支团一年支教结束时,老师们想为玉湖中学额外做一些支持和贡献,得到大家的支持,很顺利,开花结果。

二是感谢云南校友会,感谢纳秘和伟梁学长鼎力支持,出钱出力,亲临勉励,也感谢广东校友会文秘书长一行专程安排,参加见证。我和小熊在洱源,深感交大一家亲。实际上云南校友会对洱源的支持是源源不断的，从之前牛街的助学，到健之佳在洱源的布局，到"9.13"泥石流的灾后支持，又到今天以及今后洱源励学项目的支持。

三是感谢玉湖中学李校长和老师们一年来对我们支教团老师的关心和帮助，对这个项目的认同和重视，我想后续还有很多机会可以再携手，共努力。

四是祝贺今年获得资助的同学们。这一份资助额度或许不算太大，但从勉励状的内容可以体现出来交大和交大校友们对大家努力的认可和鼓励，希望大家再接再厉，努力读书，未来有能力的时候也能饮水思源，帮助他人。

仪式时间不长，半小时顺利结束，不耽误老师和同学们下午的工作和学习。结束后，纳秘请我们吃火锅，红红火火。

以这次活动为起点，我们交大基金会与县红会也开始合作，这次励学金通过县红会直接发放。我与红会同志一早就订好了交大基金会与县红会的协议书。十一国庆，回了一趟上海，8日返工第一天，落实了拨付。

到洱源一年多来，县红会的工作让我很佩服，所以萌生了合作的想法。一方面可以帮助县红会增加到款和资助的流量，另一方面确实也能通过县红会让资助发放更直接、更细致。

谢谢俺的校友们，还有大半年，我也再努力。

## 桌椅板凳，应有尽要

8月底时，吴剑勋学长呼我。没错，还是那个老吴，出钱出力的那个老吴。

老吴给了我一个文件，一家企业拟捐赠桌椅，先问我要不要，不要的话就给别人了。打开一看，还真是不少。长桌圆桌159个、大小椅子504个、大小柜子11个，总价约8万元。

于是和老吴说，先给我留一留，我马上跟进一下，大概率要的。

我看桌椅情况，学校或者办公都是用得上的。稍微问了一问，单个学校可能吃不下，一时半会可能也摸不清具体需求的底。于是开动脑筋，换个思路，一定是用得到的，无非是要先解决临时存放的问题。

我又要说机会是留给有准备的人了。这一阵子折腾交大洱源基地的事情，县里同志都很帮忙，正好拿到了意向选址的钥匙，里面有足够存放的房间，于是迎刃而解，地利。场地在小熊的丰源村，人和。老吴给的信息和资源，自然是天时了。

马上呼老吴，兄弟我要了，地址云云。关于用途，一部分用于丰源村完小办学条件改善，一部分用于丰源村下辖自然村办公条件改善。另外我们正在洱源搞个交大基地，还在筹备中，能成的话，如有剩余也会选一部分在这个用途上。

另外弱弱问了一句，众善人，包邮不？

我想老吴在微信那头可能心说，瞧你那点出息。老吴回给我说，"我说服众善人"。

9月20日，小熊告诉我，一早整整一大车家具运到。他和村委会的兄弟们搬了一上午，搞定。虽然很辛苦，但是很高兴。

马上汇报给老吴。老吴说，东西可不是我的，是另一个校友的，年轻有为，这一车家具从上海运过来，光运费就又掏了2万元。于是拉群对接。

对接上了，是交大女生于爽，机动学院本科校友。我称她于总，又跟于总汇报，一大车家具已收妥整理好，拟根据本地学校和基层需要做好登记和调配，尽力发挥最大效用。

于总很爽快，连连摆手，说能做的不多，以后保持联络，不客气的。于是相约国庆节后在上海碰碰头。

事实证明，俺张罗要这一车家私是对的。

这一大车运到前的一两天，县里有领导路过我办公室，聊起来，三营永乐乐善小学前两年造好了食堂的大棚，可惜后续缺乏资金，空有遮风挡雨的食堂，无力购置炊具桌椅，空荡荡的没能用起，孩子们还是得中午回家吃饭，没法在学校食堂用餐。

"叮"的一声，这不是就派上用场了呀！炊具云云可能还要看缘分，于总的家具支持马上就到，食堂的桌椅板凳可以很快补充。还真是想啥来啥。

很快，三营的学校开来一辆小卡车，运走 41 张桌子、100 个椅子，武装一个小学食堂足矣。我想，派得上用途，就是对捐赠人最好的回报。

我与小熊碰了碰，家具在丰源村里也派上了用处。小南山老年协会 4 张桌子、8 张椅子，上龙门一村 12 张桌子、44 张椅子，上龙门二村 20 张桌子、66 张椅子，隔壁村在丰源创业的雷家寨 4 张椅子、1 个柜子，或多或少的领用安排，实实在在有些用处的。

有点小小遗憾，十一回上海，没能与于总约上茶。我先把捐赠证书和感谢状落实妥当拿回了家。那天我趴着给证书和感谢状拍合影发给于总，我家妹子说你在干啥，拍照干吗趴在地上。我说你二年级也认字了，瞧瞧看看，人家支持了我们，不得拍得美美的么！

和于总相约，下次回上海，友谊的小茶必须约起。

桌椅板凳，应有尽要

# 基地 JI DI

## 洱源基地，大步向前

　　国庆之后，在沪留三五日，第一桩事还是洱源基地。距离佳雨上次洱源考察，小一个月了。与佳雨相约，略报告这一段时间在洱源倒腾的三五下。

　　临回上海时，晚饭后绕着县城散步，偶遇新奇常务（李新奇，洱源县人民政府常务副县长），边走边说，说的就是洱源基地这事。常务说，你放心，这事对洱源是很好很好的，你只对接睿远和学校推进就好，其他交给我们。

　　之前对选址的拍照缺那么点意思，要是有个无人机来个航拍，应该是极好的。联系小凌，小凌帮我找苍海心境。苍海心境是本土短视频达人一枚，洱源人，推介大理和洱源的山水人情，相当不错的。

　　苍海心境真名叫李增福。那天正在拍西湖，中途赶回洱源给我们拍。说起来龙去脉，绝不肯收费，说也是略尽绵力。看成片比手机拍的强多了。

　　再请小熊帮忙画个草图，量定出各屋各室的面积，揣兜里。

于是怀着七八分饱，兄弟我回上海。

陆续看望几位老师，遇到郭利伟老师。郭老师是交大95届工业设计系校友，当代中生代画家。郭老师问，在洱源还好吧，最近忙啥呢。我说在倒腾看能不能给学校在洱源找个地。又跟郭老师说，啥时候来洱源看看我吧，洱源如此这般，没准有缘分来了不愿走啊，就在洱源添个工作室呗。

郭老师稍稍愣一下，说自己还真是在考虑工作室的事情，已经跟好几个地方在谈，云南艺术圈的朋友也一直相约，倒是真可以去看看你，也看看大理，看看洱源。

我也稍稍愣一下，小脑筋迅速开动一下。我不是领了睿远师长交办的交大洱源设计美学和艺术性的活吗，要求挺高的任务。马上跟郭老师说，艺术我是不懂，但我总觉得洱源山水古村落是值得来看一看的，没准真有缘分你就相中了，来个工作室就太好了。

郭老师看我一眼，我赶紧说，一定是真的。我又顺杆上，去洱源的话，能不能帮我把把关，洱源基地的事情。品质和气质还是要融合交大与洱源的风格，这是我不行的，眼光不怎么行，能力怎么也不行。

郭老师又看我一眼，我又赶紧说，你是校友，总也有责任的。我正好要约睿远佳雨秘书长见面汇报工作，要不我们去你工作室，拨冗接见我们一下吧。

于是我和佳雨约好了，12日就去郭老师的工作室。

见面摆开，喝茶聊天。我把航拍的成片和草图发给佳雨，又把县里领导和同事对这事的支持和进度汇报一二。郭老师瞧了瞧航拍图，来了点兴趣，这院子有点意思啊。佳雨说是有点意思的，9月现场去看时，就觉得很好，回来后潘理事长就基本拍板会支持，就看怎么推进能够做得好。佳雨是复旦学新闻专业的，以前在湖南做过乡村改造项目，颇有些经验。佳雨与郭老师说起几位我并不知道的艺术家的名字和项目,郭老师笑眯眯说很熟的。于是他们俩、我们仨就劈啦啪啦说起来。

喝茶前郭老师领我们楼上楼下看了看工作室的布局和那一堆堆的大小画,看得出来佳雨也是被震撼到了。喝茶时,佳雨很认真地说,郭老师,我觉得你应该去洱源看看,我觉得洱源适合你去选一个工作室的,你这里虽然有 6 层,但也已经没有空间再布置和展示那一堆堆的画了。

郭老师瞧瞧我,说,好吧,去看看你。

喝完茶我们就撤退了。路上佳雨说,黄老师,这郭老师挺有意思的,没想到你们交大还有这样的艺术圈校友,刚开始你说是来看艺术家时,我还略有点迟疑,以前接触不少艺术家,真要一起合作项目的时候,还是难的。郭老师好像是不一样的。

我必须义正词严,说你这是偏见,今天你就见着了吧。佳雨微微一笑,说,这次跟你来郭老师这里有点启发,我们洱源基地的项目,如果郭老师肯出山支持,应该能符合之前睿远领导们考察现场提出的设计上兼具功能性和艺术性的要求。又说,回去后我就跟基金会领导汇报意向,郭老师这里你要做工作的。真是的,你也看我一眼,他也看我一眼。我咬咬牙,答应佳雨,如果睿远认同,郭老师那里我去做工作。

洱源的选址,睿远的支持,算是八分饱了。这事之前向学校领导口头汇报过,领导们也觉得是比较好的一件事情,嘱我抓紧推动。现在有了八分饱,于是形成简要书面材料,向张安胜副校长和程处报告进展情况和下一步推进计划。

很快,张校长回复,肯定我们的思路,并指示抓紧推进。张校长认为打造一个比较长久的基地,符合我们各方面的需求,对当地发展也是一个比较持久的推动,非常好,值得做下去。

我特别高兴的是,张校长指示我们与基建处协同,嘱我与基建处韩莉莉老师对接一下,做好规划设计和修缮方案。真是太好了,前面我还担心眼光不怎么行，能力也不怎么行，基建专业力量上来的话，这下全解决了。

韩老师很熟悉了，来洱源前，交大好几个涉及捐赠的基建项目，我们都一起推进的。我与韩老师联系上，呈上既有资料。韩老师说很乐意支持和参与，让她想想看怎么推进。

过了一日，韩老师联系我，说仔细看过草图、照片和视频，真是基础不错的一个院子。这种院子的风格和风貌，设计上还是要动动脑筋花点心思的。思量一圈，建议我能不能找郭老师先看一看。

神奇！看来我的眼光也不是那么不行。我说，我必须一定要请你们两位来一趟洱源，"讹"也得"讹"上了。

告诉佳雨，她也觉得很有缘。佳雨告诉我，回去后也与睿远领导汇报设计方面的考量。领导反馈说知道郭老师的大名，如果有可能请得动，务必让黄县长下功夫。好吧，我下功夫。

回到洱源，老朱呼我，选址基本搞定，州公路局和洱源公路分局都很支持，拟将选址小院委托属地日常管理。于是路径就清晰了，两步走，第一步是县里得到属地管理委托，第二步是县里与交大签订基地共建协议，接着就是具体建设和日常运行了。小弟主动请缨草拟相关协议条款，提供部门参考。

这么一来，洱源基地，大步向前。

# 领个任务，又到弥渡

9月22日上午，去弥渡。这是小熊给我派的活。小熊张罗了丰源村两委的同志和创业带头人一车子，去弥渡调研学习产业振兴的工作。

小熊交给我的第一个任务是取得弥渡方面的支持，于是又求援北大挂职弥渡的副县长陈贵兵，顺利对接上了。小熊交给我的第二个任务是必须一起去，可以给我封个领队的头衔。弥渡去过两次了，之前倒也没有机会了解产业的工作，于是半推半就，一起去了。

沈卫华是上海奉贤区派驻弥渡县挂职的常委副县长，同济毕业的，来弥渡之前是西渡街道办事处的副主任，一直在规划管理领域。

沈兄去年就认识了，一起在州里开会的时候认识的。当时聊到挂职的工作安排，不由感悟到底是政府的干部，对基层工作的熟悉和掌握程度，确实是吾等高校同志学习的榜样。

我们刚到弥渡，沈兄就来看我们了。我们这次组织基层村干部和村里致富带头人来学习产业方面的新做法，于是沈兄给我们仔细介绍了一番弥渡这方面的情况，信手拈来，非常熟悉。后来我去翻了翻沈兄的分工，在主业沪滇协作之外，还与投资促进、供销、乡村振兴、发改、自然资源有关系。难怪，佩服！

蔡杰骏是奉贤西渡派驻弥渡乡村振兴局的同志。年轻、活跃，上次到弥渡时小蔡就前后帮忙张罗，此次亦然。

贵兵兄和田定方兄弟是北大在弥渡挂职的副县长和第一书记，与我和小熊大约算是来往最密切的挂友了，大家看法也颇有共通之处。我们到的时候他俩正在州里开会，会后紧赶慢赶回来陪我们调研。真有些不好意思了。

先去到红岩镇红岩古城村。弥渡乡村振兴公众号中专门对这个村有专题介绍，很有历史文脉之处，又得到沪滇协作支持，农文旅齐头并进。

原来这里就是历史上白子国遗址所在，白子国是南诏国的源头，大约与西汉同期。北大考古文博学院之前在这里做过一些挖掘整理的工作，挖掘出很多故年遗物，现在陈列于烤烟房改建的公共展馆中。这一两年还组织考古夏令营，很受欢迎。

现在的红岩古城村，依山规划，建有观景台，一览古城村的上下山水民居。山下引进民宿企业，也鼓励本地村民开办特色餐饮民宿，很受欢迎，周末很多人开车从大理过来这里偷闲。

还是很有启发，特别是烤烟房的修旧利用，我们一行人中好几位都说我们家里也有这样的烤烟房呢。关键是想好干吗用、怎么用。

再去新街镇。新街镇的大荒地村和大理耘飞公司是特别开眼界和受启发的项目。

这是一个独特商业和共同小康模式的项目，所谓"龙头企业绑合作社、合作社绑农户"的"双绑"蔬菜产业发展模式。大荒地村的村支书也是合作社的理事长，接手的是一个"产业差、基础差、环境差、村风差"的"四差"村。也是背水一战了。开始很难，宣讲后没人响应，也是一点点熬下来，一家家工作做下来。

龙头企业指的大理耘飞公司，提供种苗、技术和销售，这就是龙头企业与合作社绑定。合作社再与村里农户绑定，农户拿土地和资金入股，合作社集体贷款建设基础设施，谁入股的地谁负责具体生产，最终受益与产出挂钩，地管得好，产得多，就挣得多。

销售总额，先提取 3% 作为村集体收入，再提取 5% 作为风险补偿金，剩下 92% 的部分再二八开，二成给到龙头企业，八成就是合作农户们的蛋糕了，按多产多得分配。

效果很好，去年销售收入 300 万出头，村集体收入小 10 万。于是村容村貌就有钱拾掇了，也就有了我们现在看到的水清树绿道路干净。

村支书也是个狠人，说坚决不肯落下一家村民。村里有一户情况比较特殊，家里有智障人士，村支书坚决要拉上他家入伙。看到数据，前一年确实他家收入垫底，去年就明显上来了，离中位数只差一点了。村支书说，搞这个模式就是希望大家都能富一点，互相帮衬一下，他家就有希望了，不然搞这个有什么意义呢？

高手在民间，水平如此，境界如斯。这个项目大家停留时间最长，问问题最多，左催右催还不走的。出来学习交流，这样也就达到目的了。

第二天上午去了春沐源。我是第二次来了，大家颇有些震撼，用工业和互联网的方法做农业，专做小番茄。离上次跟着学校领导来考察，一年不到的时间，变化很大，创新建设了春沐源数字农场公园，专门做了采摘区，还有户外小市场，每周末开市，人潮涌动，好评如潮。这个数字公园是镇里争取乡村振兴衔接资金建的，是镇里看好了、吃透了春沐源的号召力和盈利能力，建好了租给春沐源，每年收益分配作为村集体收入，投入回收周期大约 10 年，挺不错的。

不过莫着急，俺们洱源的宏福基地也在如火如荼地操办着，明年这时候，我们的宏福高级小番茄也要热闹上桌了。

最后一站是寅街镇勤劳村三合自然村，这是定方兄弟作为第一书记驻村的地方。定方很不容易，也很能干，既是第一书记，又是县政府办副主任，最近又作为北大托管帮扶弥渡一中的校长助理。

三合村的最大助力来自定居在此的北大校友老马夫妇。老马夫妇做出版行业的，颇有些积累，到了三合就不想走了，租下一座老宅子劈啦啪啦一通改建，除了自己住之外，还开了个乡村图书室，村里的孩子周末就来看书，然后老马夫妇和女儿就给孩子们上课，忙得不亦乐乎。

领着丰源村的同志们在弥渡考察交流

## 县中托管，交流推进

国庆节后回到洱源。在我回来之前，8日的时候，交大托管帮扶洱源一中又迈出实质一步，上海交通大学附属中学的章月娥老师和上海交通大学附属第二中学的郭帝江老师先期抵达洱源一中，开始教学和管理工作了。章老师教英语，同时担任洱源一中副校长，郭老师教化学。

原计划交大基础教育办和附中的领导跟我一起来洱源的，一则宣布两位老师正式上岗，二则与洱源一中进一步交流托管帮扶工作的推进事项。后来考虑到希望相关各方都能参加，于是选择了线上线下融合交流的形式，时间定在10月21日。

回到洱源后，我和两位老师见过聊过了，聊工作，也聊点八卦，很快就更熟悉了。以至于21日交大基础教育办和附中领导在线宣布两位老师正式任职，我都有点"啊"的感觉，好像他们来了很久了。

21日的线上线下融交流会交大组了一个挺大的团。

基础教育办、发展联络处、交大附中、招生办公室、地方合作办、团委、教育学院，我数了数，十多位。洱源同样重视，邀请了省教育厅同志、州教体局领导、分管县领导、县教体局领导、洱源一中领导班子、两位挂职老师、六位研支团老师，印象中是我到洱源参加的本地教育系统规格最高的会议。

交大参会同志很多：校基础教育办公室主任、教育学院党总支书记王琳媛，发展联络处处长、教育发展基金会秘书长程骄杰，交大附中校长王健，校招生办公室常务副主任武超，地方合作办、校团委、教育学院等有关同志。省州县参会同志也很多：云南省教育厅基础教育二处干部阮伟，大理州教育体育局副局长张宝明，洱源县人民政府副县长项丽娟，大理州、洱源县有关同志，洱源一中校领导班子和我。

洱源教体局杨永林局长给大家介绍了洱源县基础教育发展的基本情况。洱源县人民政府教育督导室主任杨文娟宣读了关于章月娥、郭帝江的任职文件，章月娥老师为洱源县第一中学副校长，郭帝江老师为支教教师。两位老师也做了就职发言。

项丽娟副县长代表县里表达了感谢和期待后，大家深入交流。

交大方面如是说。交大附中王健校长表示将坚决落实县中托管帮扶工作的各项要求，后期将进一步细化落实帮扶工作。俺们程骄杰处长表示，交大基金会根据学校统一安排部署，以洱源一中托管帮扶为抓手，推进上海交通大学与洱源县定点帮扶工作迈入发展新阶段。招办武超主任介绍了上海交通大学在云南的招生情况，表示将加强对洱源学子在专业引导、就业培养等方面的支持。校团委副书记李灿表示将继续做好"荣昶储才计划"学员与洱源一中思源特班的学生结对和"交大洱源—荣昶讲坛"，助力洱源一中人才培养。地方合作办陶伟老师表示，交大对洱源的帮扶坚持"扶智为主，尽力而为"，教育作为帮扶工作的重中之重，是乡村振兴的关键点。教育学院院长助理张晓乔和课程与教学研究中心郭文娟表示将做好校本研究，以学校为本，将先进的教育理念教育方法与洱源一中共享，参与到洱源乡村振兴的发展当中。琳媛表示，交大和洱源一中有着良好的合作基础，在县中托管帮扶工作的新背景下，要做到扶贫先扶志，在志向和志趣方面做好帮扶，提升学校精神风貌，进一步促进、夯实思源特班等良好合作模式，帮助洱源一中在生源、师资培养、教学管理等方面得到提升，切实提升办学质量；希望两位帮扶同志和教育学院老师们践行"饮水思源，爱国荣校"的校训，传播交大文化基因，把教育经验与洱源一中的实际情况和需求相结合，成为纽带和桥梁，促进学校办学水平的提升，期待县政府和省州教育主管部门提供对托管帮扶工作的支持。

云南方面如是说。省厅阮伟老师表示，云南省教育厅高度重视此次托管帮扶工作，对教育部和上海交大长期以来的关心和支持表示感谢。此次托管帮扶工作将翻开更高层次、更宽领域、更大力度的校地合作新篇章。州局张宝明指出，大理州的基础教育工作在省教育厅的支持下得到了长足发展，感谢上海交大十年来对大理州的帮扶；洱源县人民政府要进一步加强领导，对照帮扶协议主动作为，加强统筹，做好分工，利用此次机会提升洱源一中教学质量。

我开始是没打算说，或者就表示一下感谢。到了会上，发现大家都准备得很认真，讲得都很有条理。气氛都烘托到这里了，于是抓紧动脑筋，表达了几层意思。

一是视频中看到交大的会场，非常亲切，就是我上班的楼下会议室，看到交大的领导同事，更是亲切。实际上洱源一中今天的会场布局也很新颖，这个会议室我来过好多次，今天的布局我最喜欢。新的布局，希望呼应出托管帮扶工作新的气象。

二是今天这个场合，我算是双重身份，正面的"两面派"，非常感动。双方对托管帮扶工作都是高度重视，网络这一头是省厅同志、州局领导、县里的领导、教体局的同志们、一中班子的全体同仁，网络那一端是我的同届琳嫒主任、我的领导骄杰处长、履新的王健校长、招办的武超、老师等，真是没得说了，谨表达我个人对出席双方领导和同志们对于洱源教育的关心和对我个人的支持帮助表示衷心感谢。

三是我觉得机会总是留给有准备的人。

对托管帮扶而言，大的机会，是交大与洱源十年定点帮扶和校地合作的良好基础。

小的机会，是我们去年9月就筹办的思源特班，得到教育学院和交大基金会的鼎力支持，得到校友和交大捐赠人的慷慨相助，得到交大的种子基金，这成为托管帮扶的铺垫，也为托管帮扶提供小小的抓手。

新的机会，是刚刚宣布任职的两位附中体系老师，研支团六位老师8月也已就位，为托管帮扶提供了新的助力。对比而言，一线的老师们是最扎实、最辛苦的。我也小小表态，作为在洱源时间稍长的交大人，老师们在洱源工作生活中遇到任何问题或是困难，县里和我一定积极协调解决。

接下来，我们正在筹建上海交通大学乡村振兴洱源基地，距离一中仅200米的距离，明年年中前应该能建成了，首要功能就是服务托管帮扶，成为交大老师们在洱源教研、生活和交流的平台，再就是成为交大与洱源托管帮扶和校地合作的综合工作平台。

最后再次感谢。诚挚邀请和热烈欢迎交大和附中的各位领导老师快来洱源，多来洱源，常来洱源，我们真的需要你们。

接着举行了思源特班生活补助的发放仪式。我认为叫生活补助不算太贴切，应该可以叫成入学奖、入学激励或者带一点提振人心的名字，不过问题不大，大致是这个意思。

我算思源特班"始作俑者"之一吧，又沾着交大的光环，于是让我说

县中托管，交流推进

个几句。前一天跟我说的，我答应了，我以为就面向特班的同学。这天到了才知道是面向全校的同学，我就得琢磨一下说点啥，不要丢了交大的水准。于是根据交流时的发言，稍微顺了顺。

首先，非常荣幸参加今天的发放活动，先祝贺在场的高一同学，经历了初中繁重学业，拼搏努力，考入洱源最好的高中，开启全新的高中学习和生活。我想对于我们在场的每一个同学或是老师，这都是一个新的开始、新的挑战、新的攀登，请大家继续努力。

其次，今天是思源特班入学奖的颁发仪式。我想对大家说的是，机会总是留给有准备的人。

再次，之所以与大家说机会和准备，是希望在场的同学们也要思考和践行自己的机会和准备。从短期看，如果荣昶讲坛寒暑假计划邀请优秀的特班同学到上海和交大交流访问；从中期看，高中的学习规划和安排怎样才能适合自己的发展；从长期看，未来个人工作生活和发展与国家发展的契合方面是怎样的。

机会在哪里，准备在那里，希望大家能够从洱源一中托管帮扶的机会和准备中有所启发，思考并践行。

最后，再次向大家表示祝贺，希望大家坚定信心，志向与智慧并进，克服困难，全力以赴，再接再厉。

# 交大洱源店，真开张了

　　"十一"假期回上海的时候，我就盯着把交大洱源商店改造收尾这事办完了。来不及在上海办完开张手续，于是和俺们领导同事打了个招呼，先回洱源，请同事后方支持。

　　回到洱源，与后方领导同事商量好开张路径。

　　一是请地方合作办与后勤保障中心报备旧店新开事宜，店还是这个店，洱源还是这个洱源，开还是这样开，焕新而已。后勤领导和同事很支持，很顺利。

　　二是得到本部门支持，暂时将洱源商店经营人员纳入本部门外围保障人员序列，做好进出校审核管理。人进不来的话商店开不成啊！我是略有点小经验，之前张罗交大程及美术馆的 Mong's Coffee，算是把这条路趟出来了。还真是没有活会白做的，总有用的。

　　回到洱源没多久，日子一晃进到 11 月头上了，县领导要带队赴上海招商。上海是我后方，自然也要出力。邀请学校地方合作办领导出席，领导欣然应允；邀请企业代表出席,也略作贡献。

招商专场活动与企业拜访洽谈,有好几天的行程。向领导们汇报,拟邀请洱源招商代表团一行考察交大洱源商店。洱源同志来,学校自然是欢迎的。

这天正好是周六下午。

第一站参观校史博物馆。档案文博管理中心的老师非常给力,做了一场参观讲解,知道我们是从洱源过来的,展陈中涉及洱源的篇幅专门领我们去细细看,大家都很高兴。

第二站就是考察交大洱源商店。有同志以前来过,有同志没来过,来过的觉得焕然一新,没来过的觉得蛮有腔调。领导们还是给出了一些优化的意见建议,比如广告位的图片,还是应该更能体现洱源山好水美。确实如此,细细看,现选的图片不能充分展现洱海源头之美。有则改之。

商店里已经铺了一些洱源和大理的货品了,总还不算特别丰富。我们觉得,蝶泉的乳制品接下来应该引入,应季的水果也应该引入,要奔着老师、同学们对什么感兴趣,喜欢什么样的产品,怎么样购买最方便的想法去布局才好。

负责经营的同志说,好的好的,给我点时间。

交大洱源商店的位置其实还是可以的,约等于临街,也算比较显眼的了,门前还有一片空地可以适度拓展运用,就看怎么经营了。我也出个主意,采办两块移动充电彩色小黑板,一块放门口,一块放路口,不占道,不影响别人,把新鲜的消息、新鲜的产品传递开来。

第三站,请大家去 Mong's Coffee 喝一杯,很好的咖啡厅和咖啡,全国两家,一家在清华,一家在交大。美术馆,思源湖,咖啡厅,洱源很美,交大也是很美的,也要让洱源的同志欣赏到。

这就真开张了。

交大洱源店，又开张了

# 基地 JI DI

## 洱源基地，与睿远再交流

11月上旬，跟着洱源招商团到上海招商，心里想着得空找一下佳雨，向睿远汇报一下洱源基地大步向前的状况。

到家天也黑了，拨弄一下家里小哥小妹，想着明天再跟程处报告俺又回来了吧。7点多，程处在工作群里点我说，那谁，明天下午2点，睿远传春总和佳雨秘书长来我们这，你有啥要交代的事项？

这，居然还能这样。于是我说，领导，我交代，我刚刚到上海，申请参加。

领导说，哈哈，好！我猜领导没准想，小样，还抓不住你？

还真是想啥来啥呢。我家门口有辆公交车，不赶时间的时候我就坐它，一小时到徐汇，2元。扫上一辆单车，这次亏了，样子货，可能有一吨铁锈卡在链条里。总算不算远，克服克服用点力，也就到了。还到早了。

前后脚领导们来了，一会儿传春和佳雨也来了，看到我略惊讶,你你你,是你?我说,我我我,是我!大家哈哈哈。

也算是受咱们一起张罗洱源基地的启发,这次交流主要是看看大家有没有可能一起在浙江做一点基础教育支撑的工作。聊下来,确实还是蛮多的。头绪多,就更要选好哪几头,谋定后动才行。可能性都列出来,相约下一步分头再摸一下各自的需求和供给,不做则已,做的话就更有些把握了。

又聊了聊最近的投资。其实我们交大基金会也是投资市场上的活跃力量,一级二级,市场上绝大多数产品我们都有研究和涉猎。当然了,我的水平,吹吹牛可以。

再就是我汇报洱源基地的进展了。一方面是选址,几无障碍,路径很清晰了,也在操作中。另一方面是与睿远两位领导也再说一说资金的安排,睿远计划捐赠200万,基金会协调学校配套支持一部分,这也是睿远领导们的重要诉求,希望洱源基地是交大和睿远共同而长远的公益项目。

大家互说了说,均表示认同,具体我出一个方案来,就着方案一项项落实,不要空对空。这没问题,出方案我在行的。同时说了说我的想法,拟出两个协议,一个是基金会代表交大和洱源的共建协议,另一个是睿远与交大基金会的捐赠协议,两个协议各司其职。我这里抓点紧的话,争取能赶上11月中旬学校领导率团访问洱源推进定点帮扶和校地合作工作的契机。借东风,签上约,那就实质推进了。

之前做过一些背景材料,也草拟过一些文字,这次琢磨拟定两个协议时自然就用得上了。

共建协议,阐述前因后果,描述共建事项以及各方投入。洱源投入选址地块,学校投入建设资金,并负责建设改造和运行发展。洱源基地双方共建的目标是成为上海交通大学与洱源县定点帮扶和校地合作工作驻地平台。

捐赠协议，回顾双方基金会的良好渊源，同样阐述交大洱源基地的前因后果。约定睿远初期捐赠 200 万，交大配套支持 100 万，共同构成上海交通大学乡村振兴洱源基地建设发展基金的首期额度。在此框架下，双方共同投入和导入公益资源和力量，开展并拓展多元公益活动，帮助洱源基地朝着建设的目标和方向而去。

这是基本成稿。过程中其实我很感动。睿远的支持不消说了，出钱出力出智慧，我们一起按照最有利于基地建设发展的方向磨着协议，非常顺利。领导们对学校配套的支持力度我是想过，但不太敢想得太过，最要紧是实实在在能支持到的。

套用佳雨那句话，念念不忘，必有回响。

那么，就等东风了。

## 乡村振兴交流坊

上海招商结束后，我也返回洱源了。程处说洱源基地和睿远的支持非常重要，安排几个同志跟你一起去一趟，好好把基地的情况先摸一摸。后面基地建设的时候，靠你一个人在洱源蹦跶肯定是不够的，后方这边肯定有很多要协调互动的，让他们先去实地看一下，后面配合起来更好一点。

瞧瞧这话说得，真是没得说了，当浮一大白。于是小分队集结，同行。

逮着小分队来，不能光做一件事，得给他们多排点。

基地在丰源村，先去看看小熊。他们都没到过丰源村，进到村委会，看着浓浓的交大风，觉得很神奇。那是啊，丰源村是交大重点结对的村子，说来也巧，洱源一中就在丰源村地界上，基地就在村委会对面 30 米，连同小熊一起的四届学校派出驻村第一书记都在洱源，每一任都给丰源村带来一些变化。交大风浓也是应当的。

基地的情况，还是令小伙伴们眼前一亮的。想想也是，五亩地的院子闹中取静，青砖建筑别有风采，与丰源和一中的呼应恰到好处。里里外外看过来，我再给小伙伴们画画饼，大家也都颇为憧憬修缮建设之后的风貌和功能，有那么一点走不动了的感觉了。

领着小伙伴走几步，也就到一中门口了。我们刚回到洱源，就不进去学校添乱了。大家对着大门瞧一瞧，颇有些底蕴和文化气象的。他们说原来真的这么近。可不是吗，步行五分钟抵达的广告，是真实不骗人的。

洱源一中李爱玲老师的二叔，在牛街乡开了一间民宿，叫岩栖阁，很大一笔投入。去年开张的时候我去看过，也是眼前一亮的感觉。民宿自家的地形地势很有特点，依山而建，加上牛街天然温泉，我感觉算是洱源拾掇得相当好的、融合白族风情和品质追求的高端民宿。

牛街很有意思，白族的洞经古乐源于此，又被李老师传承和发扬着。李老师这个人不简单，她说："我就是喜欢音乐，喜欢我们白族的音乐，挣多少钱不是最重要的，重要的是我喜欢的东西我就去弄，哪怕自己掏腰包也没关系，高兴就好。"李老师的先生也是老师，很支持她，我感觉这一家过得真实、充实和高尚。

李老师好几年前到交大附中跟班进修过，很爱交大，常常喊我们在洱源挂职同志和支教老师去家里，她给我们做饭。后来又自费到上海音乐学院进修，一方面颇有收获，另一方面又觉得白族音乐也很高级，民族自豪感和自信心爆棚。于是回来后就更致力于白族传统音乐的传承、创作和发扬。

二叔很支持李老师的音乐传承，一旦有需要，就把岩栖阁拿出来给李老师用。李老师在岩栖阁做了很多音乐传承的工作，我也邀请了来往的校友朋友到岩栖阁看一看或者住一住，该付钱要付钱，规矩不能乱。前一阵李老师邀请了龚琳娜到岩栖阁，做了一场白族洞经古乐的专题节目。

一来二往,我有了一点想法,与二叔和李老师探讨。有没有可能在岩栖阁设立一个乡村振兴交流坊,为白族文化传承提供更好的助力。我们可以共同邀请包括交大师生、校友在内的朋友们到这里来看看聊聊住住,共同为乡村振兴里的文化振兴出出点子。

于是这次我们小分队来,这件事情也就提上日程。我们举行了一个很简约的小小仪式。乡村振兴局做了一点小小的记录。

## 交大洱源乡村振兴交流坊落户牛街岩栖阁

2022 年 11 月 8 日,上海交通大学洱源乡村振兴交流坊授牌仪式在牛街乡岩栖阁举行。上海交通大学发展联络处副处长、教育发展基金会副秘书长于洋,发展部主任许杨,综合办主任贺瞿,项目部专员吴艳,洱源县人民政府副县长黄金贤、乡村振兴局局长赵泽标、牛街乡乡长许震、茈碧湖镇丰源村第一书记熊峰、岩栖阁负责人李正华、洱源知名音乐人李爱玲等同志出席仪式。

黄金贤对于洋同志一行到来表示欢迎,对交大发展联络处和基金会对洱源的关心帮助表示感谢。黄金贤表示,岩栖阁作为洱源民宿业头部企业,在行业带头引领上发挥了较好作用,在文化交流特别是牛街洞经古乐传承上不遗余力。此次在岩栖阁设立交大洱源乡村振兴交流坊,希望能够在交大关心帮助下进一步探索乡村振兴特别是文化交流方面的引领示范,带动周边高端民宿集群发展,为乡村振兴提供新的活力。

于洋表示,交大与洱源定点帮扶和校地合作源远流长,洱源乡村振兴工作也已成为交大发展联络处和基金会一项重要工作内容。此次设立交大洱源乡村振兴交流坊是双方在近期工作基础上的一个新尝试,未来将继续整合校友和捐赠人资源,以交流坊作为新的平台和载体,加强交流互动,探寻发展机遇,为洱源乡村振兴持续提供助力。

赵泽标、许震分别介绍了洱源乡村振兴工作开展情况和牛街乡经济社会发展情况，参加仪式同志就传统文化保护与传承、乡村振兴示范引领等工作交换意见。

乡村振兴交流坊，试试水

据悉,岩栖阁自 2021 年开业以来,高度关注和支持牛街洞经古乐保护、传承与发展,邀请洱源知名音乐人李爱玲老师创作编排了《祈福浦江》等系列原创作品,举行了多场文化和发展交流活动。在岩栖阁带动下,牛街乡高端特色民宿企业集群初步涌现,为洱源县打造温泉康旅胜地的发展目标提供重要支撑。

确实我也是这样想的,希望通过设立交流坊这样的形式,能够起一小点示范和引领的作用。不限于牛街,不限于岩栖阁,但凡聊下来有空间、有意愿、有能力的地方,我觉得都可以尝试。乡村振兴也没有固定模板,总是要不断试一试。

县里的工作也是忙忙叨叨的。小分队还在的这两日,同期我还邀请了交大新农村发展研究院的李强老师到洱源讲课,县委和政府党组关于二十大的学习宣讲也正积极开展中,一部分时间我不能陪同小分队的同志们,于是委托县里的同事,带着我们小分队去一趟灯草湾苹果基地,这是前一段时间学校重点帮扶的项目。灯草湾再上去,是洱源正在建设的万头奶头牧场,这也是洱源县打造绿色食品牌的重点项目之一、乳业振兴的重点工作。

任务完成,小分队开拔返沪,我也很踏实。

乡村振兴,一定是要多交流的。接着,我等着陪着纽扬实业虞总来考察交流了。

## 致富带头人，线下再培训

　　7月，邀请了安泰经济与管理学院特聘教授荣鹰博士和文旅行业专家赵祥龙老师，在线为洱源工商联组织的基层干部和致富带头人做了一场专题培训，效果非常好。当时就约定，下半年择期再举行一次专题培训，条件允许的话邀请几位老师到县里来，效果一定更好。

　　10月下旬，县工商联杨益圣书记找我，准备要把下半年的培训做起来，和我商量说能不能再续前缘，邀请几位老师到洱源来现场教学。7月份讲好的事情，这得答应啊。问这次培训有啥要求呢？杨书记说看能不能宏观和实践结合一下，请一位老师讲一讲党的二十大精神和乡村振兴战略，再请一位老师从实操的角度讲。

　　与后方陶伟老师对接，我先主动认领一个任务。纽扬实业虞总最近说好了要来洱源，他计划在洱源电商和直播带货方向先发力，所以会安排公司的电商部总监一起来。那就跟虞总对接好，请总监在我们培训的时间来洱源，这就相当于实操培训了。

　　很快把时间定在 11 月 10 日开讲，是周四。时间定下来，陶老师就开始发力了。几番下来，陶老师告诉我，搞定。交大新农村发展研究院李强老师调整了在外前后行程，来洱源开讲。李老师作为都市农业与食物安全专家和农业经济管理专家，这也太对口了。

　　李老师的辅导报告与我们的需求实在是太契合了，主题是继续深化农村改革，全面推进乡村振兴。宏观上他从党的二十大对乡村振兴工作的指导和要求说起，从三农发展面临的突破问题出发，系统阐述了乡村振兴在二十大报告提出的建设中国式社会主义现代化强国要求下的发展路径和改革方向。

致富带头人，线下再培训

　　李老师报告的另一大特点是对乡村振兴的实操指导，我感觉是深厚理论研究和实践观察结合后的针对性建议，比如农民工创业园和场地设施租赁模式，比如代际传承性家庭农场建设，又比如乡村建设的主力军一定是本乡本土或者返乡创业的青年，以及如何夯实吸引这一类人才投入乡村振兴的根基和举措等。

之所以觉得有很强的实操指导，是因为我们正好也在丰源村做绿色农产品品牌的孵化工作尝试，就是先建场地设施，引进创业青年或契合公司租赁入住的模式。又比如我们比较了解的洱源投身农业的青年，有一批就是典型的代际传承的家庭农场模式。于是我和小熊略有点沾沾自喜，看来我们还是有点前瞻和突破的。

小徐是纽扬实业的电商部总监，从事 SEO＋电商近十年，对数据分析和营销推广比较擅长，在门户网站营销、传统滋补类目营销、茶饮以及服装类目营销方面有很多实战经验。

小徐总监做了一个很实操的辅导，主题就是抖音时代数据为王。参加培训的一众也做直播和电商的青年们听了频频点头。徐老师讲完后大家围着问好几个问题，颇有些相见恨晚。

这样的培训，说管用很管用。

## 时隔一年,"丰源甄选"

　　11 月 11 日,周五,纽扬实业小徐总监前一天讲完课就在洱源等着老板虞总过来了。我一个、小熊一个、小徐一个,我们仨就去大理站接他。阵容这么豪华,是因为接上他之后要去大理滇路食品和洱源誉国食品的展厅里看一下,聊一下。负责人许若花一直在等我们。

　　许总是洱源人,很直爽。之前和伙伴一起做大理滇路,沪滇协作是主要通道,上海也是主要的市场,在这个相对细分领域有一点深耕过的意思,最近也在往大宗供应链的方向探索。之前我去过滇路的展厅,交流过一两次,觉得许总这一块倒可以成为一个产品集成的渠道和供应商。

　　洱源的产品,有好的,有不错的,不过花色品种不算特别丰富。交大洱源商店也好,或者对洱源、大理乃至云南产品感兴趣的采购方也好,总还是需要有个能提供综合对接的平台,谁不愿省时省力呢。许总在洱源做的誉国食品,也是基于这样的考虑,提供一个综合产品的解决方案，所以，上旬县里在上海举行招商活动时，我就推荐和邀请许总作为这样一个平台角色参加的。

这是时隔一年多一点，老虞再来洱源。这一两年，老虞在新西兰和中国跑来跑去，也是相当麻烦，计划总是赶不上变化。我觉得老虞在云南的考虑是认真的，之前和当下他的跨境电商固然做得也还好，但总还是需要有第二条腿可以走路的。云南产品的丰富性和独特性，是非常值得探索的。

老虞到了展厅看得很仔细，和许总聊得也很深入。在商言商，于我而言，连上线，提供一点我觉得还算有用的线索和信息就够了，具体业务开展就不是我该操心的，也不是我操得了心的。术业有专攻，古人是诚不我欺的。

回到洱源也很晚了，洗洗睡。

第二日的安排颇有点紧。上午去丰源村，一是看看即将建设的小小孵化园区的情况，二是具体讨论一下接下来的工作安排。园区已经划线放样了，电已经接进来了，就等着虞总来现场看一下布局，结合地形地貌和功能安排，定下来就开工了。

看完场地，回到村里，交换了一下推进的安排。园区大约春节后能基本建成。对投资意向和租用协议也充分交换意见，没有大的分歧，下午小熊进一步修改，双方再确认。达成一致后，虞总尽快安排洱源公司的注册，小熊帮助对接具体安排。

这次老虞安排小徐来洱源，是对下一步的具体发展有新的考虑。小徐在电商圈子有小十年经验，也是下一步老虞直播布局的主要负责人。丰源村这个园区做农产品品牌的孵化，确实很需要这样的外脑。前一天晚上回来的路上，老虞把想法和大家聊了一大通，大家讨论下来也达成基本一致。孵化从洱源乃至大理既有产品入手，共同打造一个丰源甄选的体系，以交大定点帮扶和重点支持的丰源村切入，丰源这个名称寓意也非常好。通过这样一个体系，进行本地产品的二次品牌叠加或者体系品牌的叠加，一方面给新的公司快速进入的机会，另一方面也是充分借力老虞公司现有的设计和策划能力，让本地既有产品曲线得到交大品牌的赋能，给高校助力乡村振兴产品在推介方面探索一个体系化和持续化的模式。

通过这个模式，希望能有初步的积累，再注入去年初考虑过的蜂蜜产品线的全新开发。

困难应该也会不断遇到，我看小熊和老虞还是挺有信心的。一个有热情，一个有经验，熊主播呼之欲出。

简单吃点中午饭，下午我拉着老虞和小徐进山了，去乔后看看叶上花梅酒和漾江缘菌菇。

叶上花我去过好多次了，这次老虞来看得比较细，白酒的大麦发酵过程和梅酒在罐里发酵的小泡泡都看着了。老虞提的关于市场、成本和竞争优劣势的分析，对我之前个人朴素的"酒香不怕巷子深"的情感，客观讲还是泼了一点凉水的。不过也不怕，我想一方面叶上花的段秦龙小伙下决心要做这一行，对成本和竞争有其自身思考；另一方面多一些这种交流也是更好的，乡村做产业，怕的也就是王婆卖瓜，酒香巷子深。

这次我专门提出来要去新建厂房看一下进度。之前一趟去乔后，时间上实在是来不及去看。厂房已经建好了，就差接电和做室内地坪。主要的困难还是资金有缺口。山泉水接引下来的工作，前期程序都已经走完了，管道也快铺设了。

了解下来，企业和政府之间，还是多多少少有些沟通和推进上的困难，好在乔后镇是一个个在解决。我想这也不怕，这与双方立场和视角有关，也与刚刚开始这种尝试有关。相信会越来越好。

接下来，期待建厂工作进一步推进，然后落实发酵梅酒的生产许可，解决"身份证"的问题。这个审批权在县里市监部门，我掌握的情况是县里很支持的。

再去潓江缘，老杨的场子，就在黑惠江边上。潓江缘专门做野生菌的，当季的时候做鲜菌收购和出售，松茸啊，松露啊，等等。今年张罗承包下了当地一片山头，顺利拿到了新鲜野生菌的有机认证，这一步大家认为是走得对的。前几天又拿到了烘干菌的生产许可，他很高兴，我们也高兴。

除了以上的认证和许可，另外有三点我觉得还是可以的。一是对菌菇这个细分领域的专注和持续，老杨从小就跟菌子打交道，积累了三十多年经验，并且持续深耕。二是儿子儿媳现在已经成为左膀右臂了，这就有了年轻力量的可持续发展。三是老杨对乡里相邻的带动作用很明显，给大家做培训，管收购，自掏腰包提供机器并教乡邻怎么做。他经常把一句话挂在嘴边，说"光我自己能赚些钱其实也没有特别大的意思，要是能够带动大家也都能赚一些才是好的"。

初步看下来，又聊一聊，老虞对丰源甄选的内容支撑是多了一些了解和信心的。等我们回到县城时，天也早就黑了。单程两小时的车程，山路还是转得他俩有点晕。

次日上午，送他俩去机场。大家就分头推进吧。

# 基地

JI DI

## 定点帮扶，"卧底"or"叛徒"

学校领导定了 11 月 20 日访问洱源，推进定点帮扶工作。今年是交大党委书记杨振斌带队。

领导来之前的一些时日，与各方沟通协调。基地的事情一直在对接，两份协议都顺利定稿，此次签署交大与洱源共建协议，下一次我回上海时，与睿远的领导相约签署捐赠协议。一切都是最好的安排。

这次还有大理州和研究院的行程，以及到省里的行程安排。张安胜副校长拍板，20 日先飞丽江，与丽江市领导有一个短暂会谈，然后到洱源，要把下午主要的时间都留给洱源。好高兴。

张校长还拍板洱源具体行程，除了座谈交流和慰问师生之外，还要到基地看一看。更高兴。

临近两日，方案基本确定了。交大基金会、基础教育办、附属中学和基建处的领导先行一日，提前与洱源一中对接一下后续工作，基建的领导也要提前把基地先翻一遍。很感谢学校领导，此次专门请基建的领导先来看一下基地的情况，后续还要全面支撑建设工作，这个领域，我们是急需基建支持的。

这次的行程安排得好，19 日和 20 日正好是周末，不影响县里其他的工作安排，所有支教的老师和研究生也都能够参加，不影响给学生上课的安排。

20 日一早，我先去基地看看。丰源村真是自己人啊，村里几位同志，又喊了几位外援，前一天噼里啪啦把院子里丛生的杂草除了个干净，又把屋子里没用的杂物也都清理干净了，旧院子展现出整洁漂亮的新面貌。站在院子里，晒着冬天的日光，心里暖洋洋。

很快先头部队到了，攒个民间交流会，咱们双方教育条线的人，不用太正式，反而聊得好。聊着吧，我就拉上基建处的领导，一起去翻地了。韩老师可真是支持我们，况且还专业。看得很细致，对不同房间的定位、功能和布局有很多交流，拍了无数张照片，后续设计方案时用得上。

校领导一行中午抵达丽江，简短与丽江领导会晤后，就奔着洱源过来了。杨书记、张副校长、职能部门处长们，与先头部队会合于洱源县委党校，交流开始。

一如计划的，各项工作很顺利。县里主要领导汇报了洱源县经济社会发展情况和定点帮扶工作开展情况，以及希望学校进一步支持的若干事项。

签署三个协议。上海交通大学与洱源县人民政府定点帮扶年度合作备忘录，上海交通大学与洱源县人民政府关于洱源一中托管帮扶备忘录，上海交通大学乡村振兴洱源基地共建协议。前者是常规安排，后两者得算是今年的小小新意了。

捐赠或支持事项七个。直接捐助 270 万元，上海交通大学乡村振兴洱源基地建设发展基金 300 万元，乡村振兴专项党费 30 万元，直接购买农特产品270万元,帮助销售农特产品320万元,交大洱源—荣昶教育基金100万元,助医助学助教58万元。有的资金直接落地洱源,有的资金通过我们交大基金会用于洱源工作,有的资金已经用起来了,有的资金刚开始启动并且会持续好几年。

揭牌事项三个。上海交通大学茈碧湖镇丰源村产业振兴示范村,上海交通大学托管帮扶洱源一中及共同创办思源特班,上海交通大学图书馆与洱源一中党组织共建。丰源村得算是我们自己的村了吧,我和小熊一起也在村里捣鼓了几个项目,交大乡村振兴洱源基地也在村里,丰源甄选也要在村里,把丰源村打造出乡村振兴示范村是必须且能行的。托管帮扶和思源特班的铭牌上专门加上了特别鸣谢,分别是鸣谢上海交通大学教育学院、上海交通大学基础教育办公室、上海交通大学附属中学、上海交通大学教育发展基金会、交大洱源孙斌教育基金、交大洱源—荣昶教育基金,我觉得这点心思是应该要花的。

州领导对学校领导一行访问洱源和大理表示欢迎,对交大在洱源和大理的帮扶工作表示感谢,希望学校能在洱源转型发展上给予更多支持,也希望学校能够介绍和引导校友资源关注洱源发展,帮助洱源能够把生态环境优势比较好地转化为生态经济优势。

县里邀请了洱源的二十大代表李桂科医生参加座谈交流,杨书记也是二十大代表。两位代表在洱源相见,也是非常亲切。

杨书记代表学校讲话。一是表达对绿美洱源的赞叹,对李桂科医生和对基层代表们表示敬意。杨书记也是清华人,深情回顾清华举火人施滉烈士的事迹,以及对后辈学子的影响和感召,表达了来到洱源施滉故里的敬意。二是按照二十大报告提出的"守正创新"和"踔厉奋发"要求,交大与洱源的定点帮扶一定会不断创新和深入推进,接下来要建设的交大洱源基地就是一个创新。三是感谢洱源同志们对交大来此挂职和支教师生的关心、帮助和支持,也感谢交大在洱源工作的师生,勉励大家继续努力，看似平凡的工作点滴，正是为国家发展贡献自己力量的过程。四是回应州县领导有关采购帮扶、教育帮扶、医疗帮扶、校友资源引导以及洱源转型发展的若干希望。

杨书记说，我们在洱源挂职工作的同志，要成为洱源在交大的"卧底"，也要成为交大在洱源的"叛徒"，当然引号一定要加上。之所以这么说，也算是形象地表达一下，希望我们不断去了解、分析和研判洱源的需求，找到交大力所能及供给的结合点，不断去发掘，不断去努力，不负洱源这两年。

除了我和小熊，支教的老师和研究生同学们也都参加了座谈会。结束后，支教团的保留节目，扬起支教旗帜，与领导老师们合影留念。比起在学校时，更亲切更温暖。

杨振斌书记一行考察拟建设的上海交通大学乡村振兴洱源基地

　　会场活动结束后,大家去看看即将建设的基地情况,看看丰源村小熊工作生活的情况,看看洱源一中的情况,很紧凑,很愉悦。

　　结束后领导们一行赶赴大理,明天还要与州领导会见交流,与研究院师生交流,后面还要去昆明,与校友座谈交流,与省领导会见交流,一如既往的交大风格,出来一趟把能干的全干完。

　　我就留守洱源了,很安心,很有底气,交大乡村振兴洱源基地,守正创新,踔厉奋发,我们能干好,会干好。

# 同样的会场，工会来一场

次日（11月21日），接到交大工会肖国芳副主席电话。原来工会干部培训班今年的实践环节也安排在大理，由于朝阳主席带队，前一天到了，希望22日来洱源交流考察，也是推动定点帮扶工作的。

我建议与县领导、县总工会以及相关的几个部门有个交流。于是那头和老肖对接，搞清楚行程；这头和县里对接，想明白安排。具体工作还是落到乡村振兴局协调安排。

22日和23日是大理白族自治州成立六十六年的州庆，六六大顺。每逢佳节，必不敢掉以轻心，洱源同志取消放假，全员在岗。今年州庆，排班轮值的县政府领导是我，本就要在工作岗位上的。

早上，工会老师们在来洱源的路上，我先参加州里的州庆值班调度。与州值班领导报告了州庆期间洱源总体情况、基本安排和经济社会稳定方面的情况，也报告了洱源今年州庆期间党政机关和乡镇同志们的工作安排,不放假,打起精神来。基层确实很不容易,有各种具体情况,但大家有觉悟,讲奉献,不提要求,没有条件,我非常敬佩。

大家会场集合。与前日同样的会场,同样的布置,同样的背景,标题略长一点,前日是上海交通大学定点帮扶洱源县座谈会,这一日是上海交通大学工会定点帮扶洱源县座谈会。大家交流,聊得很开心。于主席说支持洱源责无旁贷,一定会从消费采购、疗休养、一日捐、教育帮扶等方面进行全方位提升。

学校工会这次来的老师们,有一半是各单位副职领导兼任工会主席或者分管工会工作,原本我就都认识,这次见面更是太亲切了。还有一半是工会条线的年轻同志,我认识不全,这次就算都对上号了。

我说,我是双重身份,热烈欢迎于主席率团来访,看到大家非常激动。这次来的同志,或者是我的领导、我的老师,或者是我的同学、我的同事。确实是的,这次团里安泰的周丽老师,就是我大一的时候基础会计的授业老师,周老师的先生汤石章老师是我大二时微观经济学的授业老师。团里有三位老师,是我在交大中青班的同班同学。

我说,我和小熊是去年 8 月来到洱源的,时间过得很快,距离明年期满,剩下 9 个月不到了。这一段时间里,洱源的领导和同事们很关心我们,很支持我们的工作。以学校工会为代表的各单位各部门也很关心和支持我们,这也是我们在洱源教育、慈善、产业、人才等方面能做一点工作的强劲支撑。

我说,今天的会场是前天,也就是 20 日下午,杨书记、张校长等开展定点帮扶座谈的场地。正如杨书记所说,我们一方面要做好定点帮扶的各项规定动作,另一方面也要不断挖掘需求和供给,做一些新的安排和举措。我觉得交大乡村振兴洱源基地是一个新的方面,这次主席率团专程来洱源交流和推进工作,大家一起坐下来细细聊,这也是一个新的举措和方向。

　　我说，交大洱源商店现在已经焕新登场了，正在做产品和服务的更新，接下来会有洱源产品、大理产品乃至云南产品的迭代更新，恳请各位领导和各位老师多多关心，多多帮衬。

　　我说，希望大家再多多支持，我们驻扎洱源，大家有啥想法我们都可以交流推进，有啥好东西我们都要。

　　接着，老师们去看看即将建设的基地，大家都很支持和期待，也愿意等基本建成时各尽所能再帮帮我们。老师们又专程去了一趟牛街乡的灯草湾苹果基地，也是好评如潮。

　　第二天大家继续参访研究院在大理水环境治理与保护的几个点，傍晚就飞回上海了。

　　依依惜别我的领导、老师、同学和同事们，欢迎常来。

教育
JIAO
YU

## 与有荣焉，其鸣清昶

　　这句话是我编的，是上周日，11 月 27 日，参加交大荣昶储才七期开班式后，发朋友圈时编的。准确地说，前一句是自然想到的，后一句是拼接的，组合起来表达我对荣昶的感谢和致敬。确实如此，能得到荣昶的支持，能参与储才的过程，对我而言，与有荣焉。衷心祝愿储才七期的同学，与往期同学一样，其鸣清昶，出类拔萃。

　　上周三收到线报，荣昶王总和师长们要到学校举行交大荣昶奖学金的评审，这也是奖学金这么多年来的惯例。上周五早上接到李灿老师邀约，邀请我参加周日傍晚储才七期的开班式，非常感谢并欣然应允。

　　我是在线接入，王总和荣昶师长们亲自赶到学校参会，学校领导和同事们、大部分七期的同学们也都是在线下参会，也有几个同学在线上。我的内心还略有点小小骄傲，参与的事情是交大在积极推进的，比如储才学生培养的这个环节。

开班式的活动,同学们自己编排的蛮有趣的,音乐起,音乐收。整个活动中,洱源是个高频词。储才七期开班式这则新闻出来后,我搜索了一下,洱源出现 11 次,数据是硬道理。

王总是长者,智者,最后对大家寄语。王总对七期的新学员们表示热烈欢迎,同时对交大长期对于"荣昶储才计划"的支持表示感谢。王总认为,储才计划"老带新"的优良传统构成了别样的储才文化,而七期学员与洱源一中思源特班高中生们的结对活动更让七期成员直接参与洱源帮扶的过程中,深入体会到了乡村振兴的力量。王总期待七期学员们能够在储才计划中得到更好的发展,从前人手中接过时代的接力棒,成为所在领域的领军人物,在实现个人志向的同时,成为对国家乃至对全人类有贡献的人才。

根据李老师安排,我也有幸在仪式上发个言。

首先非常感谢荣昶对交大的关心支持,也对今天储才七期同学的正式入选表示衷心祝贺。王总和荣昶师长们周三专程到学校出席荣昶奖学金的评审,今天又专程出席储才七期开班式。荣昶对交大的支持一贯如此,已经支持了八个项目,其中与我以及今天七期同学最密切的,一是储才计划,二是交大洱源—荣昶教育基金,在洱源高中开设了交大荣昶讲坛。

今年 8 月,七期的部分同学已经专程到洱源,与洱源一中思源特班的学子结对,并在一中和二中开展了首期荣昶讲坛。借今天这个机会,也想对 8 月来洱源的老师和同学们再次表示感谢。我们计划是每月安排一期线下讲坛。有点遗憾的是,第二期迟迟没能开讲。最近我们与李老师也商量,计划请目前交大在洱源一中的研究生支教团师兄师姐们支持一把,用线下线上结合的方式,近期举行第二期讲坛,总是要积极创造条件,争取开展线下活动。

第二,也向各位师长汇报,20 日交大杨振斌书记、张安胜副校长,以及相关部门领导一行访问洱源，开展了定点帮扶座谈交流和实地考察，其中与洱源县签署了上海交通大学乡村振兴洱源基地共建协议。基地将打造成为交大托管帮扶洱源一中的老师同学们生活和教研平台，也是学校下一步在洱源教育卫生、科技服务等综合帮扶的驻地工作平台。目前已开展设计，很快进入建设改造阶段，明年六七月投入使用。

正所谓，储才七期，洱源思源，与有荣焉，其鸣清昶。

参加交大荣昶储才七期开班式

# 巡河，就是有点"废"腿脚

河长制，今年给我分了一条河，准确地说是一条渠，叫跃进渠，名字挺好听的。小河长，每月需要例行巡河一次，有一个巡河APP，记录巡河人员和轨迹，也能够上报巡河过程发现的问题。

河长制有分级，这是我第一次巡河。跃进渠有18公里长，首闸在牛街乡，贯穿牛街境内，流入三营镇，一直到三营永乐村委会终止，主要功能是沿途灌溉。永乐距离县城已经很近了，跃进渠流到永乐水就小了，尾水最后泵吸处理了。

9点出发。掂量掂量腿脚功夫，大家决定今天巡完牛街这一段，下次巡三营一段。车子把我们捎到跃进渠首闸，我们下车跟着流水方向走。洱源河流的闸都会盖一个白族风格牌楼，飞檐翘角，颇为精致。横梁上写着繁体的"躍進渠渠首閘"，是手写书法体，很好看，同时落款了日期"一九九零年建"，也是手写书法体。

首闸段的水流速快，流量大，很清澈。同事告诉我，

跃进渠渠首闸风采

跃进渠的水是从海西海下来的。海西海我知道的，从牛沙公路去灯草湾或者乔后，有个观景平台可以俯瞰海西海，天蓝水蓝，相当漂亮。难怪跃进渠首闸的水这么清，应了那句诗，问渠那得清如许，为有源头活水来。

来都来了，源头不远，能不能带我也去海西海掌掌眼。

海西海，百度显示位于大理洱源县牛街乡龙门坝，离县城 24 公里，为断陷溶蚀洼地形成的天然淡水湖泊。南海北坝，群山环抱，"四面为城"，明清时期是鹤庆府的八大名景之一。湖泊面积 2.6 平方公里，南北长 3.6 公里，东西最大宽 1.5 公里，湖岸线长 10 公里，平均水深 10 米，最大水深 16 米，平均水温 13 度，总库容 2 227 万立方米，下游与茈碧湖、凤羽河同注入弥苴河后流入洱海。海西海三面临山，山中竹树成林，一面连坝，湖中有"海映山奇观"。

海西海现在是个水库，是利用其天然地理位置修建而成，与洱源西湖、茈碧湖相比，周围村庄和住户少很多，只有一个小村，因此周围风貌浑然天成，绝少人工痕迹。百度的描述我都赞同，唯一要纠错的是总库容搞错了，现场公示牌上标识总库容是 6 184.5 万立方米，差得有点多。还可以补充一点，海西海水库属澜沧江水系弥茨河，建成于 1995 年，管理处进来的建筑和落成标志有浓浓的 20 世纪 90 年代的风采。

站在海西海边上，左边是山，右边是水，路面有薄冰，很凉，很安静。

赶紧撤回跃进渠，我们的任务是巡河。首闸开路，往下走，很快就到 214 国道。跃进渠先是在国道西边，走不多时，就转到东边了，沿着村子的山脚边继续往下流。跟着河水走，就得在村子里绕一绕了，就绕进牛街温泉小镇东边一溜温泉的后山坡上了。于是我们走的小路的左边是清清的冷水，右边是一股股温泉冒上来的热烟水汽，以及硫黄味。景致很不错。

这一路，水都是很清澈。我们就找了一个问题，就是发现几片塑料纸一样的垃圾缠绕在跃进渠的水草里，于是在系统中上报待处理。灌溉水这么清澈，我觉得很神奇，况且一路都是人家，怎么做到的？原来沿着跃进渠有很粗的黑色污水管网，就架在河岸两边高处，各家都伸出几个白色排水管，接驳在污水管网上。原来如此，颇为先进啊。同事告诉我说是挺好的，不过老革命遇到了新问题，污水量越发大了，到达集中处理站时，很快就会面临处理能力跟不上的尴尬。

且走且看，倒也不枯燥，走完牛街段，看看时间十一点半了。就按说好的，今天先牛街，下次再三营吧。

最近几天也是与水走得很近。前两日代表县里去剑川参加云南省2022 年冬春重点水利工程建设集中开工现场推进会暨大理州 2022 年东川重点水利工程建设集中开工现场推进会。大理州的会场在剑川县羊岑乡中羊村委会狮子桥村，很有意思的地名，距离县城不算远。这里要建设一座大型水库，名字更好听，桃源水库，投资 54.45 亿元，总库容1.12 亿立方。桃源水库建成后流经洱源，入洱海，成为洱海新的补给源。

这次我搞清楚了大中小型水库怎么区分的。大型水库分两级，大一型和大二型，前者库容大于10亿立方米，后者库容介于1亿至10亿立方米；中型水库不分级，库容介于1000万至1亿立方米，海西海就属中型；小型水库又分小一型和小二型，前者库容介于100万至1000万立方米，后者库容介于10万至100万立方米。

洱源县这次也开工一个水库，叫土官村水库，名字不那么洋气，位置也很远，在洱源最远的高寒山区西山乡，总投资8.95亿元，总库容2033.3万立方米，妥妥的中型水库了。建成后可以一举解决西片山区的西山乡、炼铁乡以及乔后镇每年4.4万亩农田灌溉

参加桃源水库开工仪式

及1.4万人和3.1万头牲畜饮用水问题，还能提供261万立方米的工业用水，这对西片山区的发展可谓具有重要的战略意义。

州里给洱源一个机会，现场会上介绍土官村水库的情况。县里让我代为报告。这一天县里其他领导也赶到西山乡土官村水库工程现场，同步举行开工仪式。

有水有财，有财有才。

## 我怎么总是遇到好事

昨晚准备迷糊了，收到张晨怡的微信。她问，黄老师，我们不是有一个励学基金吗？我和一个好朋友（储才的同学，之前来过洱源实践）想把我们的奖学金也捐进来（共1万），可不可以呀？可以的话流程上需要我们做什么嘛？

她又说，我们想定向捐赠给前10名贫困的女孩子，不知道是否可行。

我也秒回，太可以了！

晨怡是交大研支团第23届成员，去年8月至今年7月在洱源支教一年，在玉湖中学。我心想，晨怡倒还挺能拿奖学金的呢。

交大凯原法学院有一个国瓴公益奖学金的项目，是国瓴律师事务所发起设立的。晨怡是法学院的学生，也是2020年国瓴公益奖学金获得者，奖金1万元。

交大有一个文化发展基金，是1983级本科范敏、吴文峰、鲍明强、陆强等几位校友捐资一千万发起设立的，并成立了上海明道文化发展中心,开展不限于提升交大校园文化发展的中国文化公益事业。2017 年,为了推动敦煌文化的保护与传播,敦煌研究院、上海交通大学、中国敦煌石窟保护研究基金会、上海交通大学文化发展基金联合发起"敦煌文化守望者"全球志愿者派遣计划。

2019 年暑假,晨怡通过全国选拔,成为敦煌文化守望者中的 20 名高校志愿者之一。之后一直通过线上平台为公众讲解敦煌壁画。2020 年的时候,她把获得的国瓻奖金捐赠给了明道文化发展中心。明道的学长们也很感动,等额配套并开展文创公益计划。后来晨怡又给莫高窟的讲解员筹募了 3 万元善款,帮助她们解决交通方面的一些困难。

下次我要找晨怡问问看到底文创了些啥,也讨一个放桌上。

洱源一年支教,我与支教团学弟学妹们还是相处得好的,得算互有促进吧。

我马上发给晨怡一个名单,就是玉湖中学初一年级的 10 个小妹妹。然后就问她巧不巧。她说巧。这是真的巧。

9 月下旬时,有朋友找到我,有这么一件事情问我能不能做。他原来想在隔壁县做一个支持和鼓励贫困家庭女生的资助项目,遇到沟通和对接上的困难,就考虑转来洱源做。这肯定行啊! 正好借着 9 月底研支团在玉湖中学励学金颁发仪式的机会,与李校长交流了一下,迅速达成一致,摸底了一个名单,也就是时隔 2 个月后,我刚刚发给晨怡的名单。

之所以这个名单还留着,也就是三天前,朋友联系我,这事被之前对接县的领导知道了,痛批对接人员,项目便又拉回去了。朋友很不好意思,我说不要紧的,以后有机会我们再对接,非常感谢!

我确实觉得是不要紧的,不管谁做,都是公益。这不,晨怡来了,接上了这个名单。

晨怡说,正好,可能就是在等待我们。我说,我怎么总是遇到好事。

她说，善良的人很多，没有我们也会有其他的人的啦！但是真的是很巧。她还谢谢我，能够实现她们小小的心愿。我真是愧不敢当，谢谢她们才对，我履职而已。

商量一下推进，这很顺利，我们经验也实在是多的。我说我要写篇小文章纪念一下，标题我已经起好了，就是"我怎么总是遇到好事"。

我告诉晨怡，我们在倒腾交大洱源基地，以后大家回洱源都有个落脚地了。今年7月晨怡返沪，8月又跟着凯原法学院实践团来洱源开展社会实践，送法下乡，可惜那天我没在县里，没能见面感谢。所以交大洱源基地这事，我得告诉她，弄好后欢迎她必须来。

写这篇文章时，我去搜索点资料，确认一下我没有记错若干情况。不搜还不知道，晨怡还是上海交通大学优秀毕业生、优秀团干部、优秀学生干部、优秀团员、上海交通大学十佳志愿者。又搜到10月底公布的一则通知，关于"新时代上海闪光青年"名单的公示，这是共青团上海市委员会、中国青年报社、上海报业集团联合开展的选树宣传活动。"新时代上海闪光青年"名单中，晨怡在列，居然没有宣传，我觉得也太低调了吧。

也真是奇了怪了，不得不凡尔赛，我怎么总是遇到好事！

# 基地

JI DI

## 基地设计，一起来

洱源基地，一步步要推进，设计先行。一通联络，说好了请佳雨和郭老师一起到洱源，咱仨现场指点小江山，挥斥方遒，框定院落格局，锚定功能分布，就可以进入实质设计阶段了。

脸皮要厚，既然郭老师上次没说不行，顺杆上我必须行啊。佳雨贴给我行程，1 日来，3 日走。郭老师贴给我行程，2 日来，3 日走，是专门挤给我们的时间。我对佳雨说，怎么样，有没有面。

佳雨接到了，郭老师还没到。她也不得闲，已经开始为基地落成后的活动和内容开始考虑了。佳雨在策划面向青少年的公益健康跑，距离可长可短，理念是想把公益支持和爱拼才会赢结合起来，让孩子们通过健康跑的形式完成小小挑战，赢得小小支持。

这就将单方面给予的支持形式拓展为融合诸如我参与、我努力、我赢取的主动获取形式，我也是很受启发。我想起年初参加三八妇女节的徒步路线，从茈碧湖码头出发,绕着湖边走到世外梨园的路线,一半是全封闭没有车辆干扰的湖边小道,另一半是车辆不多的沿湖公路,设计出 2 公里、5 公里和 10 公里的跑步道,感觉很可行。

于是拉着佳雨去走走。风光俱佳,越走越觉得可行。最初里把路是嵌石子的,不适合跑步,再往前就是水泥平路,越往前风景越好。我们俩皮匠果断认为可以把最初的里把路设为报到和检录区,两边还有护栏,正是宣传好窗口。沿着湖边小道到拐上公路时,大约能有 3 公里多,加上到梨园的公路我觉得也有 4 公里,梨园里面可以再设计一段绕村路线,凑上 10 公里应该也差不多,具体到实施时再细细思量。

这样到梨园后,可以发奖,犒劳,农家乐,都行。结束后的青少年朋友们可以从梨园码头坐船横穿茈碧湖回到起点,不走回头路,水陆风光俱欣赏。

佳雨表示,这个可以有。我又乐观地瞻望,到时候,有睿远支持,咱们可以研究做成持续的品牌项目,先面向大理,再拓展云南,也可以想象一下全国,成为有影响力的青少年公益跑项目,那样的话对洱源文旅的拉动力就不一样了。

2 日去接郭老师,到丽江机场。

下午拉着郭老师和佳雨,基地走起。小熊考试去了不在村里,玄总（杨玄,丰源村委会总支书记、村主任）陪我们一起。到了门口,俩人俱惊叹。佳雨惊叹的是基地面貌大不同,之前的人高杂草尽除,满院格局一览无余,她觉得比上次看上去显得更大了。我倒是觉得比人高杂草丛生时看上去显小了,可能是因为最近我总来,越看就越不觉得那么大了。郭老师惊叹的是院子的位置和格局竟然这么好,闹中取静,院子里的建筑风格很有些旧时味道,建筑质量之好也是很出乎他的预料。

他俩的惊叹,很符合我的预期,这就很好了。从围墙,到楼栋,到房间,每一处我们都细细看,来回看,看几遍,我们仨不停地交流想法,交换看法，也不停地达成一个个共识。艺术家就是不一样，简单几个想法，佳雨和我都是眼前一亮。比如围墙的红灰土坯处理，比如适度的阳光棚延展考虑，一下子就把既有的建筑拓展开来了。

艺术家的兴趣调动起来了，就没我们太多事了。我对郭老师的风格心中有底，艺术性和实用性的结合绝无违和，所谓简单的高级。于是我和佳雨的任务，一是尽量细化每间屋子的功能，二是尽量多拍照片为后期设计进行储备。照片都是佳雨拍的，专门背的微单，拍到没电。

郭老师提到一些工艺和想法，玄总总是能接得上。郭老师很奇怪，为什么村支书懂这些。小弟我补充汇报，原来玄总以前是做建筑工程业务的，盖过楼，修过庙，后来是看到村里确实需要年轻一些的同志带着大家先脱贫再振兴，于是十多年前就不干工程干村务了，干得很好，前些年被推举为村主任和总支书记。大家戏称，自从玄总转岗后，收入上就"返贫"了，他总是嘿嘿笑两声。所以说到建筑和工艺，他总是接得上。郭老师感觉很不错，有这么个懂行的人，事半功倍。说到下一步要用的测绘图纸，玄总又接上了。

这和我一般大年纪的玄总，怎么就都接得上呢。

忙叨一下午，功能搞定，下一步等测绘，做方案，做预算，做深化的设计。

他俩3日都要回上海，还是不同的机场和航班，都是傍晚前后脚的。3日没闲着，领着郭老师跑跑看看在洱源可能用得着的老房子。我想看看有没有可能找到一个合适的场所，引诱郭老师在洱源置一个工作室，他的画那么多，承载和支撑得起的，我要早下手。

第一个是老县委的院子，闲置着，现在收在政府手中，一直还没有找到很好的出路。这个院子以前我给学校找基地的时候进来过一次，体量有些大，我觉得我的小身板有点压不住。这次我们仨一起来，胆略肥。大门没开，我们从左边小门摸了进去，仔仔细细楼上楼下看了看。

我原以为是苏联式建筑，郭老师看了觉得时间应该更早，后来我们爬上二楼看到楼板的材质和破损情况，他判断是 1949 年前后的楼，我感觉他说的对。

第二个是凤羽的老院落。凤羽的老院落还是原生态更多一些，我感觉单体的体量比较小，一院院修缮后很适合诸如民俗、民宿类或者小体量文化陈展的业态，对于郭老师的大空间需求契合度偏弱一些。

第三个去了茈碧湖码头后面的一大栋平方院落。这个位置很好，之前也是考虑做民宿的，后来遇上保护红线划定，就搁置了，具里考虑导入文化功能。仔细看了，从交通到房屋完成度，再到改造投入资源，不是首选。

郭老师没有表态。确实也是随缘随分的事，愿意来看看就是很好的开始了，慢慢再来。从我个人感觉，老县委院子可以首选。回头我再两边问问，撮合撮合，不成也没事。

时间机缘还不算太成熟，容我慢慢再跟郭老师磨。

任务这就基本完成了，也就是又要分别，各自飞了。佳雨是傍晚 6 点大理机场的航班，郭老师则是晚上 8 点丽江的航班。这一年半来，迎来和送往朋友们，也很自然了，没有刚来的时候那么一丝不适了。

大理还是方便和近一些的，5 点不到佳雨就从大理机场发来消息，等着登机了。这时间也差不多了，于是我陪郭老师聊天，郭老师问洱源或者大理有什么特色纸张，类似藏纸、皮纸等。

我有点吃不准，不过洱源书香文墨耕读传家，也不是没可能的。我说还有点时间，咱俩去文化商店看看。两家商店跑下来，居然郭老师常用的丙烯颜料都有，还就是他用的品牌。纸张很常规的。于是我开始打电话，找洱源的朋友们。一圈问下来，找到学油画开画室的，可惜也没有郭老师希望的藏纸或者皮纸。于是请朋友们问问大理和丽江的朋友，看有没有。

　　郭老师说，要么你问问玄总。我说你咋会想到玄总。他说昨天听我说过，玄总以前修过庙，一般接触过这个领域的人，对特殊的纸张都有接触和熟悉的，你去问问看，很可能就有戏。我是将信将疑，却马上呼叫玄总。说明来龙去脉，问玄总知道藏纸和皮纸吗，玄总说知道啊；再问洱源有没有啊，玄总说有的，他知道谁手里有，等他打个电话。一小会儿，玄总来电，说搞定了，现在就可以去拿。

　　还真是神了。我问玄总，是谁的纸？玄总说是好朋友杨彬老师的。我一拍大腿，前面也想到杨老师了，不过我以为杨老师专长书法，总是水墨和宣纸。原来我和杨老师的缘分还需要通过玄总加强一把，赶紧给杨大师打个电话聊表心意，去拿纸。

　　拿到纸一看，郭老师很高兴，看起来很不错。回了上海之后，郭老师打回电话，说太好用了，非常适合他的创作要求，洱源此行不虚。

　　不虚，就太好了。

## 能为孔老师出点小力，太好了

　　孔老师是我非常尊敬的师长,他是国家水体污染控制与治理科技重大专项洱海项目负责人,交大讲席教授,全国首批黄大年式教师团队的灵魂人物,扎根洱海二十载,其间艰辛与奉献,冷暖自知,实属不易。去年夏天确定要来洱源工作时,我第一个去请教的就是孔老师。

　　洱海的治理和保护是交大服务国家战略和地方发展,并且把论文写在中国大地上的典型,这么多年也实在不容易,学校也在总结和凝练,希望能给后人一点启发和激励,所以这两年一直在组织创作一部纪实文学和一部话剧,以记录和反映洱海治理的点滴故事。这件事情我是责无旁贷,所以只能两边跑动,兼顾起来。等这两件事情落定后,我就可以在洱海多待一些时间了。

　　纪实文学和话剧这件事情,学校非常重视,孔老师更是亲力亲为。2021 年 9 月我刚到洱源没多久,孔老师就陪着主创朱老师到洱源来实地调研,我跟着孔老师和朱老师跑了一天，特别长见识和受教育。之后孔老师每次到洱源都会告诉我，每次我也跟着他跑一跑，学习到很多，我发自内心觉得这是孔老师用他的方式关心、提携和帮助着我在洱源的工作。

11月底时，孔老师呼我，最近又要到大理来一趟。纪实文学进入最后修订补充阶段了，所以他陪作者朱大建老师到大理市和洱源县做进一步的走访，应该这次做完能够定稿付梓了。洱海主体在大理市，源头在洱源县，孔老师把这次补充走访的提纲发给我看，有26个条目，这一圈跑下来也是够辛苦的了。孔老师这次计划是12月3日左右抵达，工作一周，10日左右返回，其中有几个条目涉及洱源县，我就主动领了任务，负责对接安排。

11月30日，江学长辞世，学校定于4日举行缅怀活动，希望孔老师能参加并做简短发言，于是孔老师大理行程推迟至6日出发了。

12月6日，孔老师和朱老师到大理了。先近后远，8日至10日，把大理市的采访先安排掉。孔老师来工作，方方面面都特别支持，大理市的安排非常顺利，比预计时间还提前了一天结束，于是孔老师和我相约10日一早到洱源工作。

洱源的安排，涉及农业转型、生态搬迁以及水利历史三个方面，都在右所镇。之前我就请丁彭镇长帮助协调落实了具体对接，提前一天也没问题，很快就跟孔老师再反馈全搞定了。我想了想，又请了杨春冰一起参加，阿冰是洱源湿地中心的主任，与孔老师也是忘年交了，他一起参加的话就万无一失了。

9日晚间临时通知，10日上午召开洱源县迎接巩固脱贫攻坚成果与乡村振兴有效衔接、东西部协作以及中央单位定点帮扶年度考核工作动员会，这次洱源被抽到了国家考核，一方面要充分准备查缺补漏，另一方面也是充分展现洱源工作的契机，所以上下都非常重视。这个会议时间正好与孔老师和朱老师到洱源工作的安排直接冲突了。我与孔老师联系,说了一下"国考"的安排。他说你不用管我们,安排好了我就放心了,我们分头工作,你去开会,我去采访,结束后大家联系。

开完会快一点钟了,我联系孔老师。他特别高兴,说今天非常顺利,我们的走访安排非常精准,都是他和朱老师心中所想要了解的人和事。他们从九点半开始,一直干到现在快 1 点了,正在收尾和整理中。这就太好了,我也收拾一下,赶过去看看孔老师。

一点半赶到小饭馆,孔老师他们也刚刚到,搞两个本地小菜,也算简单对付了。孔老师说这样特别好,他最喜欢在洱源本地小馆子里吃一口,特别亲切。也难怪,在这里快 20 年了,人生能有几个 20 年呢。

看到孔老师,和去年没啥大变化,胃口还不错,身体也蛮好,我们都很高兴,也希望他老人家健健康康,不要那么赶,保重身体。不过他总是闲不住,过了两天发给我一张照片,原来他在洱海的小房子交付了,是个高层建筑比较上面的楼层,他在阳台上装了一个天文望远镜,有大概 1 米长的大炮筒,原来是监视洱海藻类堆积用的。他说他这个位置是检测洱海藻华的最佳工位。

这个老爷子,真是闲不住。我看出来了,他这小房子的位置,确实是洱海边的最佳工位,下次我去给他做做钟点工。

也算我给老爷子出点小力,心里特别高兴。

## 西山小娃娃说，谢谢雯倩阿姨

12月1日那天，佳雨在洱源时，我俩去考察健康慈善跑的路线。路上佳雨问我，有个姐们找她，想做一点好事，问她有没有什么推荐。

佳雨说这个姐们这两年过得不算太如意，事业也受到很大的影响。不过姐们说，难归难，还是想再做一点点好事，心里会更踏实，再难日子也要过的。我说这绝无问题，既然遇在了洱源，怎么着也帮这个姐们实现心愿，何况是实实在在会支持到洱源的。请佳雨问问姐们有什么具体的想法没有，有的话我们落实，没有的话大家商量。

佳雨马上联系，原来是想支持贫困山区的孩子，看过冬时有没有什么需要的，或者是棉衣、棉被，或者是文具。我脑子里一下子想起了6月头上去西山，到建设完小的时候，听校长说山坡下还有附属的幼儿园，小班开始实施寄宿制。我猜想规模可能不太大，这样也好，也不要给姐们太大压力。

我把想法跟佳雨说了，佳雨觉得可行，于是我就开动了。电话打给团县委尹秀萍书记，我们合作过几个小项目，我感觉她非常实在到位，又是在西山待过八年的同志，有感情，对情况也熟悉，自当是首选。

尹书记认同我的想法，我俩还比较了另外一个幼儿园的情况，觉得完小的幼儿园更合适。尹书记让我等等，她马上再跟西山联系一下，给我个准信。一会儿回电来了，完小幼儿园这边共有 29 名小娃娃，男娃 15 个、女娃 14 个，另外还有一个代课老师的女娃也跟着在这里，这样就是 30 个。也征求学校意见，在被子和冬衣里面选择，老师们希望是冬衣。这个规模正合适，也确实有需要。佳雨和我也觉得冬衣是更好的选择，娃娃们穿上新衣服，心里肯定美滋滋的。

这事就说定了，佳雨去找姐们了。姐们说，她来买衣服。

6 日，佳雨转给我儿童羽绒服款式尺寸参考表。

完小幼儿园的老师很给力，7 日中午就把统计好的表发给我了。作为二传手，连同完小幼儿园的地址我一起发给了佳雨。

12 日，佳雨很高兴地告诉我，姐们拿到统计表后，立马就买好了羽绒服寄出来了，幼儿园已经签收。我也很高兴，我说一定要找个时间去一趟，看看小娃娃们，把衣服发给她们，给姐们和佳雨一个实实在在的反馈。

我算了算时间，后面一周是洱源"国考"，"国考"后我计划回一趟上海再推进一下基地的事情，算来算去最好这周找时间去一趟西山。和尹书记联系对对碰，就定在 15 日一早去，看孩子、派衣服花不了多长时间，中午后就能回到洱源。

说起西山，6 月初去的那次历历在目。两个半小时弯弯绕绕颠颠簸簸之后，虽然没晕车，但站在地上却也觉得有点飘。后来与西山也算有缘分，今年学校拨的资金，县里统筹用于产业发展，就用到了资助西山胜利村农特产品加工厂二期的建设。说句实话，到西山我是觉得有点发怵，所以我对像尹书记这样在西山一待就是八年的年轻同志，发自内心地敬佩。

发怵归发怵,这次必须去。8点我们准时出发,我和尹书记,再加团县委的小张。我们驾驶员师傅开得很稳当,我们仨抗晕车水平都一般,也都不敢看手机,就车上聊着天。小张是团中央西部计划志愿者,这是一个团中央设立的全国性的西部志愿服务岗位,层层选拔出来的。在车上小张给我科普了一下这个岗位的情况,她是上海第二工业大学毕业的,云南人,我觉得也是相当不容易。

时间算得很准,十点半我们就到了完小幼儿园了。进到园内,孩子们都已经排在小操场上了。幼儿园在山坡下,操场这一边太阳正好没有照到。云南这边就是这样,太阳照到的地方才叫四季如春,没照到的地方天寒地冻。直奔主题,小仪式走起。

所谓简朴而隆重吧。前几天问佳雨讨到了姐们的大名——杨雯倩,对小娃娃们来说,就是雯倩阿姨了。建设幼儿园做了一个小小的标语,"雯倩阿姨捐赠",一张张 A4 纸打印的,贴在装冬衣的纸箱外面,主打一个氛围营造。

校长让我说两句。我说我自己没啥可说的,这次又到幼儿园,主要是替雯倩阿姨给小朋友们送点过冬过新年的新衣服,借这个机会也代表县里向小朋友们和老师们说一句新年快乐,希望新的一年里大家健健康康、快快乐乐,也向一直以来坚守在山区学校的老师们致敬。

我也不知道小朋友们听不听得懂,反正我就慢慢地说,西山的海拔还是比县城高不少,快也快不了。因为是站着说的,所以看小朋友们格外清楚。大多数小朋友穿的衣服还是都很单薄的,外套也就是薄薄的一件,里面再有一件毛衣,只有几个小朋友是穿着厚一些的棉衣的。后来我问老师们,说是两方面的情况,一是山区家庭的条件确实相对差一点,二是山里人抗冻。我想抗冻也是不得已吧。

说话时,看到有一两位老师蹲在小朋友们身边,好似翻译一样。后来老师们告诉我,建设的小朋友彝族的多,好些小朋友不太会说汉语或者不太熟练,所以给小朋友们用彝族话解释一下。我想,还好我说的简短。

赶紧给娃娃们派衣服。人不多,我和尹书记分头一个个派。叫上小朋友们的名字,请上前来领衣服,都是根据身高体重定好的尺码,稍大一号,可以多穿一两年。刚开始孩子们也有点拘谨,老师们就帮着孩子们当场换上新衣服,羽绒的,厚厚的,看上去就暖和。一两个回合下来,小朋友们就活泼了,我们再喊小朋友名字的时候,就有小调皮鬼跟着喊帮着喊了,然后大家都哈哈大笑。

西山小娃娃说,谢谢雯倩阿姨

很快大家都换上了新衣服，我仔细摸摸看看，很结实，穿个两年肯定没问题，小娃娃个个穿着新衣服神气得很。老师提议大家一起拍张照，请小朋友们对着相机说一句——谢谢雯倩阿姨。孩子们还小，普通话也不太熟练，不过都还是笑呵呵地跟着老师说"谢谢雯倩阿姨"。我听起来，不很整齐，不很洪亮，但很是真实。

同事帮忙拍了几张照片，也拍了小娃娃们谢谢雯倩阿姨时不怎么整齐洪亮但真实的镜头，我发给佳雨，请她向姐们汇报一二。

佳雨转给姐们，然后告诉我，姐们感动死了，说就捐这么点东西还搞这么隆重，不好意思了，之后定点再给小娃娃们送点别的需要的。其实真不隆重，也是我们的一点心意。

一切妥当，跟着小娃娃们去教室看看。空间是可以的，地面已经有些破损了，小桌椅也有些旧了，但是很整洁，很整齐。看着小娃娃们高高兴兴地走到自己座位上，把小椅子从小桌子上拿下来，排排坐，互相高兴地说着话，我们也很高兴。

11 点，时间也差不多了，我们决定返程。其实在来的路上，已经接到电话，下午要到丰源村去一趟，对接迎接"国考"的准备安排，也必须回了。颠哦颠哦，下午一点半平安抵县城。我们 4 个，找个小铺子，搞点吃的，必须我买单，也是我的小小心意。

尹书记相当给力，在团县委和洱源发布上都做了报道。报道说，送一份温暖，献一份爱心，衷心感谢社会爱心人士为山区儿童送去关心和关爱，希望能以此带动社会各界对山区学生倾注更多的爱心和支持，为人才培养、为教育发展、为社会公益尽一份心，出一份力，将爱的种子撒遍大地！

跟着西山的小娃娃们，谢谢雯倩阿姨，谢谢佳雨姐姐！

## "国考"，不慌不忙

12月上旬县里通知，洱源被抽到现场"国考"，全称是国家2022年度巩固脱贫攻坚成果与乡村振兴有效衔接考核评估。具体包含三个方面的考核评估，分别是巩固脱贫成果后评估、东西部协作考核评价、中央单位定点帮扶工作成效考核评价。

巩固脱贫成果后评估，主要评估责任落实、政策落实、工作落实和成效巩固四个方面23项具体内容，重点关注脱贫地区农村居民和脱贫人口收入变化、"三保障"及饮水安全保障等脱贫成果巩固情况，防止返贫动态监测帮扶、脱贫地区产业发展、脱贫人口稳岗就业、易地扶贫搬迁后续扶持、国家乡村振兴重点帮扶县倾斜支持、防范化解因灾因疫返贫致贫风险等政策和工作落实情况，以及乡村建设、乡村治理有关具体工作部署推进情况，严查数据失真失实、弄虚作假等形式主义、官僚主义问题。

东西部协作考核评价，主要评价协作双方2022年度东西部协作工作取得成效,包括完成 2022 年度《东西部协作协议》和工作创新情况。一是年度协议完成情况。东部地区共 4 项内容 11 个指标,西部地区共 4 项内容 12 个指标,重点关注组织领导、巩固拓展脱贫攻坚成果、加强区域协作、促进乡村振兴等方面的内容。二是工作创新情况。共 5 项内容,重点关注加强区域协作、动员社会力量参与、做好结对关系调整工作等方面的典型做法。

中央单位定点帮扶工作成效考核评价,主要评价 2022 年度中央单位定点帮扶工作取得成效,共 4 个方面 18 项内容,重点关注组织领导、选派挂职干部、促进乡村振兴、工作创新等情况。

这项考核评估,是每年的规定动作,巩固脱贫成果后评估以属地为主。东西部协作对云南而言是沪滇协作,所以以上海为主。中央单位定点帮扶对洱源而言是交大帮扶,所以以学校为主。

我们的主责主业是定点帮扶,以往是学校汇总材料,报送教育部和国家乡村振兴局,书面考核评估为主。这次把我们也纳入现场考核评估范围了,我们也更为重视。

10 日县里开过动员会后,我与学校联系,汇报现场"国考"的初步安排,初步了解一下学校按既有考核要求常规材料准备的情况,沟通对接咱们的应考思路。很快拿到学校的材料,看下来与中央单位定点帮扶工作考核评价的框架要求是匹配和对应的。不过后方同志毕竟不在一线,我和小熊这里可以做很多补充和完善。

所有考核评价的流程都是分为台账检查、人员访谈和入户走访三个部分,于是我捋捋思路。

台账方面,我们的工作是扎实有效的,我们的材料框架合理,这是基本面好的基础。细细与考核评价要求对照,我们的材料框架略有些粗线条,内容略显薄弱,二级要求的对应区分不够,需要结合二级要求进一步归类、补充和细化。兵贵精不贵多,我和小熊在一线,对情况自然是更熟悉,学校已经有了很好的基础,我俩打个组合配合,完整细致的台账应该可以准备妥当。

人员访谈,对于中央单位定点帮扶而言,必谈范围确定为挂职副县长、驻村第一书记以及所驻村总支书记,根据需要适当延伸。内容都在脑子里,不管是我,还是小熊和丰源村玄总,我们都很有信心。如果延伸的话我猜想可能会在教育领域,这一点我也很放心,可以说这一年半来教育领域我们还是形成了亲密无间的战友关系的。我需要准备的是根据梳理后的台账,进一步梳理汇报思路和重点,小熊和玄总需要准备的是结合丰源村的情况详细谈。

入户走访,工作棒就交到小熊和玄总手里了,亦如访谈一般,我很放心,一是因为小熊和玄总在村里是一直跑来跑去,对情况非常熟悉了;二是后评估也有入户要求,两厢就捏到一起了。

这几日也巧,好几件事情碰到一起了。10 日孔老师和朱老师来洱源走访,我做好协调衔接,没能全程陪老爷子。

10 日晚间李敏奇学长和同班学长们云南游,专门安排了到洱源来看我,也看看洱源。

敏奇学长是我们基金会捐赠人,2021 年我来洱源前,敏奇学长与哥哥、姐姐、弟弟共同捐赠 100 万元支持交大国防教育事业,也是完成他们已故父亲的心愿。他们的父亲朱文生出身贫苦,早年投身革命参加新四军,为驱逐日寇、建立新中国和建设强大的国防力量(包括国防教育)奉献了一生。朱文生在烽火连天的战场上无惧生死冲锋陷阵,荣立集战功 20 余次、两次荣获一等功臣称号战斗英雄,后转战高等教育战线,出任交大武装部首任主持工作的副部长,积极投身国防教育事业,彰显了"普通一兵"本色。于是交大 125 年校庆之际,敏奇学长他们捐赠设立了"朱文生国防教育基金",以完成父亲的未竟之志,进一步弘扬朱文生爱国荣校的初心和革命英雄主义的精神,支持和推进学校的国防教育事业。

虽然我是小字辈,没有机会见过朱老部长,但我很敬佩敏奇学长一家人,商洽捐赠项目期间我也尽了自己的一点点力量。今年夏天时,敏奇学长找我,希望能将基金的名称拓展一下,共同纪念父亲和母亲,因为母亲毕生对父亲的工作和事业全力支持,无怨无悔。我觉得理所应当,主动把前后各方协调落实了,敏奇学长和家人们很高兴,其实我们也很高兴。

事实上,我到洱源之后,敏奇学长也一直关心我,帮助我们留意一些洱源可能需要的资源和项目,这次又带着学长们专门来看我。之前说好陪学长们的,可是根据考核的安排,我需要协调涉及定点帮扶相关县级部门的同志讨论台账补充,未能继续躬身陪同。

协调涉及定点帮扶相关县级部门的同志讨论台账补充的安排,确实很有必要。大家从各自部门情况出发,提了很多好的意见建议,也给了不少补充材料。定点帮扶虽然考核的主要对象是交大,但毕竟是校地双方的协作,从县里各部门的角度出发,非常有必要进行补充。

我和小熊商定,我先做台账的补充和四个方面的分类,然后他做涉及村里内容的补充和二级要求 18 项内容的分类,这是第一轮。在此基础上,我再进行第二轮的补充和二级要求 18 项内容的调整,然后他做校核与再补充,这是第二轮。之后我们按四个方面单独成册,分别编制目录,对应编制页码,然后各自再校核一遍,查缺补漏,这是第三轮。最后就是定稿交付印制了。

一周后,我们的台账齐活了。

一共五个部分,工作汇报加上考核评价关注的四个方面。工作汇报采用学校报送国家乡村振兴局的版本,四个方面就是我们三次梳理汇总后的结果。第一个方面是组织领导,涵盖 4 项内容 54 个条目,238 页。第二个方面是选派挂职干部,涵盖 2 项内容 17 个条目,96 页。第三个方面是促进乡村振兴,涵盖7项内容,78个条目464页。第四个方面是工作创新,涵盖5项内容59个条目,300页。合计四个方面,18项内容208个条目,1098页。

台账出来后,访谈自然就容易了。中央单位定点帮扶的考核评价,是没有出访谈提纲的,不过万变不离其宗,总是在这个范围内,我们分头自己准备,从台账出发,抽丝剥茧,抓住主干,突出重点,账账有底,就行了。

入户包含两方面内容,一方面是学校在帮扶村的项目情况,另一方面是到帮扶村的农户家中实地走访了解情况。后者交给小熊和玄总,前者我计划去正在设计的交大洱源基地和洱源一中,都在丰源村的地界上。基地是体现定点帮扶的长远布局,一中是体现这一年来我们在基础教育方面的集中发力。

就等着"国考"组大驾光临了,等着等着接到了新任务。东西部协作,在云南就是沪滇协作,对洱源而言就是浦东新区。浦东新区确定了委派副区长到洱源参加考核评价并汇报年度工作情况。县里也希望交大能够安排领导实地参加考核评价,并代表交大汇报年度定点帮扶工作,县里很重视也很慎重,专门致函邀请。

我心里是咯噔一下。我知道分管校领导张安胜副校长的行程安排,考核的时间正好在陪同杨书记访问香港。这次的访问是非常重要的,而且有特别的工作安排,与嘉华集团吕志和博士签署捐赠支持交大张江科学园的项目,并冠名为交大吕志和科学园。这个项目从2014年开始构思,到2017年与吕博士正式商定,涉及建设方案、承载内容、资金用途、设计优化、协议沟通、签署安排等环节,实属不易。我一直在跟这个项目,到洱源挂职之前移交给了同事跟进。

我们基金会和地方合作办都是张校长分管的,我知道张校长对地方合作特别是洱源定点帮扶工作非常重视,常常给我很多工作指导和建议,如无外出安排,他一定会到洱源出席考核系列安排。后来我知道,张校长一直在协调其他校领导代为出席,杨书记也有指示,很快确定交大党委常委、宣传部胡昊部长赴洱源。

我在电话中与胡老师报告基本情况,感谢胡老师专门赶来一趟。胡老师说洱源的事情学校总是一定支持的,他也是一定支持的。

这一日中午考核组抵达洱源,下午要与县里开对接会。我看来看去,没找到定点帮扶考核组的专家们,原来这个小组因为专家们身体状况往后推迟了一点。我们这边都准备好了,地方合作办的老师们也来了,胡老师也来了。中间也有点小波折,焦点落在对接会议程中是否继续汇报定点帮扶工作,我们很坚持并积极沟通,胡部长按既定议程做了汇报,汇报中我们做的 ppt 效果颇佳。汇报完毕,胡老师匆匆返沪,前后在大理也就 24 小时,接下来马上带着交大师生去澳门出访,展演交大原创大师剧《钱学森》。真是辛苦胡老师了。

实践证明,我们坚持和沟通是对的,第二天上午定点帮扶组的专家们从昆明赶到洱源,说无论如何先把交大洱源的定点帮扶工作同期考核完毕,再回过头去考核上一个县的。真好!

下午陪同咱们的考核组,丰源村走起。我先介绍这一年的定点帮扶情况,专家们与我们也有互动交流,也就是对我的访谈了。然后分为两组,一组我陪同去交大洱源基地和洱源一中,做项目的考核走访;另一组在村里与小熊和玄总访谈。

确实都是我们自己想、自己做的事情,介绍和沟通起来很自然很顺畅。专家们对基地非常认同,支持和鼓励我们一定要做好。在一中的时候,我们边走边看边聊,专家们跟我打趣,哎,你跟他们怎么这么熟啊。我说咱们这一年发力基础教育,不熟就不对了。

一个多小时后,我们回到村里,访谈也正好做完。小熊继续带着两位专家去村里入户,我们在村里坐下来继续汇报交流。专家们是从国

"国考"，不慌不忙

家自然资源部派出的，也是负责部里定点帮扶工作的，交流下来，好些共同语言，也各有各的不同的做法，总之都是尽力而为。也聊到存不存在边际效用递减的问题，确实是各有利弊，不过总体而言，长期长效是未来工作方向。

又过一个多小时，入户专家们回来了。问起情况怎么样，说感受真不错，随机抽的入户，老百姓都认识小熊，都说交大做得不错，小熊做得不错，还有要让小熊多留几年的。

也是整整一下午时间，我们定点帮扶的考核顺利结束，评价的工作就交由专家们了。我们把台账带到村里，后来把电子版也都发给专家们了，以备进一步查阅。

不慌不忙，挺好的。

# 基地
JI DI

## 叮叮叮,定资金

元旦返回洱源之前几天,密集跑了几个单位,向领导们汇报近期工作的情况和提请支持的情况。大白话说吧,就是想把前期基本达成一致的支持资金落实到位。

争取的资金是两个项目,一个就是心心念念的交大乡村振兴洱源基地的学校配套支持资金,另一个是交大洱源—荣昶教育基金的配捐支持。很快要评审过会相关配套支持和配捐资金的安排了,我也上上心。

协调情况颇为顺利,放心返程。有时候我开玩笑或者自己琢磨,我等挂职同志,还是要多让我们往回走走,也许发挥作用会更好一些。当然,机会和资源也是要靠自己主动争取才有的。

回洱源之后,很快春节也要到了,今年先回上海,再要回江苏过年了,已经两年没有回家乡,小孩们也很想回去。

先回到上海,到单位报到,俺回来过年了。领导告诉我,你心心念念找的钱,都列入程序上报了,前些天学校过会,也都批准了。基地的配套支持,虽然睿远的捐赠协议还没有签,但睿远已经确认并过会了,肯定没问题,所以学校也是特别批准了额度,后面你好好干吧。

真是太好了。有时候学校的同事会跟我说,你在洱源跑来跑去也不容易啊,我都跟同事们说,我这不算啥,如果没有学校大后方的支持,才叫不容易呢,我已经运道很好,受益良多了。我的确是这样想的。

对了,睿远协议毕竟还没签呢。春节前两天约了睿远佳雨和教育学院琳媛书记,聊一个共同支持浙江龙游基础教育的项目,我再跟佳雨商量商量咱们签约的事情。这一天我仨碰头了,聊完项目,非常顺利,相约年后龙游行。我也和佳雨报告了一下学校配套资金落实的进展,基本就说好春节后各约领导时间,签。

愉快的春节假期,真愉快,每逢佳节胖三斤,是公斤。

于是刚刚收假,我就开始行动了。学校的寒假还有好一阵子才结束呢,不过我知道俺们领导应该已经上岗了,基金会的假期基本就是法定的几天,还是多好几分服务意识的,随时有事随时办。

原本想举行一个小小的签约仪式,初四俺就骚扰领导了,没料到节后双方竟然都很忙,一时竟坐不下来。好吧,也不怕,又商量一下,通讯签约。碰碰各方时间,初八我就回到上海安排。再过一遍协议,确认版本,约好领导签署,用印,顺利寄出。次日佳雨收到,当日也请领导签署,用印。我返回洱源一周后,完整版的签署用印的协议也寄回了,顺利圆满。

这一两日在上海,趁着没啥事,给我家妹子把闹着要的高低床买了。宜家送得快,傍晚到了,干脆亲自动手组装吧。没想到装了六小时,卡破了手,累折了腰,扭断了腕,总算搞定。早知道绝不省这三百多块安装费了,主要也是节约年头上的时间,家里的事,能办掉点就办掉点。

　　学校开学还有好几个时日,不过我们处务会提前一周开了,正合我意。在洱源时,处务会我是没法参加的了,有时候回到上海正好赶得上,我也蹭上听听最近的筹资与发展。去年我们基金会做得相当好,时隔六年,再获学校机关部处考核优秀,太不容易了。

　　这次处务会是务虚为主,研讨研究新一年的主要工作,对我而言倒也是非常好的学习充电的机会,毕竟一年半没有在系统从业了。我也提不出能对战略和业务的建设性意见,抓住这个宝贵机会,一是感谢领导同事们对我们的鼎力支持,二是把洱源基地的资金构成和建设计划做汇报。大家支持依旧,处务会最后决定,这次会议纪要主要是务虚讨论的方向性和架构性内容,但洱源基地的建设议题作为务实的内容一并纳入,具体的工作就委派我协调落实,需要同事协助直接提出即可,遇到困难及时跟处务会报告解决。

　　真好,我当然责无旁贷。放心回,洱源又走起。

## 百贤学者，来咱洱源

百贤是了不起的，是香港永新曹其镛先生和夫人发起设立的，先是成立百贤教育基金会，然后设立百贤亚洲研究院，总部在香港，另外在东京也有百贤日本研究院。百贤亚洲研究院由曹先生长女曹惠婷小姐掌舵，致力于亚洲未来青年领袖的选拔、资助和培养。

曹先生的父亲曹光彪老先生低调传奇，堪称人杰，2022 年 3 月驾鹤西去，高寿一百有一。我知道曹光彪老先生，是因为很早的时候曹先生支持交大建设学生活动中心，并冠名光彪楼，那时候我已经留校在教务处工作了。后来到了基金会工作一年后，2011 年学校 115 周年校庆之际，曹先生访问学校接受校董聘任，并捐赠 2 000 万元支持学校建设中日青年交流中心，并做客励志讲坛，与师生交流奋斗历程和人生感悟。那是我第一次认识曹家。

有了资助项目，我与曹家诸位贤达，曹其镛先生和夫人、曹惠婷小姐，以及永新企业和百贤诸君渐渐有了往来,主要是作为对接人员落实项目,具体推进各项工作。后来中日青年交流中心拓展为亚洲青年交流中心,中心 logo 是曹小姐亲自设计的。

从中日青年交流中心拓展到亚洲青年交流中心,源自曹先生早年留学日本的经历。曹先生认为青年人的交流、了解、理解和互信关乎未来中日两国以及亚洲的稳定发展,于是在清华、北大、交大、复旦和浙大以及日本东京大学等捐赠设立中日青年交流中心,为中日青年学生提供住宿和交流的特定场所,后来拓展至亚洲乃至国际学生。

从 2011 年开始,国内这五所大学轮流举办亚洲青年交流中心联席会议,先是复旦,再是浙大和北大,2014 年 10 月是交大主办,然后是清华。从 2012 年开始,每年我都陪同交大领导出席,2014 年交大主办时我就是主要工作人员了。

正是在这一年,曹先生捐资大约 150 亿日元,设立百贤教育基金会,其中的三分之二设立亚洲未来领袖奖学金计划,三分之一捐赠给北大建设燕京学堂。百贤教育基金会成立的发布会是在北京举行的,董建华先生是主礼嘉宾,大约也是这个时间点曹小姐开始主理百贤工作。

百贤的工作逐步围绕着亚洲未来领袖奖学金 AFLSP 计划展开。起初资助范围是有亚青中心的中国内地 5 所、中国香港 3 所以及日本 6 所大学,后来扩展到中国台湾 1 所以及韩国 1 所,并区分核心高校和参与高校。我们是参与高校,一般每年 1 个名额,也有没中的年份。这是一个非常丰厚的全额奖学金项目,资助两年期限,共计 5 万美元,资助对象是国别交叉的,比如在中国内地资助来自亚洲其他国家和地区的学生,而中国内地的学生则可以申请到亚洲其他国家和地区的高校留学时的奖学金,目的还是鼓励青年人的沟通交流和理解互信,获得资助的同学同时荣获百贤学者的称号。每年夏天百贤开办暑期课程,不同的大学轮流承办,每次都有大约 100 名百贤学者参加,内容非常丰富。

每年交大也都受邀出席暑期课程的闭幕式,我也很幸运,因为对接百贤工作的缘故,每次都有机会陪同领导们出席。交大做事是认真的,虽然我们只是参与高校,却是与百贤响应和协调最迅速的学校,也是应对和解决问题最便利的学校,我觉得这与交大的国际化战略直接相关,强约束的条条框框不那么多,总是朝着合作共赢的方向思考和执行。

没有白费的功夫,或者说机会也是留给有准备的人,2019 年百贤对 AFLSP 改革和优化时,交大很荣幸成为改革优化后的 6 所伙伴大学之一,名额上升至每年 5 位,于是我们也就更努力了,与百贤也更为密切。6 所伙伴大学是中国内地的北大和交大,中国香港的港科大,以及日本的京都大学、早稻田大学和一桥大学商学院。

2023 年 4 月,百贤决定次年起将我们的名额再提升一倍,同事很激动地告诉我这个消息。虽然从前年夏天我到洱源挂职时,已经移交了百贤的工作,但我也非常高兴和感动感激,我想想也可以算功成多少有我吧。

伙伴大学,是需要学校和百贤共同对百贤学者的成长提供系列课程和活动的,这其中有特定课程的安排、论文的安排、讲座的安排、交流的安排,还有一个很独特的游学的安排,就是每年为百贤学者们提供两次到中国内地走走看看的机会,让他们多一些的对当下中国的认识和理解。

交大百贤学者改革优化后的第一届是 2020 年入选的,去年底,游学提上日程表了,大家都说去云南,到洱源,看看黄老师在那里忙个啥。最后定下来春节后,2 月头,赶在学校开学前出行。

春节后回到洱源,过了几天,交大留学生服务中心徐云帆老师带队 10 人团,从其中 8 位百贤学者,丽江入滇,次日傍晚抵达洱源。话说我也是第一次看到这么多交大百贤学者在一起。

洱源我是地主,晚饭我请。到了洱源,还是邀请老外们尝尝本地的美食和美酒。搜罗了手头的叶上花梅子酒,开始大家略有矜持,然后赞不绝口，第二天就有同学找我问怎么买。

百贤学者团在洱源的时间是一晚一天。晚饭吃吃聊聊，太开心了，结束后我们去县城凤凰城小区的梅花集市晃晃，有点晚了，当日集市已收摊。正准备回旅店，偶遇正在集市工作的领导和同事们，还有凤凰城的业主杨会长和夫人，看到我们，问啥情况，浩浩荡荡一波人怎么这个点来集市。

于是我把前因后果报告一番，杨会长的长子杨泽辉是我们交大校友，我的学弟，百贤学者们的学长，于是会长一定拉着我们交大人喝杯茶，吃个瓜子果子。后来同学们走的时候跟我说，洱源好热情啊，好开心，明天早上一定要再来集市。后来我看到同学们去集市的照片，确实很开心。

说起凤凰城的梅花集市，真是不错呢。梅果产业是洱源的一县一业，洱源是中国古梅之乡，拥有连片万亩梅园。前些年发展略有停滞，去年开始县里高度重视，打造"梅你不可"的梅果产业。文化搭台，市场唱戏，一步步把产业做强。去年春节后举办首届梅花文化节，文化台就打起来了。今年春节后，第二届梅花文化节如期而至，梅花集市就是其中的一个重要组成部分，我觉得就是市场戏了。今年文化节活动和梅花集市的主会场还是设在洱源松鹤村，开设时间为2月2日至4日。接着就在凤凰城和茈碧湖百草园文创集市开设两个分会场，时间分别持续至2月15日及长期开市。

这个集市还真是好！刚开始大家对能持续多久心里也真没太大的底，没想到火上加火，火遍全城，火不过瘾之后又开启九个镇乡的专场，好似擂台戏一般，你追我赶似的。特色梅产业畅销品及特色小吃、农特产品、特色文创产品，好些个我来洱源一年半也是第一次见到，people mountain，people sea，好些年没这样摩肩接踵了，绝对提振市场，拉动消费、促进产业。现在已经转成长期集市了，欢迎来赶，五星好评！

　　同学们还有第二日的大半天时间在洱源，那就整点特色的吧。早上安排姑娘小伙们牛街岩栖阁走起，泡一下洱源汤。岩栖阁是去年我们挂牌的交大洱源乡村振兴交流坊，请大家去体验一下，交流一下，还是必需的。我早上有会，相约午饭后会合。

　　会合一见面，姑娘小伙们太高兴了，围着我说，黄老师，这洱源温泉也太灵了吧，就是时间太短了，不尽兴啊不尽兴。我说当然灵，不尽兴就不赖我了，谁让你们就安排了这么点时间在洱源，不过不怕，下次再来。

　　下午安排去一趟凤羽，也是时间有限，我就做主选了凤翔书院和三爷泉。临时下午我要去一趟邓川工业园天秀农业，聊一聊交大农业科技力量注入的事情，就也没能陪大家去凤羽。去凤羽之前，我陪大家到丰源村转了转，到交大洱源基地的院子里把饼又给大家画了一遍。看大家的反应，貌似这个饼画的还不错。凤羽我是来不及带大家进去了，好在也算脸皮厚，又找了凤羽的杨老师帮忙，妥妥帖帖。每次我都麻烦杨老师，虽不好意思，但还是继续麻烦着他。凤羽自是不消说，收获满满好评！

　　交大的同学来大理了，必然要去交大云南（大理）研究院参访。这也是我和云帆商量的，百贤的初衷是希望学者们了解中国、理解中国，所以单纯的看山看水就单薄了，所以我请大家在洱源看看交流坊，看看基地的饼，还要请大家去研究院，看看交大的论文是怎么写在中国大地上的。我在邓川赶不及过去了，又是麻烦顺子老师接待。同学们去过后告诉我，洱海治理太了不起了！

　　同学们大理再留一日，浏览洱海生态廊道、古城文化等，我就不操心了。不过也别说，大家走了之后，还是稍稍有点挂念的。

　　再来吧，百贤学者会越来越多，越来越强的，咱们洱源也会越来越好，越来越靓的。

百贤学者赴洱源开展社会实践

## 天秀的项目,张罗起

　　邓川工业园区有一个企业,叫天秀农业,去年陪同州领导调研时去过一趟,主攻坚果类产品,也有黑蒜。黑蒜在洱源不算稀奇,天秀的坚果主要是夏威夷果与核桃。

　　当时觉得坚果挺好吃的,倒也没有细聊,颇有印象的是天秀的品牌叫"百岁村",一下子联想到有个水叫"百岁山",广告语号称"水中贵族",卖得也稍微贵点。于是问天秀赵总,为啥起名"百岁村",莫不是和"百岁山"有啥联系。

　　赵总说,没啥联系,之所以取这个名,源于自己就是邓川镇旧州村人,具体来说是旧州村百岁坊自然村的。百岁坊,顾名思义,长寿的老人还是蛮多的。赵总做的是食品行业,关乎健康,取其美好寓意,做了一点变化,"百岁村"就成了。

　　今年年初沪滇资金谋划项目时,天秀农业成功入围,得到1500万元支持,建设二期厂房。我心想,天秀可以啊,没点实力和前景,沪滇资金是不会考虑的。

天秀,算是一产和二产的结合,县里农业和工业各有领导分管和联系,我本觉自己得和天秀大概就是以上一点联系了。后来自省,格局小了,乡村振兴是篇大文章,方方面面,都会有联系,都要动脑筋。

百贤学者来洱源的这一日接到县委分管农业农村和乡村振兴工作的杨珏婵副书记电话,问我知不知道天秀,想约我下午一起去一趟。

我还真知道,也去过,很快搞清这次要去干啥。原来天秀赵总得到沪滇资金支持后,正在紧锣密鼓地搞建设,年底前能搞完,然后就投产。规模扩大了,产能增加了,销路预期也很好,这时候就要考虑产品品质和附加值的提升,考虑新品研发等。大约有些书到用时方恨少的意思,天秀自身在这些方面积累不算很深,必须考虑借用外脑。老赵同志思来想去,也有朋友介绍,就想去找一所有农业学科的大学寻求支持。有了一点初步方向,不太牢靠,于是打电话给杨书记,说说自己的想法,看可不可行,以及有没有什么意见建议。

杨书记一听,给老赵做了点减法和加法。减法是之前老赵考虑的路径不太行,知名度和实力方面都存在提升空间;加法是放着交大在洱源不用怎么能行,先拉上我去聊聊看。

于是对接好顺子哥和百贤学者,我下次再去研究院,这次先去天秀。路上做了点沟通,一会儿到了之后先搞清楚天秀的想法和已经推进的程度,如果已经找到合作伙伴并且比较牢靠的话,交大就不一定贸然参与,或者可以从另外的角度再考虑,不要做棒打鸳鸯的事情。如果还没有的话,我倒是可以张罗一下。领导说,应该还没有。

到了天秀,沟通很顺利。老赵有一些想法,还没有具体方向,也没有具体路径,大意是想在企业里引入一个外部专业机构的专家工作站。这就好办很多,我来张罗也就没有太多顾虑。

前年来洱源之后,我就与交大陆伯勋食品安全研究中心岳进主任对接过。岳老师很支持，约定有需要并且有合适项目的话，一定会支持我们。

后来又向周培教授专门报告，也是提请可能需要的支持。周老师很爽气，说没问题的。说起周老师，农生学院的老领导，之前农生学院所有来洱源挂职的老师，包括现在和我一起在洱源的小熊，都是周老师支持选派的。周老师是农业环境污染生态、污染检测与修复以及都市农业生态技术领域的大专家，长期担任农生学院院长和书记，也担任过陆伯勋食品安全研究中心主任。

关键之关键，周老师领衔了云南省院士（专家）工作站，是"周培专家工作站"的负责人，这样的资源，不找过去那不是傻了吗？

我心里有点底，但也没把钉子一下砸进去。我把掌握的情况和资源做了交流，把我认为的可能性做了分析，把后续的推动安排做了建议。咱们交大人，尽量不去玩虚的，还是先说说建议。大约是两点。一是近期结合"招才引智"的工作，我正想组个洱源代表团访问交大，交流一下基础教育和培训工作的安排。正好遇着天秀这件事情，建议赵总加入我们团，增加关于食品领域的交流环节。我们洱源先去汇报，再请岳老师团队到洱源实地考察，一来二去，大致能成。二是在乡村振兴培训的工作上，我再与乡村振兴局同志们沟通一下今年的计划和安排，这方面岳老师团队非常专业，如果能形成组合，内容就更丰富，也更有抓手。

大家还是赞同和支持的。领导请赵总把天秀的情况梳理一下给我，我先前期对接起来。

这一天是2月10日，14日赵总发给我基本情况，还是不错的，我也学习消化和吸收了一些。

天秀是本土企业，成立时间不算长，六年半，目标是成为集科研、生产、销售、技术服务于一体的规模化创新型现代农业产业化发展企业，当下的发展模式是"公司＋基地＋合作社＋种植户＋市场"。我想沪滇资金之所以青睐天秀,这个发展模式对乡村的各项带动,是个很关键的因素。

天秀在邓川工业园区,这也是很好的区位优势。邓川是洱源的交通节点,洱源又是滇西北"大理—丽江—香格里拉"线路上的重要枢纽,承东启西,交通条件非常之好。

去年,天秀一方面从自身发展考虑,另一方面也是积极响应政府号召,以云南省打造世界一流绿色食品牌产业发展为导向,调整产业结构,实现产业转型升级。这是天秀发展的重要定位,也是基于此,天秀在去年下半年实施了年加工10 000吨核桃、夏威夷果、坚果系列产品及梅干系列产品出口项目。

这一步走得不错的,也分成两期实施。

第一期工程总投资1000万元,项目占地面积约3000平方米,主要对公司原有厂房升级改造1800平方米,购置核桃、夏威夷果及梅干系列产品生产设备20台套。目前,这第一期工程已完成并投入生产运营。

第二期工程计划投资3000万元,一半来自沪滇资金,另一半来自自有资金,主要是建设标准化生产车间7000平方米,完善相关配套设施。第二期工程于2023年2月开始实施,项目建成后年产量将跃升为10 000吨,年均实现销售收入20 000万元,第一年可出口60个标准集装箱,实现出口额600万美元,第二年可出口120个集装箱,实现出口额1200万美元。项目全部投产后需要200余人,能带动当地富余劳动力就业,提高当地就业率,增加当地居民收入。

天秀是我在洱源目前看到对发展规划比较重视并且相对清晰的企业。未来的发展大约围绕三个方面。

第一,梅干系列产品精深加工及研发,主要是梅干深加工及青梅香精的研发。根据研究发现,梅干具有多种食疗价值和药用价值,中医认为梅干具有生津止渴和预防便秘的功效,同时现代医学研究表明,梅干具有止痛杀菌和预防骨质疏松症的作用。青梅香精可以改善和调节体质,预防过敏,能够有效地抑制肥大细胞所释放出来的组胺等滑血传递物质,净化血液,使免疫机能正常。梅干系列产品精深加工及研发能快速提高梅干产品的附加值,增加产品的价值,有效提升产品的销售利润。

第二,鲜核桃果的加工处理及研发。主要是对鲜核桃果进行去皮、烘干、取仁、包装、出口销售。通过核桃仁的出口销售,能增加企业的外汇收入,提升核桃种植户的收入,提供农村富余劳动者更多的就业岗位和机会,推动农业经济发展、经济结构调整、转变经济发展方式,提高群众生活水平,提升企业的生产能力,提高企业市场竞争力,不断提高市场占有份额,有效地提高企业参与市场的竞争力。

第三,核桃油的研发。核桃油中大量的不饱和脂肪酸能减少肠道对胆固醇的吸收,有助于降低体内胆固醇水平,还能清除血管壁上的"污垢杂质",净化血液,对人体的重要性不言而喻。以核桃油为代表的木本油料对我国的食用植物油安全将是重要的补充和保障,开发潜力巨大。

天秀发展的规划和推进,也是我们愿意并且能够助力的主要因素。凡事总是要找个抓手作为突破。我想以天秀的需求为切入点,争取陆伯勋食品安全研究中心在洱源落地分中心,从声誉加持、检验检测、新品研发和培训指导几个方面递次推进,找到一个真正双赢的操作模式,这事就不是样子货,而是真正的好事了。

我向学校做了汇报,学校对这个方向也认同,于是我与岳老师又联系,初步交流,初步肯定。接着我就攒洱源代表团访问交大了。

各路英雄集结,3月上旬,交大走起。

# 双招双引，提点建议

2月23日，州里召集高校挂职的同志，来了一场"双招双引"的交流活动。双招双引，就是招商引资和招才引智相结合，互融共促。

之前高校同志联系的比较多的是招才引智的工作，这也是比较贴合高校的实际情况的。今年开年，各地拼经济促发展，高校在校友和社会资源方面也有自身优势，于是就有了"双招双引"。北大的兵哥挂职在弥渡，最近就被抽调到州里协助招商引资的一部分工作，也是辛苦他了。

大家汇报和交流一下近期的工作，对高校能在招商引资中发挥的作用提一些建议。高校的情况大致差不多，建议也相对趋同。

我也做了一小点汇报，提了一小点建议。

汇报两个方面的内容。

一是去年底到现在，并且接下来就要建设运行的上海交通大学乡村振兴洱源基地的工作。建设是上半年要干完的，运行起来先期服务基础教育的县中托管帮扶，成为我们8位老师生活、教研和进一步拓展教育服务之所在，接着拓展成为交大定点帮扶洱源在教育、医疗、科技、农业等方面的综合驻地工作平台。这件事情要牢牢做实。

二是招才引智的工作。目前我们招才引智的阶段还到不了引入全职人才的阶段，需要我们多创造机会，与交大密切联动起来。近期将组团访问交大，从组织工作、基础教育、食品安全和乡村振兴培训几个方面做一揽子拜访和交流，把设想的几个可能性变成现实落地的新内容。

招商方面接触不很多，大致觉得高校在招商助力方面能做的事情，也可以从两个方向对接。一个是校友企业以及高校的社会和企业界朋友方面，另一个是高校服务地方的专家站以及科技服务项目，应该有机会帮助推荐或者引入合作企业机构商洽投资，此外专家们如能帮助本地企业做大做强，也是引育并举中的"育"。

招商方面提两点建议。

第一点，我觉得招商和我们基金会搞筹资颇有相像，第一要多做功课，第二要多跑常跑。我们筹资的时候常说，不出去跑就一定没有，出去跑当然也不一定有，但一直出去跑就一定会有，或多或少都会有。今天交流时听领导们提到已经设立了北京和上海的投资促进机构，我感觉非常对路，同时我也是觉得咱们大理或者洱源投促方面往外跑得不多不勤，总感觉在家的时间多于在外的时间。

第二点，我觉得州里可以与上海方面协调，更多地发挥沪滇挂职同志的作用，把他们从县里放出去。上海方面大约是出于对挂职同志安全方面的考量和扎根当地的要求，挂职同志回上海对接工作的机会相对较少。从我的体会而言，我觉得一定要多回去，多汇报，多对接，才能多争取到支持和资源，这是双赢的事情。沪滇协作上海派过来挂职的常委、副县长，之前在上海大多都是各街镇副职和实职领导，有经验、有资源、有经费，实在不需要把他们牢牢摁在县里。

领导对我做了个回应，说他已经观察到这个情况了，也已经与相关负责的同志做了交流，正在推动上海过来的常委、副县长们多往外跑，多在招商引资方面发挥作用。

给领导点赞。有机会多多交流其实真挺好的。

教育 *JIAO YU*

## 红会的合作，正式开始

去年就想和县红会合作一下。最初与红会打交道，是因为前年"9.13"泥石流灾害后，学校的救灾款中的一半是通过红会拨付，直接用于抢险救灾；另一半是通过教体局拨付的，用于灾后教育发展。最初我是希望全部通过红会拨付，红会觉得后者与其业务关联度似有缝隙，只好分开了。

我觉得红会保守了。在我看来，并不似有缝隙，基础教育的支持应该也是红会作为基层慈善机构的应有之意。

后来，日常与红会同志们交流，觉得洱源红会做得挺不错的，确实是发自内心地在做这一份高尚的慈善事业。于是考虑合作，我们的项目可以通过红会作为中转和载体，落地洱源。这对各方都是有益处的。对红会而言，能够导入资金，直接体现在捐赠收入的数据增长上。对我们而言，红会能够帮助我们更细致地把项目执行好，资金的发放也更便利快捷，资金安全也更有底气，这对支持我们交大基金会洱源项目的捐赠人是更好的服务和保障。对经办具体资助工作的县级部门以及受到资助的乡镇或学校而言，中间的流程都简化了。

去年9月，浅试了一下红会的通道。我的班长捐给我们一万元，支持洱源团县委和红会共同开展的"圆梦助学"行动。我们云南校友资助交大第23届支教团洱源分队在玉湖中学的年度励学项目，每年资金也是一万元。这两笔资助款都通过红会实施了具体资助，励学项目还是通过红会直接发放到具体受资助的孩子家长的账户，非常顺利和便捷。

在去年基础上，今年计划与红会正式合作起来。首先操作的就是乔后项目，今年总标的是21.4万元，其中20万元是"交大洱源吴剑勋王晔助学基金"的第二年资助款，1.4万元是吴总的朋友汪总及其公司同事设立的"交大洱源中兴财光华"项目，新增对乔后7名小学生的资助款。"交大洱源中兴财光华"项目对乔后小学生的资助是持续5年，总共7万元，直到7个小朋友念完小学，此外还有6.5万元将用于激励洱源一中思源特班的学生，大约会在今年下半年执行。

于是拟定交大基金会、洱源县红十字会、乔后镇人民政府关于乔后整体助学的三方协议。约定事项如下：

捐赠资金来源于交大基金会设立的"交大洱源吴剑勋王晔助学基金"项目和"交大洱源中兴财光华"项目2022—2023年度相关资金，定向资助该年度洱源县乔后镇家庭困难中小学生107人，每人2000元，分两学期资助，每学期每人1000元。

交大基金会分别于2023年3月31日前和2023年7月31日前分别向洱源县红十字会捐赠账户各支付捐赠资金10.7万元。

交大基金会保证捐赠行为是真实意愿表示，捐赠资金是具有完全处分权的合法财产，捐赠至洱源县红十字会，符合既有协议约定精神,并有权向洱源县红十字会和乔后镇人民政府查询资金的使用及管理情况。

洱源县红十字会收到捐赠资金后,向交大基金会开具合法、有效的捐赠票据,这样资金走向和票据凭证就规范对应上了。洱源县红十字会收到交大基金会捐赠资金后,按规定办理相关手续,并在 10 个工作日内将捐款拨付给乔后镇人民政府,并督促乔后镇人民政府及时拨付至受资助学生相关账户。

乔后镇人民政府负责筛选确定资助对象,并及时向交大基金会和洱源县红十字会提供受资助学生名单、个人信息、银行账号信息等资料。协议执行过程中要严格按照交大基金会以及既有协议捐赠人的捐赠意愿确定资助对象,主动接受交大基金会和洱源县红十字会监督,及时向交大基金会提供相关资料。

这样就形成了规范的闭环过程。过程中,我的工作内容也没有变化,做好协调衔接工作,最后我负责与捐赠人对接报告。

2 月底拟定协议,各方赞同。3 月初各方签署,17 日洱源县红十字会收到捐赠资金,主动与乔后镇人民政府对接上半年资助发放工作了。

很顺利,各方均如意。红会的合作,正式开始。

下半年,"交大洱源孙斌教育基金"、"交大洱源中兴财光华"项目、"交大洱源云南校友会励学"项目等对于洱源一中思源特班的资助也将启动执行,首任挂职洱源县丰源村第一书记的孟祥琦老师对接的"交大丰源励学"项目也将签约执行,总资金量大约能与县红会以往年度筹资额相当。

至少,这对红会是件好事。

## 招才引智，交大走起

招才引智是去年州里派给高校挂职同志的新工作，同步还配备了一些工作经费。这项工作的目的是希望我们能够帮助引进或者吸引州外人才关注大理，了解大理，帮助大理。

在我理解中，其实每次往返上海，都是在招才引智，总是会请学校方方面面给予关心和支持，这应该是我们挂职工作的本职内容之一，所以有没有工作经费并不是很重要。我来挂职时，学校和部门的领导都关照，到了地方上，到位不越位，帮忙不添乱，工作上或者是经费上有困难，找他们。

县里各部门工作也忙的，去年想请相关人员一起出去调研交流或者是招才引智，终未成行，据说州拨经费在县级统筹也是一个因素。今年开年，组织部的同志遇到我，很高兴地说经费搞定了，随时可以出发。

我也很高兴，本来我就要回学校帮助洱源天秀农业争取交大陆伯勋食品安全研究中心的支持，这是此行的最初出发点和最重要推进事项。既然经费落实了，我们就拓展开去。

基础教育和县中托管帮扶的工作自然要纳入。这项工作是教育部去年的部署，交大接到的任务是云南洱源一中和海南定安中学。我知道定安中学已经由分管县领导带队与交大基础教育办公室对接了好几次了，去年就到过学校进行专项交流，还专门协调了资源跟进。洱源当然在财力上跟进困难，一直也没有与交大做面对面的交流，于是这次无论如何要请教体局和洱源一中的同志一起去。

一通电话，大家都愿意去，我也很高兴的。

乡村振兴的领域有太多工作可以交流研讨，比如培训的工作就可以拓展很多。于是邀请乡村振兴局的同志同行，若干领域都可以与交大乡村振兴办公室深入交换意见。乡村振兴局是我平时工作对接相对多的部门，沟通下来也没问题。

组织振兴是乡村振兴的关键和保障，招才引智也是归口在组织部门推进落实的，我的角色实际只是其中的协调员而已。我也很盼望洱源组织部门领导能够拨冗带队，县领导也很支持，可惜总是有工作冲突，未能如愿。不过最终组织部门还是专门委派分管同志和具体工作同志一起去，也是皆大欢喜。

交大方面早已对接好了。组织部、地方合作办、基础教育办、农业与生物学院，我都提前做了汇报请求，大家都非常支持，也很欢迎我们多走动多交流。

略有遗憾的是，天秀赵总临时未克成行。因为我们出行那几日，企业经营过程中的银行资金调动需要赵总到现场。那也没辙，委托副总同行，也姓赵。

于是3月8日至10日，招才引智，交大走起。

## 绿色食品，我们出张牌

这次正式带队访问交大，第一桩重要事就是到陆伯勋食品安全研究中心对接交流。这个中心挂靠在农业与生物学院，是专注于食品安全研究的交叉平台。

陆伯勋食品安全研究中心成立于 2005 年，由交通大学 1938 届校友、美国加州大学戴维斯分校食品科学与工程系著名教授陆伯勋博士捐资 300 万美元，并结合交大配套支持共同建设的，定位为校级研究和服务性机构。

刚到洱源一段时间后，我就瞄上中心了，与中心主任岳老师有过两次沟通交流，又给中心首任主任周培教授汇报过，总是在琢磨合适的契机能够得到两位师长的进一步支持。其间对接过蜂蜜、食用玫瑰等，总是差着一点。

省州对洱源的发展定位，其中重要内容是打绿色食品牌，这是针对云南高原特色农业和洱源优良生态环境而言的。这一年半来，我也琢磨，面向绿色食品牌的定位,我们能做点什么。

早几年脱贫攻坚期间,交大派出多位农业专家挂职洱源,在农业领域各自都发挥过重要作用。轮到我作为管理干部派出时,农业技术方面我不懂,于是主要在教育和产业方面做了点工作。一年多过来了,对县里情况了解得七七八八,也在产业方面有一些认识,渐渐萌生想法,有没有可能把与农业相关的几个方面串联起来,理顺不同的方式方法,形成一些操作性强、各方多赢的运营模式。

思来想去,食品领域我们可以出张牌。这时候天秀农业的项目和需求冒了出来,各方沟通下来,成为很好的引子。

回上海之前,接待了有意在洱源拓展中蜂养殖和蜂蜜采收项目的上海陇品食品商贸有限公司武总和王总两口子。这阶段王总在上海,于是邀请一起到交大交流。

周培老师亲自接待我们,岳进老师详细介绍中心工作。2月下旬访问过洱源并且专门到天秀指导过的高博彦老师也参加交流,此外中心还有5位老师和博士后参加,阵容强大。

周老师团队在2017年入选云南省院士(专家)工作站,成立云南省"周培专家工作站",现在已进入第二期工作阶段,围绕面源污染治理、秸秆废弃物处理和农产品深加工这三个方面继续努力。

岳老师向我们系统介绍了陆伯勋食品安全研究中心的情况。中心承担着上海市食品安全专家委员会工作,周老师是专委会主任,岳老师是专委会副秘书长,秘书处办公室就设在中心。这次我才知道,交大医学院公共卫生学院院长王慧教授也是专委会委员,王老师是公共卫生领域和食品安全领域的大专家。

中心的科学研究领域主要涵盖食品组分功能与研究、食品安全与微生物、食品加工与包装、食品化学与营养、农业生境安全与控制、转基因食品安全检测等。中心开展系列食品安全培训,包括通用知识培训、

HACCP 高级培训、全球市场计划培训、HACCP 讲师培训、BPCS 培训，以及 FSMA 培训等。中心承担食品安全的社会服务工作，在学校和学院的支持下，在既有实验仪器平台的基础上，投入 1 500 万资金建立了食品安全与营养第三方检测实验室。检测实验室已通过 CMAF 资质审核，向社会各界提供食品理化、微生物、添加剂、农药兽药残留、营养成分，以及重金属及其他有害物质检测等多项检测服务。检测实验室以专业的检测队伍、精准的检测结果为企业和社会提供产品检测服务、咨询服务和人员培训服务，并在产地环境安全管控技术方面产生了重要影响，也为政府部门的食品安全政策和决策提供技术支撑。

中心在食品安全科普方面不遗余力，从食品安全法律法规到食品安全小贴士，从食品安全事件分析到一系列科普视频，做了很多工作。

岳老师还专门为我们介绍了中心在乡村振兴相关领域的培训实践，这一块也是我们此行想得到支持的一个方面。

岳老师讲完后，我们分别请天秀和陇品汇报一下各自的需求。

天秀今年正在上马新的生产线，主要的需求聚焦在核桃精深加工领域，一是核桃品相分级及对应利用，二是核桃油开发及保鲜技术，三是食品安全检测，四是食品安全培训。

岳老师回应，之前正好在临沧做过较大规模核桃产业调研和技术储备工作，对核桃分级分层利用做了比较充分的研究，也形成了一系列的技术和工艺开发及储备，后来限于种种因素，进一步拓展停滞。如果在洱源，结合天秀的情况，还真是天时地利人和。

高老师也回应自己在油脂领域的研发和积累，也已经收到了天秀的核桃样品，接下来会在自己的实验室先做一些检测和分析的工作，再到天秀进一步探讨推进。我其实很早就知道高老师了，美国马里兰大学食品专业的博士，回国已经有些年了，业内的合作伙伴是金龙鱼。高老师的实力毋庸置疑。

陇品在洱源今年可能要投中蜂养殖的项目，生产蜂蜜。养殖方面没问题，需求主要集中在蜂蜜检测、营养指标以及低温除晶技术方面。

我们就开个玩笑，陇品在洱源投资，我们就支持，不在洱源投资，就不一定了。

县里组织部和乡村振兴局的同志，从既有专家工作站与培训以及农业支柱产业再破局的角度做了交流。

我呢，先是发自内心感谢周老师百忙中安排一上午跟我们交流，这么大的教授，这么关心我们洱源，也关心我。再是这次过来，我是攒了一年多的观察，带着一些觉得可能落地的想法，奔着能串联一些力量、形成一个平台或者机制的做法，来找周老师和岳老师汇报的；去年年底杨振斌书记访问洱源时，座谈会上也专门指示我们驻地挂职的同志要更多更敏锐地寻求潜在机会，特别提到有机会要进一步挖掘学校农业和食品领域的力量。最后是邀请周老师和岳老师，最近如果到云南的话，能不能多留一天时间给到洱源，再实地指导。

一上午交流的过程中，周老师是边听边记的。最后周老师总结，给我们提了以下几点。

一是技术方面的支撑。不管是核桃油保鲜技术、核桃仁品质提升，还是蜂蜜相关的技术，岳老师也好，高老师也好，都是食品化学领域的专家，技术方面都支持支撑得起，他本人也会全力支持。

二是乡村振兴的培训。交大陆伯勋食品安全研究中心是个交叉平台，在这个领域的培训上很有经验，也很有内容，更是非常专业。这方面可以进一步对接需求，中心可以结合洱源的产业需求和知识需求量身定制，形成真正有效的课程体系。

三是从技术和产品研发拓展开去，和大家共同研究探讨可否提得出来洱源战略性和前瞻性的农业以及食品的品牌产品，方向是针对药食同源，这是未来发展的趋势。

四是围绕药食同源，形成一二三产融合发展的态势，真正促成产业振兴，进而服务乡村振兴。这方面农业农村部有专项计划和支持，洱源有兴趣的话大家可以一起探讨，也可以做一些示范村或者示范区的探索，最终目标是形成集观光、休闲、旅游、加工和体验为一体的综合产业结构。

五是可以帮助引入高端会议或者国际论坛。陆伯勋食品安全研究中心在国内外具备较好的影响力，合作脉络也比较广泛，每年也会承办多项国内外重要会议和论坛。如果需要的话，有些论坛可以转接到大理或者洱源举办，帮助所在地扩大影响力。

五个方面，递次推进，螺旋上升，方向性、指导性和实践性都很强，看来还是要跟学术大家多请教。中午周老师陪着我们一起吃盒饭，我们又一起聊了聊。药食同源，感觉洱源的酸木瓜是有机会的，试点村或者试点区可以尝试。此外我们即将动工的交大洱源基地，也能成为陆伯勋食品安全研究中心在洱源的分中心初始驻地，未来孵化出一个食品安全的科技小院我看也不是不行。

这一上午，太充实了。咱们这张牌，至少打出一大半了。周老师和岳老师说三四月份可能来云南的，届时一定会给我们洱源留时间。

回来之后，我又与岳老师又仔细商量，接下来想这么推进。

第一步是恳请交大陆伯勋食品安全研究中心在洱源设立分中心，这从品牌声誉上就给了我们莫大支持。设立之后一定要有活可干、有事可做，天秀的项目就形成了这样一个双向交互的任务。

第二步是分中心的业务拓展。一个方向是围绕天秀新产品开发的研究和技术支持，另一个方向是面向其他企业检验检测方面的需求。一部分工作可以在驻地开展，另一部分工作可以送回交大继续。这一步可以为未来打造这个领域科技小院夯实基础。

第三步是启动丰源村的甄选项目，名字或许可以就叫"洱源思源丰源甄选"，初期选品聚焦洱源特色，接着可以拓展到大理州乃至云南省。敢做甄选的底气就来自分中心落地洱源的检验检测工作。

第四步是建立甄选企业联盟平台，实际也是与第三步的联动。联盟平台的支撑是丰源甄选＋交大陆伯勋食品安全中心的检验检测认证，邀请诸如天秀这样的企业加入联盟，获得认证背书，提升附加价值。

回到县里后，我与相关几方也做了调研和沟通，很有兴趣，朝着这个方向我们继续努力。

招才引智，交大走起

## 县中托管，恳谈与推进

此次访问交大，另一件重要的工作就是县中托管帮扶的沟通和交流。去年7月初次签约后，陆续有过一些线上线下的交流和推进，感觉总是不到位不过瘾。这次组队时，专程安排了交大托管帮扶洱源一中的交流对接，确实有很多事情需要面对面沟通。

洱源的事情，往往交大方面是比较容易约时间的，这个认识是共识。基础教育的工作是大家都关心的工作，县里组织部、乡村振兴局的同志也强烈要求参加，教体局和洱源一中更是责无旁贷。琳媛带着交大基础教育办公室的同事都参加了交流会。

洱源一中是最直接的当事方，于是一中王燕副校长先讲。

确如王校长所言，去年托管帮扶签约之后，交大调整研究生支教团云南分队整建制6名成员全部派驻洱源一中，8月中旬学期伊始全部到位，承担主干课程教学。这解决了当时学期排课的燃眉之急。去年洱源有个特殊的情况,开学前一小部分师资力量借调到了新开办的另一所高中去支援一段时间,这个不小的缺口我们给堵上了。10月初,两位交大附中体系的老师也到位承担课程,其中章老师还兼任副校长职务,承担部分管理职能。

一个学期下来,基本运行得挺好的,不过也有不适应和磨合之处,毕竟沪滇两地的高中生源情况、教学要求、课程安排、教学方法都存在很大的差异。

校长也请求后续交大继续投入资源,包括人员和资金方面的资源。

琳媛对人员资源做了回应。其实目前上海高中师资的压力可谓大过云南,去年也就是我家小哥考上高中的这一届,市教委要求每所重点高中扩招两个班级,一下子教师就紧张了,但交大对附中提出要求,附中坚决完成了4位教师的选派,2位到洱源一中,2位到海南的定安中学。今年中考也快了,市教委又要求每所重点高中再扩招两个班级,可想而知,教师就更紧张了。但交大无论如何也会保障洱源的教师选派,不管是延续还是轮换,都不会掉链子。同时也建议洱源一中研究提出管理和学科方面的综合需求,一方面大家可以提前沟通交大派驻老师所承担的任务,另一方面也能用好用强派驻老师的专长。

今年基础教育办、教育学院和交大附中还一起商量,对接下来研究生支教团成员进行系统培训和上岗实习。8月份要到洱源来轮换的新一届研支团目前正在交大附中闵行分校参训。培训带给研支团成员的不仅是后续报考教师资格证的基础,更是为了让他们对高中教育教学有直观了解,更好地适应未来的支教生活。

此外,教育学院目前正在策划7月中旬的洱源暑期学校,正好也是接着这次讨论交流。

资金资源方面,我做简要回应。从托管帮扶签约开始,之前我们酝酿和实施的一系列教育帮扶举措和资源都自动汇聚于这项工作。这一年对思源特班学生的支持,来自交大给的种子资金,总名额是 100 个。前几天我与一中领导班子也做了深入探讨,根据目前我们掌握的资源,结合大半年来学生修业的情况,展望未来一两年中考招录的形式,决定开展将"思源特班"作为荣誉称号动态优化,并据此予以资助。总名额还是 100 个,动态分布于当前一年级以及未来两年内新招录的学生中,以修业水平的高低进行动态考量和资助。学校也会制定基本的入选标准,宁缺毋滥,不养懒汉。

基于这样的优化,年度所需资金量就可以有一个比较准确的测算,这样的话,今年下半年就可以启用"交大洱源孙斌教育基金"。目前一中正在做未来两年的基本测算,根据测算结果,"交大洱源孙斌教育基金"将可以同时开展学生资助和教师激励,"交大洱源中兴财光华项目"和"交大云南校友会励学项目"也会加入资助行列,形成合力。

"交大洱源—荣昶讲坛"的资金是用在资助交大荣昶储才的同学们,以及愿意来洱源分享交流的青年师生们的往返差旅费用的,也会支持洱源的孩子假期到交大和上海交流学习。这部分资金是不直接投放在洱源,但也全都是服务县中托管帮扶,帮助构建第二课堂的。去年第一期开讲后,反响很好,今年 3 月下旬讲坛接续,而且今年后面每个月的安排都已经排出计划了。

根据这些情况,我向交大和洱源参加交流各位同志报告,既有的资源再支持一至两年问题不大。从洱源的角度,希望交大能够给予每年稳定的支持,这一点我个人当然也希望能够促成,也希望交大各位同志关心支持。不过话说回来,我个人也有一点看法,教育部关于托管帮扶的要求中明确,校地双方要共同投入资源保障,实际上更多的是要求地方给予资金资源保障,高校给予智力资源保障。这一点海南定安中学落实就相当到位。

洱源的经济情况我是比较了解的,交大的各位同志也比较清楚,大家确实也非常理解转型期阶段性的困难，但我觉得洱源的同志特别是基础教育相关的部门，包括组织部门、教体部门、乡村振兴部门，也需要想办法向县上州上争取支持，多少还是要在教育方面增加一些投入，再向交大争取配套支持。

县里教体局是基础教育的主管部门，杨文娟副局长这次也专门同行，并表达三点。

一是感谢和欢迎，特别是托管帮扶对洱源一中的支持，交大的投入和作用不言而喻。

二是压力和依赖。目前洱源一中的办学水平在全州 40 余所普通高中里排位大约 20 左右，处于中游，教育系统对上对下压力都不小。压力之下，依赖思想也有依存，总有些想着靠着外力就得的意思。通过托管帮扶一段时间的运行，也通过前面几次特别是这次面对面的深入交流，目前一中对发展的定位和路径也有了更清晰的认识，必定是内因为主，外因为辅。

三是托管和帮扶。下一步教体局和洱源一中将会加强与交大基础教育办公室的汇报和对接，托管是帽子，帮扶是里子，最重要的还是立足自身，再加上交大的支持，应该行。

基础教育办公室刘轶昆副主任是县中托管从头开始到现在的具体执行同志，借这个交流的机会，向我们介绍了交大为了做实县中托管而进行的一系列整合工作，也向我们介绍了前期与定安中学在搭建工作专班、每月例会交流、工作任务分解、教学教研需求、每月细化清单以及资金保障等方面的做法，总的方向是将托管帮扶工作的目标和指标量化并逐项落实。

交流和讨论很是热烈的，很快两小时就过去了。

基础教育办王琳媛主任小结和表态。接下来双方还是应该以需求为导向，确定下一步帮扶计划，细化落实帮扶方案。基础教育办和教育

县中托管，恳谈与推进

学院也正在考虑与大理州共同举办乡村教育振兴论坛，开展教学指导与师资培训等，并会统筹联合学校研究生支教团、"荣昶储才计划"、线下暑期学校等多方力量，助力洱源基础教育发展。交大也会主动加强与洱源各方的联动、盘活资源，根据教育部县中托管帮扶工作的各项要求，进一步细化落实帮扶方案。

琳媛最后说，交大将鼎力相助、倾力投入、全力以赴，与各方携手共同描绘上海交大对洱源教育帮扶的新画卷。

恳谈和推进，效果很好。面对面的交流，比起线上方式，好得不是一点半点。

我们的县中托管，已经解决了从 0 到 1 的问题，接下来优化师资定位、加强支教团培训、常态化"荣昶讲坛"、引入暑期学校，不断探索各方资源投入，道生一，一生二，二生三，三生万物。

## 老孟牵线，丰源励学

老孟是孟祥琦，交大派出到洱源县丰源村挂职的首任第一书记，2015 年夏天到 2017 年夏天，也是两年。老孟不老，比我小好多，但比小熊大好多，所以叫老孟。2015 年夏天，也是交大选派第三任挂职洱源副县长的时候，当时的挂职副县长是一年期的，而第一书记则是两年期的，重要性可见一斑。到老孟期满返校轮换时，新选派第五任挂职副县长也调整为两年期了，就是现在交大云南（大理）研究院的王欣泽院长。我是第七任，2021 年夏天到 2023 年夏天，即将收官于交大定点帮扶洱源十年之际，与有荣焉。

老孟派出，源于 2015 年 5 月，中共中央组织部、中央农村工作领导小组办公室、国务院扶贫开发领导小组办公室印发的《关于做好选派机关优秀干部到村任第一书记工作的通知》，这是深入贯彻落实习近平总书记关于大抓基层、推动基层建设全面进步全面过硬和精准扶贫、精准脱贫等重要指示精神，对选派机关优秀干部到村任第一书记工作做出的安排。通知要求,中央和国家机关部委、人民团体、中管金融企业、国有重要骨干企业和高等学校,每个单位要向定点扶贫单位至少选派1名第一书记,为基层作出示范。

有时候,高校的挂职副县长会和第一书记开玩笑,你是中组部派出的,更光荣,我是教育部派出的,也还行,一起加油干。

当时选派第一书记主要是针对脱贫攻坚地区的党组织软弱涣散村和建档立卡贫困村,要做到全覆盖。所以那个阶段,同一个县里面,有来自中央单位的第一书记,也有来自省州部门的第一书记,第一书记同时担任驻村工作队长,领着同样来自不同单位的工作队员们,三茬推进,村容村貌村风焕然一新。丰源村就是典型代表。

当时村里连住宿都不能解决,现在看起来还是有点寒碜的小熊在村委会二楼背阴小屋的宿舍,在当时想也不敢想。老孟当时的条件非常艰苦,啥都没有,又是首任,两眼一抹黑,可也不能给交大丢人,撸起袖子和村里同志一起干,干中学,学中干,助力脱贫攻坚。

2021年5月,中共中央办公厅印发了《关于向重点乡村持续选派驻村第一书记和工作队的意见》,对向重点乡村持续选派驻村第一书记和工作队做出规定,并提出"坚持有序衔接、平稳过渡,在严格落实脱贫地区'四个不摘'要求基础上,合理调整选派范围,优化驻村力量,拓展工作内容,逐步转向全面推进乡村振兴"的新要求。小熊就是学校根据中央新的意见选派的交大第四任挂职第一书记,接续丰源村的乡村振兴。

前后比较,对于第一书记的职责,在"加强基层组织、为民办事服务、提升治理水平"三大项方面是一致的,但前后的工作目标、工作重心和要求都有很大变化,主要体现在由"推动精准扶贫"演进为"推进强村富民",要求第一书记聚焦加快农业农村现代化,扎实推进共同富裕,促进农业农村高质量发展。

去年年底，老孟跟着工会团，这么些年第一次又回到丰源村，非常激动，非常感慨，中午饭都没有随团吃，跑回村委会就在院子里蹭了一顿村里的饭，颇有点饱含泪花的意思。那次故地重游，看着村里面貌不可同日而语了，看着小熊的宿舍，当年压根这半片楼都没有。我们跟老孟说，首任同志你放心吧，条件会更好的，等到小熊快期满时，村委会对面的交大洱源基地就会建好了，条件就和上海接轨了，工作也会更上台阶了。

那次小熊和村里的同志领着老孟东家看看，西家侃侃，大部分乡邻都过得不错，也还有不如人意的地方。老孟提出来说，等他回去后，也去张罗张罗，力所能及，多少也能再帮上点忙。

后来老孟就和小熊一直沟通，几番交互，确定下来资助村里一户比较困难的家庭，家里两个娃娃，今年秋天一个读初中，一个读高中。老孟也颇有些朋友，后来我知道，老孟牵线也是得到校友的捐资，协议都还没签，捐赠款 5 万元就已经到我们交大基金会账户了。我也催着小熊和老孟，还是要抓紧和校友把协议签了，也是我们的感恩心意。

小熊来找我，商量这个项目怎么执行，怎么拨款和资助。我要了与校友拟签的"交大丰源励学"项目捐赠协议琢磨一下，又和小熊仔细商量了一番。校友资助诚意满满，也希望落到实处，形成激励实效，因此要有一定评估节点用于确定一步步的资金安排。校友的这个要求非常合理，也利于项目发挥实效，我们一定要做到，也做得到。

初中和高中的资助力度有所不同，按年度核定，形成年度拨付资金额度以及分学段资助金额，汇总三年半资助期内拨付资金核算表。又与县红十字会同志对接，这样的资助安排是否可以通过红会在洱源实施和执行。红会也很愿意促成，对于资金拨付和执行都能实施，也乐意实施。于是又与小熊及丰源村委会确定和红会衔接的时间节点以及信息资料等。

　　各方达成一致，形成交大基金会、洱源县红十字会和丰源村村民委员会三方协议书。

　　协议约定的捐赠来源于校友在交大基金会设立的"交大丰源励学"项目相关资金，定向资助丰源村的家庭困难初中生和高中生各1人，资助按照学段分类实行，2023年1月至8月按每人每月500元发放，自2023年9月起按每学年10个月资助，初中每人每月600元，高中每人每月800元。根据资助标准，确定年度资金拨付计划和金额，三年半资助期内拨付资金核算表列入协议中。

　　交大基金会负责资金按计划拨付工作。县红会负责资金接收，并根据丰源村委会提供资料和时间节点完成资助拨付。丰源村委会负责根据交大捐赠校友意愿按时间节点确定资助对象，并向交大基金会和县红会提供受资助学生名单、个人信息、银行账号信息以及各人发放金额等资料。

　　很快协议签署完成，接下来就是我的事情，与基金会后方对接，样样落实。

　　老孟，可以的！

# 孔老师的海菜缘

孔老师是真爱洱海,真爱洱源,真爱海菜花!

前年 3、4 月,老爷子从洱源徒手拎了 60 多株海菜花,还找了 2 株茈碧花,移栽进交大闵行校区南苏园。海菜花就种在池塘里,茈碧花更金贵,种在了特制的水缸中。那年校庆时节,南苏园海菜花开,煞是好看。

水环境方面,孔老师是专家,把局部水质调得很适合,茈碧花也活着,但没开花,两地的水文气候还是不一样。可惜上海的夏天太热了,尽管孔老师又给它们架了遮阴帘,海菜花最后还是香消玉殒于炎热的上海空气,真的被热化了。

去年春天,孔老师忙着给大理和洱源运到上海的滇樱花树到处找中转站,海菜花实在无力接续。

老爷子把气力和心思都攒在今年了,3 月 8 日下午又从洱源拎回 100 株海菜花赶回学校,9 日上午又种进了南苏园池塘边。那天种完之后,孔老师还在水边给同学们上一节鲜活的思政课,也给环境学院"守护海菜花"

劳动教育拉开序幕。接下来,南苏园和海菜花就交给小辈们了。

那天上午我带着洱源代表团的同志正在学校交流,下午我们一起也到南苏园看了一下,还是种在去年的地方,静候花开。

一个星期后,我已经在洱源了,孔老师呼我,说起一个绝妙的点子。交大校庆在即,今年校友将会大规模返校,线下举行各类纪念活动。

孔老师想,校庆期间在学校餐桌上,加一道来自洱源的"水性杨花"菜品。

所谓"水性杨花",就是海菜花。之所以有这个别名,是源于其本身的生长习性。作为一种沉水植物,它的根茎漂浮在水下,水性自不消说;开花的时候,花朵下面的花葶细长而柔软,随着水波漂浮荡漾,好像杨花随着微风在空中飘舞一般。

海菜还有两个特点。一个是天然的水质探测仪,二类水才能活得好,水质差了它就活不成。所以去年洱海水质大多月份保持在二类水时,海上花开,传为佳话。另一个特点是可食用性,新鲜海菜一般做汤或者清炒,清新爽口,并且同一株海菜成熟采摘后,十天左右又能长成,又可采摘。

孔老师觉得如果能借助校庆这个特别的时机推出海菜菜品,一则新鲜体验,二则宣传洱源,三则探索商机。如能成功,一方面嘉宾们可以帮助推广,另一方面也可以拓展成为学校餐厅的特色菜肴,都是不错的。

孔老师说与教服集团姚奕总经理对接了一次,姚总很支持,觉得很可行。姚总肯定支持,去年8月,那时姚总还是交大图书馆姚书记,专程就带队到洱源支持教育,给洱源一中的学生做入学辅导,讲李政道先生,好评如潮。姚总履新教服,岗位虽变,支持洱源肯定不变。

我跟孔老师报告,我和姚总可熟悉了,一直得到姚总关照。我也向姚总请求支援,他肯定会支持俺们洱源。我建议先行先试,近期先寄一点海菜请姚总安排大厨试试水，效果可以的话校庆期间我们就在洱源轮番发货。

孔老师赞同，待他号令，我们行事。撂下电话，我赶紧向姚总请求支持。姚总说没问题，待他号令，我们行事。

小熊听说了，找我商量，能不能这个任务交给丰源村。一直以来，丰源村上下都很感谢交大的支持，这点小事，就不用再找别家了，丰源村来。

必须行啊。3月24日，周六下午，小熊和村里同志搞定海菜，搞定顺丰。物流冷链，次日上午10时，抵达闵行校区学术活动中心餐厅大厨手中，居然到早了。

孔老师把传统海菜烹饪方法也一并交给了姚总的大厨，据说星期一试菜。

海菜进入交大留园餐厅

周二傍晚，孔老师可高兴了，传给我试菜的美图，附言：原生态的高贵食材！又附言：典型的上海菜品，海菜花。交大学术活动中心和留园餐厅做得真是不错，很有创意菜的味道，一道是酱脆的，一道是三拼凉菜，还有一道是皮蛋海菜拼盘。

姚总也呼我交流，总体试菜成功，校庆加推无虞。另外餐厅大厨想与洱源大厨再做一点交流，关于海菜特性，关于油品选择，关于水温火候,争取更好呈现。这个我落实。

想想挺美,南苏园在学术活动中心里边,海菜也是中心餐厅大厨出品,吃完再到南苏园看看,有意思的。前两天,孔老师发我一张图,南苏园9日种下去的海菜,开出了第一朵小花。我想到校庆时,水面应该是繁花点点,很是优雅。

最后,候指示发货,让校庆期间,充满新鲜新意。姚总专门关照,这次再发货,要带花的,让大家吃的时候就看到花,不要妄想去摘南苏园的。

# 基地

**基地，开工准备**

在上海时，和佳雨又去请了一趟郭老师。基地设计差不多了，睿远对于细节方面还有一些思考和要求，请郭老师帮助再把把关。算了算日子，倒推时间表，3月内无论如何要开工。

我回到洱源，又接待完老吕。14日郭老师呼我，说看了看时间，还是抓紧来一趟吧，明天晚上就到，后天安排一下工作，大后天返程。同行邀请了另一位艺术家和建筑师阙老师，帮助一起把把关。

收到航班信息，居然是晚上8点起飞，半夜12点抵达丽江，返程待定。郭老师说实在也是没辙，这样不耽误那日白天的活动。到了之后就丽江住一晚，第二天早上再去接。

一早我从洱源出发，丽江走起，接到郭老师、阙老师，洱源又走起。到基地时，将将临中午。老师们说还不饿，先看现场。郭老师是第二次来了。阙老师是第一次，进到院子，直呼可以可以，夸我们眼光不错。

拿出图纸，对着现场，翻出佳雨的关切之处，确实有不少商榷之处。

先定院内主路走向。从既有形态和初步设计上看，主路均嫌平直，过于单刀直入，并把院子一切为二，左右都小，户外空间割裂了。这次我们先在门口瞄，又到尽头反瞄，再与墙角横切延伸，反复比较。小熊找来铁锹，我们跟着老师指挥，撒灰成线，模拟主路走向，又反复对比，最后一一立起内外坐标。最终效果很好，进入院门，主路不直冲建筑了，尽量偏向右手边，这样左手边户外空间足够大，便于以后户外活动和功能拓展。左区会做硬化，采用哪种方式容两位老师再思量建议。区域内安排几棵大树，品种、树龄、姿态俱佳的那种，错落有致，呈自然点缀，很好地避免了大面积硬化带来的僵硬感。

主路右手边也还留有一定空间，面积就不太大了，主要从实际功能出发，也做一点意境处理。从外往内，先是门卫室，这还是必要的，毕竟安全是第一考量。主路左边种桃树、梨树，院子最深处种一棵石榴树。主路右边种几棵苹果树，均衡，还能吃。整个院子以前是公路局道班机修站，一直没有上下水排污系统，这次要统筹安排好。从苹果树往里走一点，会安排一个化粪池，把三栋小楼的排污接入池子，通过生物化学几道工序，最后排出清水，汇入市政污水管道。从池子到市政管道，中间经过坡地会有地高落差，还需要加一个水泵辅助。最后池子上加盖覆土种草，保持队形。再往里，就与小楼们接壤了。到这里，主路往左分叉，接入综合活动楼，往前接入住宿楼和教学办公楼间的小广场。

再定综合活动楼的优化。综合活动楼是原来的机修车间，中央是挑空很高的正方形大空间，左右两边各有两间小屋。总体而言，形态很好，空间略小。设计方案考虑到了这个因素，沿着门面整体外扩2米左右，形成外包出来的阳光前廊。这个方案两位老师都觉得不错，这次现场对细节做了调整。

综合活动楼与住宿楼在一排，中间有一块空地，不大不小，里面有根电线杆。设计方案中对这一块的处理是平整，这次现场看时，两位老师提出建议，将两栋小楼之间的这个区域利用起来，先是拔掉电线杆，这样院子里横切的架空线问题也解决了，天空打开。再是将原来设计于住宿楼内的洗衣房移出来，设置在这个区域，晾晒也设置在这个区域，这样洗烘晾一体化，功能上完美，院子也整洁。最后两栋小楼之间拉起一道墙，设置一扇门，满分。

顺着做住宿楼的优化。住宿楼本身的结构就还不错，不用做太大的调整，设计的功能区分也很合适。这栋小楼功能上就是住宿生活，除了房间之外，还设置了厨房餐厅和洗衣房，唯独缺少一个交流空间。正好洗衣房移出去了，腾出来的这间房靠着餐厅，设置为交流空间或者读书角最合适了。

考虑到未来交大洱源基地承载力和拓展性，特别是寒暑假交大来人开展各项工作会比较多，所以在住宿小楼里，大家也看了看有限空间如何能够承载更多师生。大家议下来，觉得还是优先高低床双人间的布局，可进可退。接下来在设计上要再精细一点，综合布局床铺、写字台、衣柜与卫生间，螺蛳壳里要做道场了。

住宿楼承载能力预留扩展后，对面的教学办公楼也就可以更充分利用起来了。教学办公楼和住宿楼一样是两层结构的，楼下原来就有一间大教室，说大也不是太大，容纳三五十人。教室左侧有一套功能房，前后室，前室设计为茶水间，后室设计为公共卫生间。教室右侧是原先这栋楼的生火做饭处，我们把它改为教师准备室兼图书室，并且也向外扩展出阳光前廊。住宿楼已经有了承载扩展，于是教学办公楼就不需要预留住宿了，正好解决了教学研讨空间或者灵活办公空间不足的问题。二楼就做这个用途。

住宿楼和教学办公楼之间的小广场上，有一间小小的临时房，很突兀。这次现场看下来之后，大家一致决定移除。

最后是对围墙的处理。院内看，围墙也不矮。但整个院子是在上山小路边，在外面看，围墙就很不高了，院子谈不上任何私密性。两位老师认为，未来住在院子里的是交大的学生老师，安全方面还是要再斟酌一下。直接把围墙再垒高，好像也不是最好，一是破坏了原先围墙的感觉，二是在里面看就有点太高了。大家琢磨着，想起上海宛平路上沿路院墙的枯竹篱笆的做法，觉得可以借鉴。脑海中过一遍，又觉得与这里的风景不十分搭。突然看到山坡上翠竹摇曳，阚老师提出了翠竹的方案，大家眼前一亮。商议下来，沿着现有的院墙，院内退让 90 厘米，开出种植槽，采取三排间种的方式种上竹子，就种和山上一样的品种就行，竹子蹿得很快，到竹头枝叶茂密时，内外就形成了很好的遮挡，不仅不突兀，还形成一道风景线。考虑到院墙有一小段会与村民家相连，竹子长高后可能影响别人，这一小段可以采用宛平路枯竹篱笆的形式或者干脆留白，效果应该不错。

下午 2 点的时候出去补了点午饭，接着继续。这次真是整整一下午，终于敲定各种优化细节。找来纸笔，两位老师画出草图，交给我们，嘱我们与设计对接调整。

接着，开工就是我们的事情了。

交大洱源基地，开工准备

## 鹤庆的白棉纸

　　去年底郭老师在洱源期间,机缘巧合,淘到了类似皮纸或者藏纸画画,效果出奇的好。回到上海后,他又订购了500张,边画边调,加入一点自己的工艺,效果更好了。

　　这一阵子也用掉了一小半,郭老师小结下来觉得纸张还可以更大一些,效果会更好,于是这次到洱源,还有一件事情是想见见做纸的匠人,聊一聊改进和创新。

　　上次的纸是丰源村玄总帮助找的,源头是杨彬老师,洱源县书法家协会理事。这一日下午我们搞定基地开工准备后,郭老师说可以轮到他去找纸了吧。那必须的,晚间我们就去找杨老师了。

　　杨老师特别高兴。杨老师是洱源本土著名书法达人,几十年功底了,洱源很多地方可见他的墨宝,丰源村围墙上洋洋洒洒一篇《丰源赋》就是杨老师题写的。

　　白族晴耕雨读,爱好书画文艺,所有白族建筑上都有书画题字,书画多为花鸟鱼虫,题字有大有小,小字题于书画旁,大字题于照壁上,也很需要功底。杨老师也常常组队,题字作画。宾川鸡足山、永平清真寺,都有杨老师题写的楹联,商店匾额也经常看到杨老师的墨宝。杨老师自嘲,民间书画和城里艺术比不得,偶尔阳春白雪倒也行,但要得到老百姓喜欢认可,还得下里巴人。我倒觉得杨老师的字很对我等下里巴人胃口,等我离开洱源时,也要请他赐我一幅,就求"洱源思源 同心振兴"。

说到纸,杨老师说那不是皮纸,也不是藏纸,而是鹤庆的白棉纸。说到鹤庆县的纸,我突然想起来,再前面一周,县里组织去鹤庆考察学习,看到鹤庆产的手工纸,主要是用于普洱茶定制包装的,莫不就是这种纸。杨老师说就是的,就叫白棉纸。

鹤庆现在做这种手工纸的也不多了,有传承的就几家,其中做得比较好的姓李,是他的好朋友。李老师这一阵身体不太舒服,去版纳女儿家休养着呢,儿子小李在家,已经联系好了,明天就可以去。

郭老师很高兴,我看要不是因为晚上天是黑的,当下就想去。第二天早上,我领着郭老师和阙老师去茈碧湖边散步,亲水是亲水,不小心误入水边农户家附近,引来三只护院龇牙咧嘴狂吠做攻击状,吓得我们原路逃窜,平安无事。安全后,两位老师欣赏起运亨村沿路人家围墙上的民间书画,与昨晚杨老师介绍的情况呼应,颇有心得。看了一会儿,就去鹤庆吧。

鹤庆,这个名字交大人都很熟悉,交大闵行校区附近有鹤庆路,就是得名于大理州鹤庆县。洱源、鹤庆、剑川,三个县位于大理州北部,人口以白族为主,风俗更近,俗称北三县。交大正北贴身道路就是剑川路,我们分析为啥没有洱源路,大约是20世纪五六十年代上海西南道路命名那段时间,洱源正处于区划调整过渡期,当时隶属剑川大县,这样就说得通了。

丽江机场的主体就在鹤庆县。我们去见的白棉纸传承人,传承所就在鹤庆县新华村银器小镇里面，距离机场大约15分钟车程，太顺路了。我们的目的地是鹤庆白族手工白棉纸传承体验中心。

很好找，一下子就找到了，在银器小镇里，两个小院落连在一起。我们进门后，手工作坊就在眼前，两位师傅在纸浆池中筛棉纸，薄如蝉翼。三四位师傅将已经筛出来晾过后的纸张，一张张贴在烘干石上烘干。看起来像迷你版的宣纸工艺。

鹤庆白棉纸制作传统工艺

我们进门刚看着，小李就看到了我们，领着我们介绍一二。

我们也奇怪，新华村是银器小镇，打造银器是新华村特色传承，号称"小锤敲过一千年"，没听说过手工纸也是新华村特色。小李告诉我们，其实他们不是新华村的，老家在鹤庆县六合乡灵地村，在大山里，祖先就是做白棉纸为生的,所以鹤庆灵地村才是白族手工白棉纸的主要产地。

当年鹤庆的白棉纸颇为辉煌。清代《鹤庆州志·物产》就记载,当时鹤庆产"白纸、草纸、锡箔纸"。这与如今鹤庆手工纸的种类是一致的。1920年,《鹤庆劝学所造报地志资料》也记载:"鹤属工业大宗草纸、棉纸二种,产地在灵地坡、龙珠、厚本阱等处,以竹麻、柘皮(即构皮)为原料,用途甚广,销迤西一带。每年生产草纸三千驮,棉纸一千余驮。"

鹤庆县松桂镇龙珠村出产草纸,这是以竹子为原料的。六合乡灵地村出产白棉纸,这是以构皮为原料的。过去曾有"安徽宣纸甲天下,鹤庆棉纸誉云南"的美谈。考古发现过一些1 000多年前的手抄经卷,有专家认为使用的就是鹤庆白棉纸。

作为鹤庆手工白棉纸的主要产地,灵地村鼎盛时期曾有数百户人家从事造纸业,家家有作坊,户户生产纸。劳动密集型的手工造纸业,曾带动了周边乡镇的经济,构皮、粮食、骡马等交易在造纸业的推动下,一度繁荣,灵地白棉纸畅销国内甚至远销东南亚、韩国等地。

随着经济的发展,手工造纸成本不断增加,用量却大大减少,辛辛苦苦又利润微薄,大多数人逐渐放弃了养育了无数代人的手工造纸业,外出打工,昔日热闹非凡的山村变得冷冷清清。现在灵地村就很小了,只剩下大约七八户人家,做纸的就更少了,交通也不太方便。

小李家坚持了下来。他家祖上也颇辉煌,创建了"汪洋顺记"商号,家中可考六代人都坚持着做白棉纸,小李就是第六代,目前技术最好的是第五代,小李的父亲,能吃苦,能钻研,在传统工艺上不断摸索、创新,先后制作出数十种不同的白棉纸,深受各界好评,小李父亲也被评为白棉纸的非物质文化遗产传承人。

小李父亲身体不太好,小李大学毕业后,思来想去还是回乡子承父业,也是在政府和社会各界支持下,到了银器小镇,设立了鹤庆白族手工白棉纸传承体验中心,力将祖辈手艺传承发扬。

小李告诉我们,鹤庆白棉纸主要原料是构树皮,经过浸泡、加石灰、蒸煮、去灰、压榨、抹密灰、二次蒸煮、洗涤、舂捣、加药、捞纸、榨水、揭坑、裁齐等数十道工序,白棉纸洁白如雪,韧性十足,能够长期保存,是书画、包装等最优材料之一。我们前面看到的筛棉纸,就是捞纸这道工序,最耗人力和精力,捞纸的匠人一辈子有半辈子手都在水里捞纸,无论严寒酷暑,十分辛苦。

郭老师翻看小李拿出来的样张,觉得和之前买的500张不太一样,略为单薄。问小李,小李说您真是行家,之前那批是父亲做的,存放了好几年了,品质更好。小李又搬出父亲做的存货,郭老师再翻看,感觉对了。郭老师提了自己的需求,又与小李探讨了一下现有模架的情况,不用大调整,两张拼成一张,基本就可以满足需求。纸张厚度,纹路标识,两人又做了沟通,都可以优化改进,测算一下,样品出来大约需要一个半月。

郭老师说艺术的事情,急不来,慢慢研究,请小李回头再与父亲探讨一下,下次等小李父亲回来了,也可以再来切磋一下。小李坦言,很感谢郭老师专程过来指点白棉纸在书画方面的用途。之前大多是用在普洱茶饼包装上,而且是用在好品质的茶叶上,所以需求量也是不太大。自己也一直琢磨能不能开拓别的用途,但在书画这一行当上不专业,不很懂,希望以后郭老师能够多帮帮忙。

郭老师说你卖的太便宜了,普通版本才卖一两块钱一张,这种老爷子做的也就是5块钱一张,成本太高,价格太低,溢价根本不存在。小李说也很苦恼这个情况,明明很好的东西,不知道怎么卖出去,怎么卖得上价格。

我献一计。白棉纸抄经作画,所谓千年不腐不化,能不能考虑考虑应用场景。不要光卖纸,把纸和文字结合,再和应用场景结合。比如面向青年男女推出类似婚书的应用场景,白棉纸上书爱情,千年等一回,也可以做高端婚礼请柬;再比如面向小朋友,开发出生证明、生日庆贺等;还可以面向纪念和表彰类的场景,感谢状、各类证书。这样就可以集纸张、书画、篆刻、装裱于一体,倒也不需要书画大家亲力亲为,小李这样精于纸张的就可以胜任串联组合工作,白族作为文墨之乡,其他环节都很容易实现,成本也不高,组合起来就可以有很好的溢价。

我感觉,此计值得好好筹划一下。小李不做的话,我们就在洱源攒个团队,比如请杨老师等组合起来,没准能推出一个文化公司,承揽各类高端证书、文书、通知书制作等。

思路过于活跃,也不知道对不对。

## 胸科专家，终于碰着了

这一天傍晚，白棉纸研究完了，送两位老师去丽江机场返回上海。路上接到县红会同志的电话，告诉我上海胸科医院的医生今天在洱源做先心病救治筛查工作。刚刚筛查结束，问我有没有时间见面碰碰头。

这是大好事啊！

上海市胸科医院还有一个名称，上海交通大学医学院附属胸科医院，是距离交大徐汇校区最近的一家附属三甲医院，步行5分钟。

胸科医院很早就做先心病的公益筛查和救治，后来交大在终身教育学院校友支持下设立了面向洱源先心病救助的"心基金"，依然是胸科医院牢牢扛起救治的责任。后来心基金和胸科医院的救助拓展面向整个大理州的患儿，医者仁心，功德无量。

我到洱源这两年的时间，即便是往来不便，咱们胸科医院先心病的筛查和救助也没有停下脚步。我也很想有机会能向胸科医院的医生们表达感谢与感恩，可惜去年 8 月行程没对上，医生们在大理州筛查的时候，我们正好在洱源做入学教育，擦肩而过。

这次医生们来到了洱源，可不能再错过。我请红会的同志帮我转告一下医生们，我正在丽江机场送老师，紧接着就返程回洱源。如果医生们行程许可的话，能不能先吃晚饭，吃完后稍等我一小会儿。我预计 7 点返程，八点半能到。

很快红会同志告诉我，没问题，医生们说等你的，并把医生电话给了我，这次带队的是王晓舟主任。

立马给晓舟主任打个电话，真的是不好意思，今晚医生们还要赶回大理州，明天一早的航班还要转机回上海，一天筛查工作很辛苦了，还要等我。

紧赶慢赶，回到洱源，将将八点半。医生们和红会的同志正聊着天，我就冲了进去。和几位医生虽是第一次见面，但都是交大人，一点也不生分。

晓舟主任是胸科医院心外科专家，26 年前就在美国 Starr 国际心脏中心从事心脏病外科临床工作，先后在美国三所医院工作，专业项目涵盖先心病外科、冠脉外科、瓣膜外科、大血管外科。从美国回来后，重点从事新生儿、婴儿复杂先天性心脏病的外科治疗，包括大血管转位术，左室发育不良综合症 Norwood 三期术等。晓舟主任擅长先天性心脏病的诊断和治疗，尤其是婴儿及幼儿的复杂先天性心脏病的外科手术治疗，致力于先天性心脏病患儿的慈善救助。

这次晓舟主任一行 4 人专程到大理州，接续筛查和救助需要帮助的孩子们。

同行的周建华主任是胸外科专家，长期从事胸外科临床工作，擅长肺、食管、纵隔各类良恶性疾病的微创手术，以及以胸腔镜微创手术为主的肺癌多学科综合治疗，同时对于高难度的中央型肺癌的手术治疗、

胸科专家，终于碰着了

食管癌的三野系统性淋巴结清扫以及高位食管癌的全喉全食管切除手术等方面有较深入的研究。晓舟主任戏称胸腔内的手术，还没有周主任拿不下的。

马兰主任是超声领域专家，擅长各类心血管疾病的超声诊断，特别是小儿及成人先天性心脏病、各类瓣膜性心脏病、心肌病、大血管疾病、冠心病、心脏肿瘤、心包疾病等，尤其是经食管超声心动图对左房血栓的诊断以及对外科各种疾病术中的监测，包括二尖瓣成形术及先天性心脏病微创封堵术的术中监测。晓舟主任称马老师是他和周主任的眼睛，精准识别。

田刘钧老师是胸科医院院办和红十字办的科长，诊断和医疗的事情是三位专家的活，统筹协调和资源分配都是辛苦田老师了。

这次分别在州红会、漾濞县、祥云县和洱源县四个点位对全州疑似先心病患儿进行筛查，马不停蹄，全州疑似的患儿就近到相关点位，两天下来，医生们一共筛查了0～18岁的疑似先心病患儿168名，其中39名符合手术条件，另外还筛查了鸡胸患者28名，其中7名符合手术条件。加起来今年拟对46名患者进行公益救助，下一步根据患者的具体情况，分期分批安排到胸科医院进行免费手术治疗。

晓舟主任和胸科医院的专家们，在大理州做先心病的筛查救治已经八个年头了，其间交大体系特别是胸科医院都是鼎力支持，也得到大理州红十字会和各县市红会的帮助支持，没有这样一个体系，也很难做得到位。8年来，一共筛查了1879名患者，符合手术条件的321名，其中已经有262人分期分批到上海完成了手术，心基金在内的公益资助成为医保的有力补充，实现了患者的免费治疗。

殊为不易。

晓舟主任聊起来当年做第一例先心病救治个案的情形，历历在目。当时有一点资助的资源，但还没有形成强大力量，患儿家庭也是频频碰壁。找到晓舟主任时，他说思量之后，还是坚决接下来了这个任务，手术是一方面，各方资源的整合是另一方面，都很重要。也是从那一次起，先心病的慈善救助成为胸科医院义不容辞的责任和任务，从此辗转各地，包括大理。

晓舟主任说，胸科医院的团队对于这一公益事业是有共识的，尽力而为，全力而为，也顺势而为。先心病的救助渐渐起来后，全国陆续也有很多医疗单位一起参与救助，甚至一段时间出现同一地点多家单位云集的情况。晓舟主任说他们这方面考虑得很清楚，都是做好事，不要扎堆挤在一起，一个地方有其他单位要来做的话，他们就让一让，去另外更有需要的地方做起来，最终目的都是一样。

这也让我想起来之前洱源的一个孩子。有一阵子大理州也有这样的情况，除了咱们胸科医院，还有其他医院也过来了，于是这个孩子被接到北京救治，术前分析发现孩子的情况非常复杂和危险，州县又找到胸科医院，胸科医院义不容辞地收下了这个孩子，派出了顶级的专家们综合会诊，最后配备了医院最优质的资源，手术做了一整天，结果很成功。现在孩子很健康，就是丰源村的，现在已经是个半大小子了。咱们胸科的医生和心基金的老师以及校友们还常常回访看望。

晓舟主任对接下来的救治也有基本考虑。回到上海后就与院领导汇报这次筛查的情况和接下来的手术安排，最急需手术的第一批患者近期就安排到医院治疗，大约就在3月底。

晓舟主任一直也在考虑长期长效的机制。这次在大理，州里医院就找到他们，商量能不能在下一步帮扶上有所倾斜。交流下来，大致觉得在远程会诊、指导手术、联合手术以及胸科专家现场指导和手术方面都可以联动起来。这次回去后，他也会跟院领导汇报这一构想，应该会得到支持。这就太好了，从授人以鱼到授人以渔。

4月1日，晓舟主任打来电话，与我分享。第一批6位患者上周已经抵达胸科医院，5个洱源孩子、1个剑川孩子。前天已经有4个孩子完成了手术，很成功，很快可以出院。还有2个孩子下周手术，应该也会很顺利。长期长效机制的事情也在跟院领导汇报，积极争取支持和推进。

真是太感谢了！不由再颂一声，医者仁心，功德无量！

# 谋一谋，基础教育大理论坛

前一阵和交大基础教育办领导们交流，碰撞出不少火花。交大基础教育附属学校经过这几年的发展，都已经在区域内拔得头筹。今年夏天，交大教育学院拟在洱源开设暑期学校，作为呼应，基础教育办也想邀请各附属学校的校长们齐聚大理和洱源，交流和指导乡村教育振兴工作。

聊着聊着，我建议既然邀请诸位校长莅临，有没有可能借这个机会把交流和指导效应进一步扩大。在我印象里，基础教育的研讨交流或者论坛沙龙全国应该有很多，但面向乡村基础教育振兴的有针对性的论坛，好像比较少见。

去年教育部推出县中托管帮扶重大举措，这是配合国家乡村振兴战略的措施，到今年夏天也将期满一年，也需要有一个平台大家可以交流借鉴，互通有无。

教育部的直属高校几乎都在云南省定点帮扶，清华、北大、交大、复旦、同济都在大理，基础教育的帮扶都是责无旁贷的工作。我们是不是可以从交大基础教育附属学校的校长们访问大理和洱源拓展开去,请云南省教育厅和大理州人民政府共同牵头,邀请乡村基础教育领域的专家和一线同志,举办乡村基础教育振兴论坛。

大家说你瞎出什么主意,不过倒确实可以考虑。我就主动请缨,要么我先拍拍脑袋,拟个草稿,请大家轻拍。最近就一直琢磨这件事情,基础教育我也不专业,可是活揽到手上了,怎么着也要再抛出来。提笔动议吧,草拟关于举办"乡村基础教育振兴大理论坛"的建议如下:

## 关于举办"乡村基础教育振兴大理论坛"的建议

教育部部属高校大多在云南省开展定点帮扶工作,历经脱贫攻坚取得胜利,现转入乡村振兴阶段。大理州云集清华大学、北京大学、上海交通大学、复旦大学、同济大学等著名高校驻地开展定点帮扶工作,并在乡村基础教育振兴方面多有探索。

2022年7月,教育部启动部属高校县中托管帮扶项目,示范引领地方高校和城区优质普通高中积极开展县中托管帮扶工作,力争到2023年形成国家示范、地方为主的县中托管帮扶体系,到2025年,帮扶县中办学质量显著提升,促进整体提升县中办学水平。

为促进乡村基础教育振兴工作,做实做强县中托管帮扶项目,提升大理州基础教育办学水平并发挥引领示范作用,上海交通大学拟联合云南省教育厅和大理州人民政府共同举办首届"乡村基础教育振兴大理论坛"。

关于主办单位。"乡村基础教育振兴大理论坛"由上海交通大学、云南省教育厅和大理州人民政府共同发起并主办。首届论坛拟由上海交通大学基础教育办公室、上海交通大学云南(大理)研究院、大理州教育体育局具体承办。

关于时间地点。首届"乡村基础教育振兴大理论坛"拟于2023年7月在大理举办，拟在上海交通大学云南（大理）研究院、洱海生态廊道及上海交通大学乡村振兴洱源基地设立现场参观交流点。

关于出席人员。论坛拟邀教育部、国家乡村振兴局相关领导莅临指导。

云南方面拟邀出席人员包括：云南省教育厅、云南省乡村振兴局、大理州人民政府有关领导，大理州及各县市教育体育局负责同志，大理州基础教育主要学校校长等。

上海方面拟邀出席人员包括：上海交通大学有关领导，上海交通大学地方合作办公室、基础教育办公室、教育学院负责同志，上海交通大学基础教育附属学校校长，上海市基础教育知名学校校长等。

拟邀人员还包括：沪滇协作挂职大理州有关同志、部属高校挂职大理州有关同志、县中托管帮扶有关高校同志、托管帮扶相关县中校长、有关高校研究生支教团成员等。

出席人员规模控制在100人左右。

关于议程安排。"乡村基础教育振兴大理论坛"拟由主论坛和平行论坛组成。

主论坛由开幕式和主旨演讲构成，安排上午半天。开幕式邀请发起及主办单位领导致辞，主旨演讲邀请有关专家和知名校长围绕乡村基础教育振兴主题做分享。

平行论坛安排于下午半天，拟分为幼儿与小学组别、初中组别、高中组别、教育帮扶组别等，分别邀请相关组别专家同志发言及交流。

关于参观交流。拟请与会嘉宾分别赴上海交通大学云南（大理）研究院、洱海生态廊道及上海交通大学乡村振兴洱源基地开展现场参观交流，分别就洱海保护与治理以及定点帮扶乡村振兴工作进行研讨。

关于推进思考。下一步，相关各方将就举办"乡村基础教育振兴大理论坛"进一步研究，推进工作拟考虑两个路径。

一是将该论坛持续并升格，将上海交通大学和大理州作为常设会址，轮流举办。根据工作开展情况，适当选择其他在乡村基础教育振兴领域工作突出的省区市举行分论坛。

二是适当保守推进，先研究举行"乡村基础教育振兴大理（洱源）论坛"，相关举办方和举办地调整为大理州洱源县，论坛内容基本不变，规模适当控制。视各界反响情况适时研究升格事宜。

# 泸水到洱源，睿远仰望星空

3月，颇有些连轴转的意思。基地开工准备好了，白棉纸考察研究，胸科专家交流，刚觉得周末可以稍息一下，就接到通知，次日三天将在曲靖市罗平县举行全省乡村旅游工作会议。曲靖罗平距离大理 6 个小时车程，所以需要周六一早 6:45 从洱源县出发，赶到州里会合换车，再去罗平县。

好吧，周六早起，天蒙蒙亮，好久没这么早出发了，一路顺利。

周日一天现场学习和会议，省长出席并部署 2023 年乡村旅游各项工作。罗平县在乡村旅游方面极具特色，不愧地球上春天最美的地方，主打油菜花节，力推文旅产业。罗平的发展路径很清晰，六个围绕，城市围绕旅游建、产业围绕旅游做、项目围绕旅游争、资金围绕旅游投、"三农"围绕旅游抓、设施围绕旅游配。

省里今年将争取邀请一批上海艺术家、设计师、规划师参与乡村规划、设计和建设，轻介入、微改善、精提升。一下子就和我们在做的交大乡村振兴洱源基地联系起来了，我们就是在干这件事情，项目虽然很小，却汇聚了交大顶级资源和艺术家，为乡村建设和改造做一点贡献。

周一返程，又是一整天车程。回来路上，接到佳雨消息，已到昆明，晚上飞保山市，转车到怒江州泸水市，推进泸水的几个公益项目。

睿远在泸水支持了第一个仰望星空乐园。说起睿远仰望星空乐园，定位是在偏远地区探索设立固定场所，融入一线城市相对领先的理念和设计，与当地发展优势、实际情况和迫切需求紧密结合，打造乡村的高级空间。泸水市的睿远仰望星空乐园就用于引领和发展当地优质咖啡产业。

交大乡村振兴洱源基地，是第二所睿远仰望星空乐园，聚焦的是乡村基础教育振兴，并不断探索和打造大学与公益组织紧密结合支持县域乡村振兴的驻地工作平台。

我想借着佳雨到泸水去的时机，也到泸水去学习交流一下，多参与一下睿远的公益探索，为交大洱源基地多聚集一点力量，多谋求一点借鉴。

泸水成行。周二中午，走起。洱源去泸水，还是高速公路最方便，320公里，大约4小时车程。前100公里大理高速，后100公里保泸高速，路况都不错，中间100公里杭瑞高速，差点意思了，弯多路挫，听说这一段路修得早，年岁大了。

保泸高速，保山至泸水，脱贫攻坚阶段修建的，2021年1月通车，解决了怒江州特别是泸水市的出行问题。路况好，隧道多，最长一个隧道11.5公里，老营特长隧道，打通这个隧道用了整整5年。保泸高速建成通车后，保山至泸水的车程由原来的3个多小时缩短至1小时，对巩固当地脱贫攻坚成果、带动滇西区域旅游和经济发展具有重大意义。

以前一直听说怒江山险路差，这次我的感觉是山险路好，较之大理的山水秀美,怒江就是大山大水。进入泸水,城市建设也很不错,到底是州府所在地,沿着怒江大峡谷,业态很洋气,完全看不出以前贫困山区的感觉。

佳雨正在镇里学校回访,很快过来碰上头,欣喜发现上海第一财经公益基金会彭佳秘书长也在。彭佳在怒江做公益已经十多年了。

"一份早餐"项目是彭佳透过第一财经彩虹公益计划于2011年正式发起的公益项目,目前已覆盖当地的蛮云完小、旧乃山完小、平安寨添富小学的1200多名师生,保证孩子每天都可以得取到营养的早餐。十余年的坚持,近万名学生获得累计捐赠的超过70万份爱心早餐。

第二天跟着佳雨做公益。一早起来,赶去上江镇蛮云完小,发放公益早餐。一车大包子,粉丝馅的;一车养乐多,新款金装的。这是我看到包子和养乐多最多的一次。我们一起把这车包子和这车养乐多分发给600多名小学生,发起来也快得很,20分钟就发完了。

发完早餐去百花岭捷众希望小学回访图书角的情况。这个小学在异地搬迁的社区中,社区建得很漂亮,学校硬件也很不错,居民和孩子们都是在脱贫攻坚的时候从高高远远的山顶上搬过来的。校长介绍,刚开始孩子们很不适应,也不怎么说话,这几年慢慢适应了。这个学校得到了各界的关注和帮助,学校里有郎平的签名排球、姚明的签名篮球和还有去年最火的冰墩墩。学校有面头像墙,选了这几年来孩子们的笑脸,自上而下用了若干"自"字打头的激励词——自强、自谦、自爱、自持、自信、自尊、自觉、自理、自重。

睿远仰望星空乐园(泸水),在旧乃山山顶的咖啡村里,七万是建成后的主理人。

旧乃山顶上是傈僳族寨子,七万是上门女婿,来自保山,以前是香料烟技术员。2006年七万把女友家3亩苞谷地改种咖啡,两年结果,第三年收入6000多,第四年收入2万多元,相当于种植20年苞谷的收入。结婚后,七万让老丈人把咖啡种植面积扩大到 40 亩,又成立合作社,带动旧乃山的村民一起种咖啡,面积最大时有 3 000 多亩。

后来成立合作社,在市场和村寨里摸爬滚打,跌跌撞撞出"阿客哆咪"的品牌。2015 年底七万辗转去上海参加咖啡展,才知道怒江沿线种植的铁皮卡小粒咖啡是目前全国最好的咖啡品种之一,原来自己抱的是个金饭碗。再接再厉,又接上了睿远的缘分,帮助他再上一个台阶,一方面产品和品牌升级,一方面打造一个寨子里的高级咖啡馆,也就是睿远仰望星空乐园(泸水)则是另一个影响长远的举措。

云南咖啡独具特色。以怒江州为例,怒江州的森林覆盖率 70% 以上,大多地区海拔 1 000 米以上,气温偏低并不适宜种植咖啡。恰恰泸水的气温和海拔都特别合适,泸水"东方大峡谷"独特的高山峡谷气候孕育出的铁皮卡小粒咖啡风味独特,口感柔顺,略带果酸味,油质丰富,焦糖香味浓郁,回甘持久,苦味适中。缺点就是产量较少,世人所知不多。

在咖啡的香气中畅想未来,看看时间,我得赶在天黑前回到洱源,明日等着佳雨一行来开工,来交流。

第二天上午,拉着小熊,把咱们基地的工地好好排一排。说是开工,真是开工,我们准备得还挺充分的。

中午时分,七万载着佳雨、彭佳几个人终于到了。仔仔细细把上周郭老师、阚老师确定的优化环节一一汇报。大家看得听得很专注,对细节也提了一些好的建议。工期也盘算过,可能会比之前的预期还会快一小点。

大家开始拉郎配,看起来洱源的进展会快于泸水的计划,泸水的咖啡可以先拿过来这边配备,泸水的老师孩子也可以设计合适的项目来洱源交流。这样的拉郎配,我们喜欢。正如之前我们和睿远共同的认识,交大洱源基地或者说睿远仰望星空乐园,是一个充分开放的空间,欢迎村里的、学校的、乡镇的,乃至云南各地的同学、老师和邻居一起来

交大洱源基地,睿远仰望星空乐园,开工

玩,一起来学,一起来用。

次日,请大家绕着茈碧湖去一趟梨园,为下半年谋划环茈碧湖青少年公益跑踩踩点。睿远有意一起支持这项活动,这次请大家实地转一圈。

泸水到洱源,我们的小目标是怒江最好的咖啡馆,大理最好的乡村振兴基地。睿远仰望星空,吾辈一起努力。

## 荣昶讲坛，如约接续

说到也要做到。交大洱源—荣昶讲坛，去年夏天在洱源一中和二中宣布启动，并邀请三位交大荣昶储才学子首期开讲。我们的计划是每月定一个周末，请交大师生三两位到洱源现场开讲。

新学期开始后，必须接上了。我找校团委李灿老师接洽时，李老师哈哈哈，说一年的计划全都排好了，放心吧。第二期，3月底，成行。

我们商量了一下，丽江往返进出，机票便宜一半，节约下来的经费或者可以让这几年到洱源的交大师生人数小翻一番，或者可以把交大洱源—荣昶讲坛时间顺延一段，或者可以把寒暑假邀请到交大的洱源一中优秀学生人数适当上浮，方方面面都很不错。

3月24日，第二期的三位主讲人抵达洱源时，已经是晚间9点多了。我和小熊在酒店等着，是学弟们，也是朋友们，几个人简单议一议明后天的工作安排。

这次洱源一中对接的是咱们支教团的老师们，交大附中章老师作为洱源一中校领导牵头，咱们支教团研究生们落实具体安排。我觉得这个互动特别好，内外都是交大人，丝毫没有生分的感觉。

我也不生分，中午溜达到洱源一中蹭饭，接着就听报告了。我溜达到的时候，小熊已经和支教团同仁拉着三位讲者在校园溜达了。

午饭后，开讲。

荣昶讲坛，第二期开讲

马文斌是第一讲，主题是"从 ChatGPT 看新媒体技术的发展动力与变革"。我没想到这次派出了他。文斌的经历有些传奇的。

他是"报国尖刀兵"：曾服役于东部战区陆军全军荣誉连队——"红色尖刀连"，两年参加跨军种抢滩登陆演习等多项重大任务，编撰旅史近 50 万字，登上跨军种演习战舰拍摄，获得集团军年度典型战士、优秀义务兵等多项荣誉，作为全旅退伍老兵代表发言。

他是"学术排头兵"：曾是县城历史上第一个考入交大的学生，横跨交大化学本科、新闻传播硕士，读硕一年 10 门满绩，在国际顶会 IAMCR 发表一作论文，申请国家专利 2 项，荣获中国大学生电视节最佳作品奖等多项专业奖励。

他是"创新务实兵"：获得互联网＋、挑战杯市赛等数十项创新创业奖励，并前往共青团中央统战部、人民网等单位实习锻炼。

他是"学工先锋兵"：先后担任中国高校传媒联盟执行主席、校团委辅导员、校团委组织部部长兼调研部部长、学生党支部书记、上海市征兵宣讲大使、交大组党委组织部管培生等，并作为交大优秀党员代表在全校建党百年升旗仪式上领誓，被评为优秀团干部、优秀学生干部。

他更是"奉献冲锋兵"：曾组织退伍老兵主动前往江西九江抗洪，任何有需要的志愿服务总是冲在最前，为交大编写宣传歌曲《交大戎耀》《东川以北的春天》，获评交大优秀学生志愿者。

确实是个神人。这次听他讲，又知道一些新花絮。比如他考上交大后，居然一路从敦煌、兰州、西安、武汉、长沙、南昌穷游卖唱，来到上海。比如他参军两年，荣获集体一等功 6 次、集体二等功 11 次、集体三等功 20 次，新兵连技能科目第一、理论科目第一、体能科目第三。居然还创办了一家科技公司，融到了大疆董事长的种子轮投资。

文斌结合自身专业，从人机传播学的角度，向一中的同学们介绍了当下最火的技术 ChatGPT，这个人工智能聊天机器人程序为新媒体技术的发展带来的动力与变革。文斌现场打开了聊天页面，演示了 ChatGPT 的有趣问答，相当吸引眼球，启发兴趣。加上文斌介绍一下自身求学、参军的经历，呼吁同学们树立远大理想，脚踏实地刻苦学习，自然有了立足之基。

周畅是第二讲，主题是"一个潜水员的海洋观——潜水与海洋强国"。周畅是交大机械与动力工程学院小伙，居然是个持证潜水员。我也有些意外，我记得交大海洋学院是举办持证潜水员培训的，那是工作和专业需要。问了问周畅，大家考的持的是同一本证，国际专业潜水培训系统（Professional Association of Diving Instructors，PADI）发放的开放水域初级潜水员证书（OPEN WATER DIVER），水深限制是18米。

我有个感觉，以前看国外大学一些宣传，学生参与各项丰富的国际活动，当时颇有点叹为观止。短短几年，如今看我们交大学生的国际化与多元化突飞猛进，很丰富，很自信。

周畅从潜水员讲开去，讲海洋和潜水，自然讲到海洋强国，讲到我国拥有的广阔海域和丰富的海洋资源，一个机动学院的同学，对"蛟龙号""深海勇士号"和"奋斗者号"等一系列大国重器讲得如此透彻，对我国在海洋领域的发展情况和面临的挑战讲得栩栩动人。这场报告，让洱源同学们了解和认识了我们的国家在海洋事务中的地位和角色。

很遗憾，虽然是周六，下午我还是有点县里的活得过去，没能听到第三个报告。第三个报告是交大环境科学与工程学院宋宇轩主讲的，主题是"正确认识惯性思维，勇于发挥探索精神"。我看到这个报告主题时，就觉得很有指导性和实践性。宋宇轩为同学们解读了惯性思维是如何产生并在我们的学习生活中发挥作用的。惯性思维是人脑总结出的、在反复使用中逐步定型的思维规律，常常会引起同学们的思维惰性，并限制思维发散，导致机械性失误。宇轩还结合自身学习、高考的经验，呼吁同学们在学习生活中发挥勇于探索的精神。

有个同学听完以后写了一点感想：

　　宋宇轩学长的讲座生动有趣，根据他自己的学习经验，为同学们解决了许多学习与生活上的困惑，给予中肯有效的建议。听完这次讲座，我对惯性思维有了更多、更为专业的了解。当以后遇到问题时，我会尽可能去尝试多种方法，站到更高的角度，而不是只靠着自己的惯性思维去解决。换一种思维方式，就可能绝处逢生、柳暗花明。

他山之石，可以攻玉。

荣昶讲坛第二期同学在洱源一中合影留念

中午开讲前，插播花絮。我们去报告厅开讲前，走到大门口，一个女生喊住小熊，称呼熊老师。原来是 2017 年小熊在洱源炼铁三中支教时教过的同学，一眼把他认了出来。小姑娘后来考进洱源一中，本应该去年 6 月高考的，后因身体不好休学了一年，今年 6 月高中毕业，已经确定单招了，也会有很好的出路。小姑娘不知道熊老师又回到洱源挂职，还在洱源一中隔壁的丰源村，这次在学校遇见，真是很好的师生缘分。

傍晚,请小熊带着三位大侠到洱源二中,给二中的同学们也做一次分享。这也是我们之前商量过的,同样是来洱源一次,尽量能给多一点的同学多讲一点。

次日星期天,支教团买了食材搞烧烤,我们自然要去蹭饭的。烧烤在梨园,茈碧湖对岸。坐上轮渡过去,别有一番风景和滋味。大家聊一聊开讲的感受,原来昨天讲课时留给同学们的微信,已经纷纷收到了好友申请。确实不少同学有困惑,各式各样的,咱们大学生,距离很近,答疑解惑,我想总是有作用的。

我们对交大洱源—荣昶讲坛的讲者是有要求的,除了有热情,除了会讲,还需要把讲座内容梳理成一篇完整的文章,日后汇总出版,可以成为针对高中学生非常好的生涯教育书。文斌提了一个建议,在这个基础上,可以增加一点讲者的心得体会或者受众的感受,会更丰富更立体。

这个可以有,非常好!

吃完烧烤,讲者返程。第三期安排中,4月底,洱源见。

## 乔后的布局，再走一步现真容

有一日，乔后叶上花酒坊小段说要来找我。那一日我正好一天会议，没法当面见，通个电话吧。

原来是引水下山的事情。去年我们支持了叶上花酒坊酿酒山泉水下山的项目，已经做好了。小段和弟弟想留一点文字纪念，问能不能写上我的名字。

我让小段把文字发给我看看。写得不错呢。

留一点文字纪念，我个人是赞同的；写我的名字，那是不行的。我只是有缘在洱源，完成交大定点帮扶的阶段性工作，纪念文字中只应该出现交大，记载这一份饮水思源情。我稍微做一点修订，宣传一下俺的母校，实至名归，不遗余力。

### 亲泉（叶上花引水工程纪）

吾先祖于中华民国六年（一九一七年）购得此山地，因山中有此自涌泉而定居于泉眼北侧，护林耕读。泉水历经乱世而不绝，邻之若亲人在侧，滋养不断，故吾祖名之曰亲泉。

二零一九年吾返乡创业开设酒厂，乡里泉水丰饶，唯亲泉水所成之酿最佳。二零二二年幸得上海交通大学定点帮扶资金之助，引亲泉之水至叶上花果酒厂为用，助乡村事业之洱源振兴。

饮水思源，感恩交大。特此为纪，铭心感佩。

段秦龙　段成龙

二零二三年四月立

也是这一日，和乔后剑敏镇长一起开会，间隙他找我，把叶上花酒厂以及桥后综合市场建设情况跟我说了说，还是存在一小点困难的。听下来我觉得建设进度虽比起计划略有滞后，但还在我预期内。困难方面，我说这几天我去一趟，看看再说。

4月8日，交大校庆，邀请了洱源党政代表团出席，正好也是启动今年洱源县到上海招商引资的工作。我要提前一两日回去对接安排，有几件事情也还要当面汇报沟通。盘算一下手头工作，3月最后一日，约上乡村振兴局赵泽标局长，我们去乔后。

乡村振兴局是我在洱源工作打交道比较多的部门，前身是扶贫办，局里同志都很好，我们相处很融洽，工作衔接非常顺利。

这天罗平山车少，我们驾驶员开得略显奔放，一个半小时到乔后。弯弯绕绕，一路我都觉得有点顶不住了。到了乔后，刚刚下车，标哥说你们先聊，我去一趟洗手间。我心道你去吧，正好我也喝口水，压制一下胸口意气。好大一会儿，标局才回来，这才告诉我们，哇哇吐了，这么多年第一趟，今天冲得实在快。

看看酒厂和市场，在一个地块上。这个地块原来是盐矿的宿舍区，后来盐矿退出后划归镇政府，就在乔后集镇上，区位相对不错。前年9月，我到洱源后没多久，去乔后调研，书记、镇长就指着这一片的棚户旧

房给我画饼，建酒厂，造市场。

实际开工是去年。先搞清土地性质和资质，应该是没问题，过程是小复杂，盐矿退出时有些资料不甚齐备，这给土地审批和发证手续带来不少困难。去年时间过半时，终于顺利解决了，可以开造了。

钢结构的厂房，造起来是快的。去年年底时，我去看过，就已经差不多了。设备和流程是小段的活。我以为建设进度算快的了，小段却认为慢了。

还好，春节后就开始安装设备了。设备和流程都是小段设计的，我觉得是把大厂十年八年的经验集成并实践在本土本乡了。这次我们看时，清洗、破碎、去核、发酵、过滤、输送、罐装几大工序的设备都已安装到位，初步满足年产100吨发酵梅酒的规模。厂房内预留了扩展区域，一旦有需要，产能提升三四倍完全可行。

前一阵，施工队资金调度困难，也影响了收尾建设的进度。镇里帮助协调，已经解决了问题，再有一小段时间就收尾了。

接着的困难主要是用电以及出入道路衔接的问题。这就与综合市场关联上了。

市场和酒厂在一个地块，中间隔着一条溪水。小段要把溪水利用起来，存酒，说效果一级棒。出入道路的衔接，准备从这条溪水上架桥做文章，这样可以充分与市场共用主干道，不需要重复建设，节约开支。综合市场目前建成了烘烤房，还建有扩展用房，还有一小点扩展用地，以后酒厂有需要，都可以共用。

回看综合市场，最初的功能是核桃生果的烘烤，也可以做贡菜的烘烤。这样自然就定位成洱源西片山区三个镇乡最大的烘烤厂房和集散交易场所，所谓综合市场。当时设计的烘烤形式采用的是锅炉升温的方案。

去年，洱源县将"一县一业"正式调整成梅果产业，全县梅子树的种植面积已经往 10 万亩攀升了。洱源是中国青梅之乡，青梅品质是很不错的，广东、福建主要的梅果加工企业用到的青梅，很多来自洱源。

县里梅果产业有些青黄不接，传统果脯企业缺乏创新，丢失市场；果酒产业缺乏标准，缺乏人才，粗加工和精加工都乏善可陈。我觉得乔后抓住了机会，果断把之前的烘烤厂房做了升级，改掉了原来的锅炉方案，改为空气能方案，同时把原来的大通铺烤架改成小包房，目的就是拓展青梅的烘烤工序，对青梅做一道粗加工，附加值和销售期比起生果大大增加。

这个改进，改得漂亮，也改得不容易。政府的项目，不是说改就改的，这一点我很佩服乔后的领导，多次与县里汇报沟通，终于搞定。

干到现在，酒厂和市场几已成型，临门一脚，主要是缺电和道路衔接。之前的资金已经用得差不多了，也没有包含电力建设。这一阵子咨询电力部门，测算下来，保障酒厂和市场运行所需的电力荷载不小，需要增设两台变电设备，这是一笔不小的开支。衔接道路铺设的资金也还没有着落，两个困难加起来，奔着一百万出头去了。

一方面，我佩服乔后两位领导的前瞻性和布局。乔后这个地方，高原山区，昔年顶着乔盐荣光，号称小香港，吃的是资源的红利。现在要发展，就要靠自己思考琢磨，找出一条新路了。市场和酒厂，先把核桃的粗加工搞上去，又把青梅的粗加工搞上去，再把青梅的精加工搞上去，发酵梅酒，市场上几乎没有。目前市场上多的是梅子泡酒，差别大了去了。我请很多朋友喝过叶上花发酵梅酒，赞不绝口。

另一方面，我也佩服乔后的聪明和精明。琢磨思考是聪明，及时优化是聪明，一步步来也是聪明。一口吃不成一个胖子，小口小口也能吃胖，这么优质的项目干到现在这个地步了，一定能再找到临门一脚的钱。

我也很明白乔后希望我来看看的意思，这和市场上搞投资有点类似，一看人，二看项目，值不值得跃然纸上。我提两点建议，一是再仔细测算建设内容和所需资金，能统筹的要统筹，能压缩的得压缩，把资金缺口压到最小。二是要考虑资金拼盘，不要把担子压在一头上，能力范围内大家都出点力，分担下来压力就小多了。当然，我们会想办法，出力气。

我得去看看引水下山的工程。又上到山上小段的家，1917年段氏祖上购置的地，上山的路和我去泸水旧乃山咖啡园的弯弯路相似，没那么长。

出水的山泉眼已经修了导水槽，盖上了亚克力板，出水口连着水管一路往下，还有泄污口。往下平坡上设置观察池，也有泄污口，依次连接砂石、活性炭和PP棉三道滤水池，最后连着水管奔山下酒厂去。到酒厂后，还会再设置膜过滤池，这样出的水才用于酿酒。

整个系统看起来很系统，很规范，横平竖直，错落有致。我猜是小段自己设计的。我猜对了，这小伙，脑瓜子是好。

这个"饮水思源"，我很满意，很放心。

尝尝小段新酿的石榴酒，口感比梅子酒更好。小段说石榴相较梅子，发酵过程中的工艺也更复杂。之前还试过发酵苹果酒，我感觉不如梅子和石榴。发酵石榴酒是下一步要发展的储备技术，未来小礼包中除了梅子酒，还可以有石榴酒等，市场应该更欢迎。

小段说，很感谢我帮他卖酒。前一阵有人加他微信，要买梅子酒，先寄了一箱样品，说是我推荐的，某某投资公司的。我说好像没这事啊，搜索一下小段说的人名和公司名，都没对应上。我想我是遇到雷锋了。

又几天，李霞学姐发来微信："黄老师，上周从洱源叶上花酒业段秦龙总那里购买了 100 瓶果酒，段总的联系方式是刘老师那得来的，我让我同事讲是你这边联系购买的，跟你也说一下哈。你差不多要回来了吧，回来聚。"

雷锋原来是我霞姐，谢谢亲学姐。

天色尚早，抓紧回程，这次从牛沙公路回，就不太晕了。和标局商量，大家一起努努力，再走一步，乔后的布局就现真容了。

尽快，争取喝到叶上花带着 SC 的发酵梅酒。

# 健康食品，创新中心

一直在和岳老师沟通支持洱源的具体方式，大家约定争取在 4 月下旬交大校领导赴洱源推进定点帮扶工作期间能够宣布此事。

上一次见面是 3 月头上，意向已经确定。这一次交大校庆，我们邀请到洱源党政代表团出席，正好洱源同志们也是要到上海招商引资，就一并成行了。来交大，我自然也要来的。

提前一日我先到，就是去找岳老师的，若干事项要敲定下来。上次见面谈下来，约定的是上海交大陆伯勋食品安全研究中心到洱源落地一个类似分中心的机构，对洱源高原农业和绿色食品形成科学支撑。

这次和岳老师再聊，更进一步。岳老师提出，还是要聚焦在高原特色上，落脚于健康食品上，而不是笼而统之地说一个分中心。

我把上次讨论之后我的思考也向岳老师和团队做了汇报，岳老师是赞同的。大家最终对工作的内容聚焦到检测、研发、认证、培训以及乡村振兴相关工作,循序渐进,先找抓手,比如天秀,比如丰源甄选,逐渐形成支撑的条线,再由线及面。

内容达成共识,我们就留在岳老师办公室吃盒饭。岳老师说,周培老师知道我们今天又来了,早上他有个会,关于交大崇明校区建设工作的内容,会后就过来跟我们一起再议一议。

一点半,周老师来了,我可有些不好意思了,搞得周老师无缝切换,无暇休整。我们把刚刚讨论的情况跟周老师做了汇报,就等他发话了。

周老师就发话了。

一是肯定我们讨论的工作内容,也很赞同我们聚焦在高原特色和健康食品领域。

二是立足洱源,放眼长远。周老师认为立足洱源是应该的,也是交大定点帮扶洱源县乡村振兴的职责所在。放眼长远指的是以洱源作为原点,面向大理,面向云南,甚至面向南亚、东南亚。

我是相当佩服,到底是云南省"周培专家工作站"的首席。云南省的战略定位之一就是面向南亚、东南亚的辐射中心,周老师在架构方面的考虑近远结合,与发展大势同频。

三是不要搭草台班子,要认真点,要正规点。交大陆伯勋食品安全研究中心在洱源设立一个机构是没问题的,但这件事情是交大和洱源共同的事情,大家要共同设立和共同建设,这样才有可能做以后放眼长远的事情。周老师交给我一个任务,向县里报告,能不能以文件的形式明确这一事项,对双方也都是一个约束和激励。

这个任务,我感觉可行。事实上洱源党政代表团接着就来到交大了,我向几位领导汇报,得到赞同和支持,剩下的工作就是我落实了。

四是洱源机构的名称问题,毕竟还有点时间,大家再斟酌一下,要考虑到工作内容,要考虑到长远发展,也要考虑到地域标识。

五是校庆后第一个周末，已经安排好了，周老师和岳老师去一趟洱源，与县里再充分做一个对接和沟通，企业再跑一跑，校友再聊一聊，心里就更有底气了。

岳老师行程也颇有些紧张，只能在洱源待一日，接着要去昆明参加学术会议。

上午开个座谈会，邀请洱源食品领域几家企业和所在乡镇有关领导参加。企业总是发展的主体，所在乡镇在发展上是责无旁贷，这两个群体一起聊，很必要。

先请岳老师把交大陆伯勋食品安全中心的基本情况做了简要介绍，PPT，有图有真相。大家还是非常有兴趣的，频频拍照。

再请参加座谈的企业和乡镇领导交流。

新希望蝶泉乳业是洱源乃至大理和云南的老牌子，前身是邓川奶粉厂，洱源人都是喝邓川奶粉长大的。蝶泉与交大有过互动，2017—2020年有一个与云南农大和交大农生学院共同的研究项目。蝶泉对于乳品生产过程中有关环节的快速检测技术有挺强的需求。

洱宝是洱源历史最久、规模最大的梅果加工企业。李协鼎董事长半开玩笑，洱宝以前也有类似专家站的形态，挂牌五年也没有实际开展过工作。洱宝依托洱源的资源优势，在梅果、核桃、木瓜领域有着很好的发展历史，有些产品至今也很受欢迎。不过总体而言，产品与市场脱节了，对市场需求的研究和满足能力都不太够，企业自身研发能力较弱。

实际上，洱源的梅果和木瓜，都属于药食同源的类别，联想到之前周老师对药食同源的前景分析，应有可为。

邓川镇人大主席郝士雄介绍邓川乳扇的情况，主要是家庭作坊生产，可能存在一定程度明矾添加物超标的问题，其实就是铝离子超标，标准化的生产工艺远谈不上。

　　说到乳扇,就说到大家都熟悉的话题,座谈会就热闹了。洱源目前大概有超过200家乳扇作坊,起源在邓川,就叫邓川乳扇。目前做得比较好的倒是在县城边上的两家作坊,从卫生程度到口感,更受欢迎,主要还是因为县城人员和餐厅相对聚集,需求量大一些,形成了良性循环。不过乳扇从原料生乳到加工过程再到成品保存,都面临保鲜问题,这个行业要做起来,急需设备、工艺和流程的规范,也急需保鲜技术和工业化成型包装的导入。

　　乔后镇李剑敏镇长谈到核桃乳与核桃油、梅果产业的粗加工、地方特色火烧饼等,缺乏培训也是当务之急。

　　茈碧湖镇的同志也谈到乳扇,两家规模大的作坊就在茈碧湖镇,当下还是更适合在本地现做现吃。茈碧湖镇的条件得天独厚,是洱源县最主要的梅果产区和木瓜产区。

　　天秀是第二次交流了,上一次是去的交大。天秀补充提出核桃加工过程中抽样和快速检测的需求,这对解决生产、运输过程中的虫卵、大肠杆菌污染问题非常关键。

　　叶上花酒坊段秦龙提了不少问题,比如发酵型产品如何更直观呈现优势,如何更直接快速地与泡制和配制产品做检测区分,检测报告如何更可读,蔗糖与代糖的选择和取舍,葡萄糖与果糖对人体的利弊,发酵果酒灌装后如何减少氧化,等等。岳老师直接表扬小段很专业,也一一做了回应。

　　乡村振兴局赵泽标局长简要总结,也补充介绍了洱源高原特色农产品的情况和面临的困难,比如停留在直接农产品的销售上,缺乏加工增值环节,非常可惜。赵局长提了三个请求,第一是希望中心能够针对性地开展工作,由点及面,取得突破;第二是希望中心在品牌培育、市场营销、渠道导入等方面给予培训支持和辅导帮助;第三是希望中心能对乡村干部、农技人员开展专题培训和辅导。

我觉得企业和政府对食品领域的需求非常强烈，企业和政府对自身发展存在的问题找得非常准确，大家的需求有一定的相似性，大致集中在规范、标准、流程、检测和包装几个方面。成立洱源的机构只是第一步，更重要的第二步就要更具体地调查研究，确定切入口和突破口，其实当下的座谈会已经是在做类似这样的工作了。

岳老师最后回应。机构落地是肯定的了，接下来要做的是更多更细地了解本地情况，认真考量和布局。洱源机构会做技术和产品的研发，也会做人才的培训培养，也会帮助做品牌的培育，这都是中心既有和擅长的工作，要把这些内容切实本地化。接下来的发展，会平衡长期战略、中期布局和短期努力，总而言之一句话，不搭空架子。

上海交通大学陆伯勋食品安全研究中心洱源调研座谈会

我们岳老师是有水平的。

下午到天秀去实地考察，天秀也是这件事情的最初起因。听介绍与看现场，还是很不一样的。天秀既有的车间、冷库、流程和工艺多少还是有点差强人意,不过也有很好的规划并且正在实施,当下正处于抢工期环节,争取9月前能够把新的厂房、车间和冷库建成投产。

领着岳老师去了一趟正在建设的交大乡村振兴洱源基地,请岳老师选办公室。基地设计中,预留了办公和研讨的灵活空间,可以相对固定,也可以共享使用。

下周丁校长率团访问洱源,交大许多部门和学院的领导和老师会随行,岳老师也会再来,洱源机构也会在交大定点帮扶洱源县座谈会上闪亮登场。于是傍晚送岳老师去火车站路上,再请岳老师费心斟酌名称字号。

第二日上午,岳老师微我,几个事项落实。

一是名称字号,确定为上海交通大学高原特色健康食品(洱源)创新中心。二是人员安排,拟请周培教授出任创新中心首席专家,岳老师出任创新中心主任,并争取周培教授对洱源乡村振兴给予比较多的帮助和指导。

非常完满。我跟岳老师说,周老师那边您帮我敲边鼓,我马上去邀请。


周老师,向您汇报,昨天陪岳老师在洱源转了一天,聊得很好,基本确定下周五在丁校长出席的交大定点帮扶洱源县座谈会上宣布成立"上海交通大学高原特色健康食品(洱源)创新中心"。建设单位是上海交通大学陆伯勋食品安全研究中心和洱源县人民政府,由洱源县人民政府发文。创新中心请岳老师担任主任,请您担任首席专家。另外向您请示,此次您有无可能拨冗莅临。如您可以成行,我想有没有可能仪式上邀请您以云南省周培专家工作站负责人身份,受邀担任洱源乡村振兴首席顾问。

五分钟后，周老师回复：作为云南专家工作站负责人，已经结下的感情，我没有理由拒绝。一定支持！为洱源，为交大，为朋友！

容我抹一下并没有的晶莹泪花，谢谢周老师，谢谢岳老师！

4月19日，丁校长来洱源前两日，我协调落实了县里的发文。

至此，前期工作完成。后续还有不少事情，揭牌、经费、人员和工作安排更是重中之重，大家一起再努力。

上海交通大学高原特色健康食品(洱源)创新中心成立通知

## 交大校庆,洱源食材

4月头上,大家一起在洱源做了一个选品会,邀请了交大后勤徐建国老师和工会张保国老师莅临指导。张老师比较熟悉了,交大老行政楼同层邻居。徐老师是交大老人,名字一直听到,人没对上。从读书到现在我也在交大 26 年了,和徐老师第一次见,居然在洱源。

选品的活动,很顺利。徐老师到洱源来过好几次了,不过都是在定点帮扶工作开始后的那几年,好些年没有来了。这次故地重游,颇有些感慨,与很早之前的记忆相比,有很多很多更新,老朋友,新朋友。

我和徐老师虽然之前没见过,但一直知道这么多年交大后勤对洱源的支持都是徐老师在张罗。关键是非常支持,非常顺畅,涉及洱源的事情,徐老师不遗余力。去年 8 月交大洱源商店升级,就是得到了徐老师支持,结果很完美。

和徐老师说起前一阵子张罗海菜花走进交大,搬上学术活动中心和留园餐桌的事情,徐老师也点赞。走之前,徐老师说也要给我们来点新支持,第一餐厅正好有档口调整,洱源米线也不错,不妨一试。

哇,大收获!可我还是没想到,接下来动作居然这么快!

4月8日,交大校庆,洱源县党政代表团赴上海招商之际,专程到交大参加校庆。我提前回上海,向学校报告相关安排。学校非常重视,校庆大会上给予高规格礼遇,其他安排就交由我协调了。

校庆大会,我最是与有荣焉,支持我们洱源的两位学长,吴剑勋、孙斌分别荣获上海交通大学杰出校友思源纪念奖。

> 吴剑勋,安泰经济与管理学院 2001 届会计学本科,意特利(上海)科技有限公司投资人,中国注册会计师,捐赠设立交大洱源吴剑勋王晔助学基金。
>
> 孙斌,船舶海洋与建筑工程学院 2004 届工程力学本科、2006届固体力学硕士,普华永道中国税务与商业咨询服务合伙人,捐赠设立交大洱源孙斌教育基金。

校庆当日,交大闵行校区停了 1 万辆车,交通接驳不容乐观,拥堵指数颇高。我请洱源同志们视察一下交大洱源商店,鉴于交通路况,我们就即时下车,从第一餐厅后门穿过去。然后,正对着第一餐厅大门的档口,赫然就是云南过桥米线,特别标注大理洱源。而且,今天是试营业,开张啰。

还真不是特意安排,我并不知道这个档口居然都已经开出来了,这才几天呀。太高兴了,拉着洱源的领导、同事档口合影。我想旁边刷卡点单的同学们肯定很奇怪,这波人,在这里拍照,还是拍合影。

缘分,真是妙不可言。

中午我们在留园简餐,真有海菜上桌了。略有遗憾,我们是简餐,

没有创意菜，就是清炒海菜，不过味道还不错。也不是我们点的，简餐中自行配备的。我偷偷瞄瞄人家桌子上，也有。这是小熊和我们在打配合，他在洱源每天发货，保证新鲜。

午餐后，喝一杯工会"探"咖啡，参访校史博物馆。然后我做了一个大胆的安排，移动到徐汇校区。现在交大的主校区是闵行，来往活动基本都在这里，到徐汇老校区的机会就少了。这一天，闵行校区乌泱乌泱的人，我们不如参访一下跨越三个世纪、历经127载的交大发轫处，国保校园，还有钱学森图书馆。事实证明，这个安排，反响蛮不错。

11日，我在学校向领导们报告在洱源的工作。中午，拉着办公室同事们去一餐，洱源米线走起。粗粉细粉两种选择，骨汤土鸡汤底搭配，价位我看和洱源比没差多少。巧也巧，我们正排队，匆匆忙忙斜插出一个人，举着手机拍着照。我也是纳闷,除了我,怎么还有人拍这里。定睛细看,原来是我们徐老师。我也赶紧出列,忙不迭地感谢他。徐老师看到我,很意外,也很高兴,跟我说,哪能,来嚜哦？我说,太来嚜了,太感谢了！徐老师说前几天校庆活动多,就是 8 日那天,他要准备四五万份餐,也实在抽不出时间看看洱源米线情况。今天节奏慢下来了,赶紧来。

徐老师还要请我吃洱源米线,那哪成,我必须自己来啊,请也得我请徐老师呀。我俩哈哈大笑。米线味道确实不错。我跟徐老师聊了一小会儿,这个档口和交大洱源商店一起统筹,也是免费提供给洱源县的展示窗口,和洱源国投协调安排的。

我们同事这天中午都是吃的洱源米线,反正当着我的面,都说不错。我觉得接下来品种还可以再丰富一些,可以加上饵丝,关键是要加上腌菜。

这几日,穿插着在交大,遇着领导同事、师长学长。校庆的日子里,大咖云集。几个活动我也去打打酱油,香港过来的几位校董都见着了,都问我在洱源干得行不行,嘱我再认真点,再努力点,有啥需要就开口。

我说行！

## 两年三次,信任与勉励

　　3月中旬时,今年上半年交大校长丁奎岭院士说有可能会来洱源。我说怕不会这么早吧,现在洱源是常年都有交大人来,不过交大主要领导一般是下半年来,去年11月下旬杨书记刚刚来过。后来知道赶巧了,原来C9高校的交流会每两年举办一次,2021年轮值方是上海交大,并且交大在2020年就确定了在大理办会,并且时间基本定于4月份。

　　4月头上,确定了。时间定于4月21日,会期上午半天,地点就是大理龙山,距离洱源1小时车程。下午丁校长就到洱源,座谈交流,推进定点帮扶工作。

　　还真是两年三次。我们在洱源挂职工作两年,学校主要领导莅临指导也是看望和慰问三次,很光荣。

　　前年6月底,确定要来洱源挂职,尚未成行前,有一天在学校遇到丁校长。丁校长知道我要去洱源,勉励我好好干,有机会去看我。

　　真要来了。张罗起来。

我也算是轻车熟路了。学校给出时间和行程，具体的安排交给我们去办，很信任，也很宽容。来的部门、学院领导和老师们都很相熟，对洱源也都很有感情，似走亲戚一般，我们怎么安排怎么来，从不给我们压力。县里乡村振兴局帮助我们协调和落实具体安排。

统计汇总，不断更新，交大团 31 位老师莅临。先头部队人最多，20 位老师，20 日傍晚抵达大理机场。分支部队，4 位老师，20 日晚间抵达丽江机场，包括俺的领导程处。核心部队，丁校长率领，6 位老师，21 日上午 C9 会议结束后直奔洱源。大家会合，举行上海交通大学定点帮扶洱源县座谈会。

21 日上午还有第四支，交大洱源—荣昶讲坛的 3 位同学，也是这时间来到洱源，第三期开讲。不怕人多，分头行动。小熊帮了我很大忙，专门跑到公车平台车队当面对接调度，细细做好安排。车队很给力，很帮忙，很到位。

丰富的行程，纷纷开始。

县里这阵子也是比较忙碌。我倒也不慌，我信奉兵贵精不贵多，交大是我和小熊，县里就是乡村振兴局，通通搞定。

20 日的部队，陆续接机到位。接到丽江的老师们，回到洱源，已经晚间快 12 点了。请老师们抓紧休息。

21 日上午，分头行动。

第一组，基础教育办和教育学院，琳媛领队，一行 6 人，先到洱源一中讲课和交流。一早八点半，交大附中王健校长报告，面向校领导和学科组长。10 点开始，大家讨论今年夏天在洱源开设暑期学校的安排。这一组与一中太熟悉了，自然搞定。

第二组，考察小熊战斗的丰源村，指导交大乡村振兴洱源基地建设和发展。距离去年大部队来考察，虽只半年不到，但我们在丰源村还是有很多新的工作正在开展，基地也已经开工建设。可以说道的事情很不少。这一组，交给小熊了。

第三组，也就是地方合作办老师们和我了。我们与乡村振兴局一同再把下午有关会议的工作细化落实，与 C9 会议做好行程衔接。这一组，我自己来。

一切妥当，一切也很顺利。

下午座谈会，如期举行。

对于今年的座谈会，我们也有一点点的考虑。每年的座谈会，常规动作很标准，定点帮扶备忘录、直接帮扶资金、帮助引进资金、直接采购、帮助销售、助医助学助教基金等，交大后方都会安排妥当。但不能总是一成不变，也应该体现新的工作内容和工作思考。

前年，座谈会内容加入了 100 万元的救灾以及灾后教育发展专项资金，加入了 100 万元的交大洱源吴剑勋王烨助学基金，加入了 100 万元的交大洱源孙斌教育基金，加入了交大教育学院"子午连心"的党建共建项目，等等。

去年，座谈会内容加入了 100 万元的交大洱源—荣昶教育基金，加入了 300 万元的交大乡村振兴洱源基地建设基金，加入了基础教育办和教育学院领衔的交大托管帮扶洱源一中项目，等等。

加入的，都是在做的和马上要做的。

一直也在思考，今年座谈会内容加入什么。去年杨书记就要求我们在农业领域应该再有可为，于是今年伊始，我们就瞄准了交大陆伯勋食品安全研究中心。丰源村的产业项目，不断思考和迭代，闭环逐步形成，丰源甄选呼之欲出。今年与交大医学院附属胸科医院晓舟主任一直有非常好的沟通交流，心基金支持下的手术救助已经展开。今年教育学院和基础教育办谋划的洱源暑期学校也已基本成型。今年交大洱源商店焕新登场，不过年底校地协议即将到期，我们在酝酿续约事宜。

这些，有内容，有情感，在座谈会的议程中，应有，尽有。最终，我们的议程如下。

先观看视频《子午连心　同唱一首歌》。这是前年交大教育学院"子午连心"的党建共建项目内容的回顾，是交大教育学院同学们、洱源一中同学们、交大研究生支教团同学们共同演绎的一首歌。

接着是洱源县主要领导汇报洱源县巩固拓展脱贫攻坚成果与推进乡村振兴工作情况。

再是规定动作和自选动作。

签署《上海交通大学　洱源县人民政府定点帮扶年度合作备忘录》。这是规定动作。

签署《上海交通大学与洱源县人民政府大理洱源特产展销体验中心合作协议》，这就是交大洱源商店的续约，2024 年 1 月 1 日至 2026 年 12 月 31 日，继续免费提供，支持运营。这是自选动作。

致送"直接捐助 275 万元"牌。这是规定动作。

致送"购买农特产品 270 万元"牌。这也是规定动作。

致送"乡村振兴专项党费 30 万元"牌。这是前几年的自选动作，如今已经成为规定动作。

致送"助医助学助教 53 万元"牌。这也是前几年的自选动作，如今也已经成为规定动作。

致送"帮助销售农特产品 320 万元"牌。这是规定动作。

揭牌"上海交通大学高原特色健康食品（洱源）创新中心"。这是自选动作，也是今年以来我们一直着力推进的工作，得到交大农生学院侯士兵书记鼎力支持，周老师和岳老师也是不遗余力。

颁发洱源县乡村振兴首席顾问、高原特色健康食品（洱源）创新中心主任聘书，分别聘请周老师和岳老师。这是前一项自选动作的自选动作。特别感激周老师，如他所说，作为云南专家工作站负责人，和云南已经结下的感情，我没有理由拒绝。一定支持！为洱源，为交大，为朋友！

揭牌"子午连心　暑期学校"。这是自选动作，今年 7 月开课。

发布"丰源甄选"品牌。这是我们今年与创新中心同步谋划的产业闭环，交大食品安全研究智力支持、挂职同志资源联结、校友企业再次创业。妥妥的自选项目。

最后两个是感情动作，致送大理公路局支持上海交通大学乡村振兴洱源基地建设和发展感谢状。这是我向学校请示后的动作，我觉得在这样一个场合，一定要表达我们对大理公路局和洱源分局的衷心感谢，乡村振兴，真的不是一家的事情，大家一起出力，效果自然不同。

致送先心病救助感谢锦旗。就是最后一个感情动作了。4 月上旬，胸科医院救助的 6 位大理娃娃，5 位都是洱源的。这次胸科医院侯旭敏院长和田刘钧老师也来到洱源，一是表达接续努力的心意，二是也借着个机会给娃娃们做一个回访。站在洱源县的立场，我们自然也想表达我们的感激之情。州红会的领导、县红会的领导分别向交大终身教育学院李昕荣书记和捐赠心基金的学院校友，以及胸科医院侯院长致送感谢锦旗。县红会提出能不能请患儿家庭一同参加。开始我们有些顾虑，一是怕给患儿家庭带来麻烦，可能有的家庭住得很远，就太折腾人了。红会同志说不怕，先问问情况。很快告诉我，一位家住西山乡，超级远。一位家在右所镇，一位家在三营镇，都略有些远。还有两位家就在县城所在茈碧湖镇，很近。红会问过家长意见，也问过娃娃身体情况，家长们也很想借这个场合略表谢意，最后就请了茈碧湖镇两位小娃娃和爸妈。

两位小娃娃，恢复得真好，声音可洪亮了，也不怯生，大家看着也真是高兴。这个感情动作，很到位。

最后，分别请州委常委、州委秘书长杨瑜和丁校长讲话。

杨瑜秘书长脱贫攻坚期间，曾经担任过洱源县长三年多。杨秘书长上午在州里有会议，中午过来和丁校长会合，一起到洱源。一路上说起在洱源时与交大的来来往往，历历在目。

秘书长说，10年来，上海交大始终认真贯彻国家扶贫开发战略和教育部定点帮扶工作要求，依托资源禀赋和自身优势精准帮扶，让一个个项目在大理落地生根、开花结果，帮扶红利普惠当下、利在千秋。大理有信心和决心继续携手交大，深化拓展校地合作，在教育部定点帮扶工作上争当表率、争做示范。

秘书长说，交大作为世界知名、全国一流的百年名校，拥有丰富的文化资源、人才资源、专业优势和社会影响，是大理借智借力、招才引智的首选和必选。诚请交大与大理续写10年帮扶情，通过政策、人才、智力、资金的注入，推动产业链、人才链和创新链的深度融合，助力大理重塑产业结构、优化产业布局、培植产业集群，建立更高水平、更深层次的合作机制，努力实现校地优势互补、资源共享、互惠互利、共同发展，携手谱写校地合作新篇章。

丁校长说，助力洱源发展是党和国家交给上海交大的光荣任务。十年来，我们始终以"全力以赴"的决心做好洱源县发展的支持者。我们建立健全"全员参与"的帮扶体系，广泛动员全校师生医务员工、校友和社会爱心资源共同参与。我们坚持以人才和科技为引领，将上海交大的优势与洱源县的民生需求和特色产业发展需求紧密结合，培育发展了一批优质帮扶合作项目，助力洱源发展。

丁校长说，支持洱源发展，参与洱源发展是全体交大人的共同心愿。交大和洱源共同构建长效化的平台和机制，保障资源的持续投入。每年通过捐赠专项党费、投入帮扶资金、帮助引进资金和直接采购、帮助销售农产品等多种方式，全力支持洱源县乡村振兴工作。希望各单位能够再接再厉，把工作继续推进下去，真正做到应洱源之需，如洱源人民之愿。

丁校长说，在下一步上海交大定点帮扶洱源县的工作中，一是要围绕支持洱源发展的主线形成合力。要培育和发展更多的集体项目，在校内画上"同心圆"，在洱源开出"并蒂花"。二是要围绕乡村振兴的主题深化合作。要与洱源发展需求精准对接，以搭建创新平台、建设乡村振兴基地等形式，努力让交大智慧成为洱源发展过程中的"源动力"。三是要围绕互学互鉴、共促提升的主旨开展工作。要通过更多的努力，培养"交源同心"的育人文化，让交大成为洱源干部、技术人才队伍成长的加油站，让洱源成为交大学子锻炼和实践的优质课堂。

对于丁校长的讲话，我的体会有几个方面。一是回顾了定点帮扶工作十年概况。二是对此次设立的高原特色健康食品（洱源）创新中心提出要求。三是对县中托管帮扶工作深化提出要求。四是既感谢校内各单位的积极参与和辛勤付出，也希望和要求大家再接再厉。最后对双方提三点建议，分别是围绕民生福祉纾难解困、围绕产业升级深化合作、围绕文化教育强化支撑。

座谈会圆满结束。会后，丁校长慰问交大支教团师生，慰问我们挂职同志，与教育条线、医疗条线、交大同学们合影留念。

学校的信任和勉励，是我们在洱源最强大的支撑。

相聚短暂，校长一行马不停蹄转赴机场。留下三支小部队，不闲着。

农生学院侯书记一行，随着小熊走，和小熊再聊聊，既是关心，也是勉励。

终身教育学院李书记和胸科医院侯院长一行，先给两位小娃娃做回访检查，再到牛街中学，一位给孩子们做励志教育，另一位给牛街教育系心脏病患者做专家坐诊和咨询。

基础教育办和教育学院琳媛书记一行，分头行动，分别对接暑期学校的具体衔接，讨论拟筹办"乡村基础教育振兴大理论坛"的思路和方

丁校长一行赴洱源推进定点帮扶，亲切看望挂职同志

案，晚上还面向洱源一中全体老师做了主题为"营造'助推氛围'，促进学生自主学习"的讲座。

次日上午，师长学长一起离开，回家去。

还有交大荣昶储才的同学，21日下午到的洱源，赶上了丁校长的座谈会，赶上了与校长的合影，晚上到洱源一中开讲交大洱源—荣昶讲坛第三期。每个月讲一次，交大荣昶储才人，说到也要做到的。22日下午与洱源一中的孩子做访谈，晚间到洱源二中开讲，覆盖多一点的洱源高中生，大家很乐意。23日上午，离开洱源，回家去。

至此，两年三次，很圆满。有点累，更开心。

# 巢已筑，引凤来

大家一起在丰源村张罗的小小园区，建设已近尾声。

筑巢很顺利，引凤有波折。园区分为两期建设，第一期以小熊为主推进，意向企业也很明确，双方交流沟通得不错。第二期我牵的线，和小熊一起推进的，建设也很顺利，意向企业谈得也不错。第二期时，考虑进了分割切块，这样既可以分开用，也可以组合用，灵活一些。最后，第二期分成两个部分。

我们建的都是标准厂房，我总觉得要先行一步，先把巢筑好，自然有凤来。第一期标准厂房1200平方米，外加400平方米仓库。第二期总面积1200平方米，分成800平方米和400平方米两个部分。

第一期的企业招引很顺利，一直在聊具体的细节。第二期的意向也很明确了，两个部分分开招商，大的做电商直播以及有SC资质的后包装车间，小的做有SC资质的食品生产线。企业招引工作也进入公司注册和租赁细节了。

可能是受宏观经济的影响，也可能企业自己有别的想法，没想到掉链子了。先是第二期 400 平方米的意向撤退了，再是第一期的意向也撤退了，接着第二期 800 平方米的意向看起来也有些失联。小熊颇有些顾虑，后面咋办，能不能推进下去。我的看法很明确，手握这么好的资源，价格也很实惠，区位优势这么明显，不用急不用慌，肯定能推进。

其实我很替退出的意向们有些惋惜。这个园区除了标准厂房、区位、价格等优势，还有"丰源"的优势，丰源是交大定点帮扶派驻第一书记的村子，背后站着交大强大的支持，可惜了。

很快，小熊又高兴起来了。先是我们招过来了凤羽小伙伴。人家祖传 30 年菜籽油技艺，家庭作坊，质量销量都不错，但缺 SC，也缺 SC 所需要的厂房用地等。我们第二期 400 平方米，正好符合小伙伴的需求。一来二去，顺利签约了，已经开始选设备、建无菌车间。

接着又有人找来，要做黑山羊的青贮饲料加工，不过现有的厂房过于标准，面积也不够。这倒不怕，有了前期申报和建设的经验，很快在这一片园区边边上又开出一个小园区，专门干这样的活。

第二期 800 平方米的意向，看起来有些失联，不过很快峰回路转。我们的"丰源甄选"，闭环基本形成了，有校友企业注入，考虑有 SC 资质的后包装车间，定位和用途与之前相差无几。一番考察研究，开始做方案了。

于是剩下第一期的厂房。

很快机会就来了。

云南省和大理州把工业辣椒作为优化产业结构、产业升级转型和提质增效的重要举措，五六年的时间，全州的种植面积从几十亩扩大到 16 000 亩。这项工作由省供销社牵头组织，大理州方面是州供销社统筹协调,各县市供销社积极推进。

去年底,政府班子分工调整,供销社分到了我这里,于是和工业辣椒撞上了。去年洱源种植小米辣,市场行情还不错。我问这工业辣椒好在哪里呢?供销社的同志给我科普。

一是用途范围比较广。工业辣椒相比食用辣椒而言,辣素和色素含量高。说是工业辣椒,但也可以作为食品添加剂,比如火锅调味剂,当然要充分稀释,因为太辣了,是小米辣的 20 倍左右。更多还是工业用途,辣椒素是天然的"攻击武器",比如可以用来做"防狼喷雾",作为生物农药用来杀虫,也可以作为生物涂料,加到电缆或者光纤中,驱除老鼠。也可以提取辣红素,作为天然色素,给衣服染色,用来制作口红,自然种植的原料比较安全。在生物医药领域也很有用途,可以作为外用止痛剂、戒毒镇痛剂和止痒剂,治疗面部神经痛、带状疱疹和糖尿病等所致的神经痛,还可以用于治疗风湿性关节炎和骨关节炎、皮肤病等。

二是种植的区域比较广。工业辣椒的适应性比较强,相比食用辣椒而言,对于地形地貌的要求不算高,海拔 1 000～2 000 米最适合种植,这个海拔高度正好是大理州的海拔主力军。工业辣椒在核桃树下和坡地上都可以种植,还可以和苞谷套种,这就很适合大理的山区,把农村闲置半闲置的土地资源也利用起来。

三是种植效益相对较好。工业辣椒平均亩产 1000 公斤左右,市场价格每公斤 5～8 元,亩产值远高于核桃、茶叶和粮食,与种植烤烟的产值相仿,加上所需人工又少很多,比较下来综合效益较好。供销社体系引入核心企业,保底收购价 7 元左右,并根据市场行情上浮,这与食用辣椒完全根据市场行情走相比,种植户的效益就充分得到保障。

也有缺点。

一是辣椒品种抗病能力弱,主要体现在病害和冰雹威胁上。二是种植规模总体有限，规模效应不明显。三是市场秩序有待规范，存在阶段性需求引起的盲目哄抬价格现象，不利于"农户＋合作社＋企业"模式稳定发展，长远来看也不利于群众利益的保障。四是产业发展层级比较低，产业链不完整，种植、管理、采收都可以，粗加工的烘干和粗粒环节目前大理有一些，但还很少；精加工大理州还没有，这样对财税贡献几乎谈不上。

但对老百姓增收是很有帮助的。

具体工作好像我也帮不上太多忙，我也表态，有需要我协调的事项，我尽力。

很快，事项来了。州供销社建议在洱源建一条粗加工生产线，主要就是烘烤，除了能解决洱源种植的工业辣椒粗加工的问题，还可以辐射同为北三县的剑川与鹤庆。洱源的种植面积和移栽面积加起来今年要超过1700亩了，如果能有一条粗加工生产线，附加值就上去了。

县供销社的同志来找我，支支招。

一是想看看沪滇资金有无可能支持。我掌握的情况，沪滇资金倾向于每年支持2～3个大一些的产业项目，工业辣椒烘烤项目估计总投资300万以内，很难进入沪滇资金支持序列。今年的沪滇资金，去年底已经分配了。明年的沪滇资金要等到今年底才会征集项目。乡村振兴衔接资金倒是可以考虑申请，但时间点与沪滇资金一致，今年是没可能的了。

二是想看看能不能转让给县供销社一块既有的土地，盘活资产，投进来。这块地我大致知道的。这个思路貌似也有点困难。一是即便能出售盘活，资金量还是有很大的缺口，可能连找地盖房子的钱都还不够。二是我感觉没那么容易盘活，从程序上，从时间上，都有些玄的。

三是如果解决了资金，选址的问题怎么考虑。目前县供销社的同志也找了几个意向地块,发现都涉及林地的问题,这就是个比较麻烦的事情了,短时间内大约无解。这时候发现,真要找地的时候,还真不是一下子找得着的。

我听下来,诉求是想尽快落实场地设备,任务分解是县里解决场地,县里和州里共同解决设备,看起来州里也可以兜底设备。

既然这样的话,我提议,可以去丰源村的园区看一下。第一期的厂房,我感觉很可能契合,从区位上,从面积上,从水电供应上,都很成熟,关键是随时可用。

供销社的同志觉得至少是个选择。看起来这事确实挺急,从我这里离开后,就联系去看了丰源村的园区。看完发给我一个视频和一句话:已来丰源看了,很理想,尽快邀请州社领导也来看一下。

确实很快,3天后,五一调休要上班的周日,23日,州供销社张永建主任和杨云峰副主任就来了。这个时间也正好,刚好我把丁校长和一众师长在洱源考察的行程都完成了,常态干活又开始了。

州社领导很实在,就是来看场地的。没想到,丰源村藏着这么好的一个标准厂房小园区,从面积、高度,完美契合工业辣椒烘烤厂房的需求,区位是最大亮点,关键亮点之一是距离县城近得很,七八分钟车程;关键亮点之二是距离居民区又很远,不会对群众的生活产生任何影响。

说到不会产生生活影响,我们想起这是辣椒,烘烤过程到底还会有哪些影响,因为我们园区还有其他企业,也不能影响他们的生产经营。张主任跟我们大致介绍了烘烤的设备、工艺,特别是除尘净味设备的情况,大家在一个园区是能够兼容的。张主任关心我们这个园区有没有水,有的话就更好了,最后烟气可以再通过水过滤一遍,那就没啥问题了。听起来很像洱源烟民喜闻乐见的水烟筒原理。

小熊给我们指了指园区的高位水池,之前建设的时候都已经考虑到位了。

张主任提议，祥云去年做了一个烘烤加工厂，日产能20吨，我们可以安排时间去看一下，实地看看设备、工艺、净化的情况，这样心里会更有底，到底行不行。如果可以的话，州社就认真把丰源村这个场地作为主要和优先考虑的选项，抓紧推进了。

这可就太好了，当下决定，第二日一早我们就去。三伙人，我、县供销社、丰源村小熊和村里的同志。

我们就真去了。祥云的厂房，差点意思，租用之前堆放煤矿的露天顶棚仓库，去年烘烤了1 000吨鲜辣椒，1比7的产出，得到140吨的干辣椒。去年祥云的烘烤模式是代加工方式，烘烤了3个多月，扣除人工、电力开支，毛利是25万元左右。去年找仓库急着上马，仓库维修花掉了20多万元，电力投资冗余白耗了10万元，选择的锅炉也不很经济。维修费用和电力冗余计入成本，就亏本了。

不过今年会找回来，今年要再上一两条生产线，电力就不存在冗余了，也会调整锅炉使用的能源方式，改为都用电力，这样人工成本和能源成本都会节约。今年还准备筹点钱从收购到烘烤到干辣椒出售搞个一条龙，毛利会更高。摩拳擦掌中。

祥云社的同志给了我们很好的建议。一是电力够用就行，这个要根据设备细细算好。二是锅炉供热改成电力或者空气能，具体取决于设备投资额。三是如果资金允许，尽量选择每天40吨产能的设备。四是一定要上除尘净味设备，非常有用。

小熊帮着算账，1 000吨鲜辣椒，代加工的模式，算来算去挣到25万左右是可行的。算完有点吃不准，反复问祥云社的同志，有没有什么成本漏算了。看起来是没有算漏的。我跟小熊开玩笑，你不用细算，这是供销社应该算的账，能不能赚钱，是供销社旗下公司作为市场主体要认真核算和考虑的，你要算的就是租不租给他们。

赴祥云考察调研供销社工作和工业辣椒产业

小熊说，那就租吧。

初步意向看来达成了。市场主体算账，大家一起张罗。

我觉得还是那句话，机会是留给有准备的人的。

## 看看小柏，聊聊合作

　　小柏是前年 11 月交大基金会党支部资助的一个乔后小姑娘，当时刚刚进入大理州新世纪中学读高一不久。那年 9 月 13 日洱源突发大型山洪泥石流灾害，小柏家遭灾了，损失有点大。原本就不宽裕的家庭，顿时更难了。

　　基金会的领导和同志们知道了这个情况，通过党支部组织了一个小小的募捐活动。党员们纷纷帮忙，党外同志也帮忙，其他领导也帮忙，一共凑了 8 000 元。

　　这也成为我们张罗"洱源思源　励学励行"个案资助的开端，后来陆续又支持了几位洱源的高中学生。

　　这个类型的资助，我的看法是善心善缘，不贪大求功，有缘分遇着了就尽力看能不能找一份善款。这样的善心和资助是无偿的，对捐赠人我也只能做到以交大之名致送感谢状；对受到资助的孩子以交大之名，致送勉励状，一则是鼓励激励，二则也注明捐赠人姓名，让孩子们知道是谁在关心帮助自己。除此之外，我主张不过多干预和打扰，一是限于精力安排，二是有缘自会有缘，所以我也不主动要求受到资助的孩子一定要报告成绩或者写信感谢。

我虽不主动这样的要求，但我也观察着或者等待着。我很幸运，几个捐赠人都很信任我，也由着我这样观察和等待。

2月底时，我们收到了小柏寄来的信。

敬爱的上海交大的各位老师：

你们好！我是大理新世纪中学的学生小柏。

我怀着感恩的心情给你们写下这封信，首先道一声迟来的新年快乐，然后很抱歉这么久了才给你们写这封感谢信。

从2021年到今天，因为你们的帮助，情况得到了很大的改善。班主任许老师每个月给我拿八百元，每个月还会有剩余，我会攒起来，等之后用。在受到帮助的这段时间，父母也不用为我的生活费发愁，我自己也不用担心父母为我那么劳累，可以一心一意地学习。虽然现在的我还没那么优秀，但我相信未来的我一定可以。

对我而言，你们对我的不仅仅是经济上的帮助，更是一种精神上的鼓励，让我感受到了来自你们的关爱，心里面多了一些莫名快乐和感动，也有了很多的动力。在一些想要放弃的瞬间，也是因为你们的鼓励我才会坚持下来，所以真的很感谢很感谢你们。

在过去的这一年多的日子里，我一直在严格地要求自己，不断告诉自己要努力，要珍惜。在学习上，我认真学习，上课认真听讲，下课及时巩固，不断增加自己的知识储备。在生活上，不随便花钱，只把钱花在有用的地方。同时，许老师和班上的同学也给我提供了很多帮助和关心，让我收获了很多的感动。而我也被选为副班长，帮助许老师一起管理班级，我会团结同学，尊敬师长，我会给同学讲题，会为别人做一些力所能及的事情。

现在的我只想好好学习。我知道人不能决定自己的出生，但可以决定自己的未来，所以我想让我的未来更好一点。同时，如果可以，我希望未来的我也可以像你们一样帮助那些需要帮助的人，把这份关爱传播下去。

最后还是要再次感谢你们。我文采不太好，也不会说什么漂亮话，只能在这里祝各位老师身体健康、工作顺利、无病无忧、平安顺遂！

此致

敬礼

大理新世纪中学　小柏

2023 年 2 月 18 日

其实这不算迟到的感谢信。前年 11 月，我们程处和几位同事到洱源来落实教育帮扶，正好那时候我们开始资助小柏，于是大家弯到新世纪中学看了一下。那次小柏就写了一封感谢信给大家。

收到小柏的信，大家都很高兴。原来学校的发放和我们测算的略有不同，不过小柏把用不完的攒下来，算起来也是能用到 13 个月的。很自然，大家开始张罗之后的资助。

前年，交大转化医学研究院陪同美国唐仲英基金会以及交大仲英青年学者们到洱源开启工作坊，也顺道一起去看小柏了。当时，转化医学的显明书记就实名羡慕我们这样一个小小的资助，并表示下次能不能带上他们一起。于是新一轮的资助，我们党支部，转化医学直属党支部，一起张罗。

这次一共筹款 11 000 元，基金会党支部 7 500，转化医学党支部 3 500。我们同事很细心，对钱款用途也做了大致安排，按照大理高中的生活费情况，可以资助到高中毕业，还会有一点结余，结余的资金建议小柏买一台电脑上大学用。够不够的，到时候可以再商议。

这就是我设想中的个案资助，有缘自然有缘。3月底，安排拨付。

前一阵子，也是4月下旬了，老孟的朋友李凯到洱源，落实在丰源励学的项目。李总对丰源推荐的孩子的情况看得很认真，问得很仔细，情真意切。我们仔细聊了聊，介绍了我们在洱源做的助学项目的情况，以及我们对乡村助学的看法。李总很有心，很乐意在乡村，比如洱源，做一些能够系统性解决一个层面或者一个切片的问题或困难的事，以前做过一点尝试，大约遇到的团队或者执行人差点意思，心有戚戚。这次到洱源，看了丰源的情况，我们又聊起了可行性。

李总在洱源时间小紧，我们大致聊了个方向。与李总初步约定，我请交大基金会支持，与洱源县红会和洱源县教育体育局一起讨论，争取5月中下旬拿出初步数据，提出参考建议。

于是就请后方援助，派出精兵强将，近期来洱源支持一把。程处慨然应允，发展部、财务部、综合办，组成赴洱源小分队，五一前完成洱源支援。

我张罗洱源行程，第一项任务，到了大理就先看看小柏。

然后到洱源，第二项任务，也是最主要的工作，与县红会和教体局座谈交流，推进李总意向资助项目。

睿远对基地建设也非常关心，近期抽不出时间来看进展。于是，查看和指导交大洱源基地建设并向睿远汇报建设进展，成为赴洱源小分队的第三项任务。

我到机场接小分队，抵达时已是傍晚。小分队并不相信是傍晚，艳阳似高照。直接到新世纪中学去，小柏和班主任许老师一直在大门口等着我们。

又见小柏，一年已过半。稍微长高了一点，清瘦了一些，活泼了许多。许老师说，我们的资助给小柏的激励太大了，钱只是一方面。这一年，小柏进步很大，副班长、学习委员，成绩棒棒哒，年级三四十名的水平,还帮助别的同学。

我问许老师,新世纪中学三四十名保持住的话,大约高考能到什么水平。许老师说985大学应无问题,问题是哪家985大学的问题。现在的问题是小柏给自己定了个目标,要考交大,那就是还要更努力更进一步的问题。我们自然很高兴,很鼓励,当然也很客观。

一是学习要更努力,正如小柏自己所言,这关乎自己的未来。二是对资助不要有压力,也如小柏自己所言,以后有能力再帮助帮助别人。三是立此存照,往着985大学发起冲击,平台能好尽量好一点,以后的通道会更平更宽。四是交大欢迎你,考上了我们就在交大管你了。

小姑娘进步很大,人活泼多了,话也多一些了,主动帮着许老师给我们倒茶水,笑嘻嘻的,看得出来心情很好。她上次回乔后是清明节假期,这次五一假期也准备回去三四天,看看爸妈。她两个星期前,剑川甸南到沙溪的高速连接线开通了,现在回洱源乔后,可以从大理市先到剑川县城,再到沙溪,再到乔后,比以前能省大约2个小时,半天差不多能到家了。以前要大半天。

小姑娘说,回家看一下,然后提前再回学校,还是要抓紧时间,多学一点是一点。

我们给小柏带了一件外套和两件T恤,交大纪念衫。一点心意,一点期许。去年一个考进交大念本科的同学,缘起前几年交大工会于主席到洱源开展帮扶工作,送了孩子父亲一件交大T恤。回家后父亲也没说啥,就给孩子穿了。这回孩子考进了交大,父亲说,大约那件T恤是很好的缘分,很好的激励。

复制粘贴,静候花开。

话说我的同学陈老师,去年5月资助我们洱源一中小王同学。今年4月中旬,陈老师贴给我一张图,已经转好了今年的资助款到交大基金会。我说,啊,你怎么这么好啊。陈老师撂下一句话,小朋友读书是大事情,可不能忘记了。

于是,我也修正我的看法,有缘自会有缘,善小更需有为。节后,这事,我落实。

赴洱源小分队,与县红会和教体局的交流是此次来访非常重要的工作。

这阶段,交大基金会与红会的对接与合作很顺利。红会同志说,下次协议内容格式不能啥都你做好了,剩下给红会的事就只有资金拨付。

其实并不是,资金能够及时拨付,很重要,这一点我们红会很给力。之所以我把协议弄好,一是因为是既有项目与红会协作,前因后果我比较清楚,事半功倍。二是因为我们基金会同事平时手头工作也不老少,我也不好意思多叨扰,尽管她们常说没事没事,欢迎常回来,欢迎派活来。三是基金会这份工作,我已经做了 14 年,不在学校这两年,写捐赠文书的工作少了一些,回回炉,熟熟手,很有必要。

这次交流,大致三个目的。

第一个是将已经在执行和未来几年即将执行的项目做一个沟通与衔接。虽说这些项目的资金是从交大基金会安排到县红会,但本质上我们双方立场和角色是一致的,钱都是来自校友和贤达的爱心善意,我们的作用就是善款善用、好事做好。

第二个是希望进一步加强了解与互信,扬长避短,各自发挥所长。交大基金会是一个综合平台,师长学长、各界贤达,都是非常优质的资源力量。县红会扎根本地,着眼本土,服务本乡,在项目落地乡村的执行落实上有着天然优势。服务洱源这两年,我对后者的重要性有着深刻的认识。我以为,乡村振兴中的这方面力量非常重要,并且执行力极强,外部不管是政策还是项目,如能与这方面力量互信结合,无往而不利。我也希望红会能在我们既有项目执行过程中多多帮手,特别是在对受资助孩子或家庭的沟通联络和关心帮助上。

第三个是交流和推动有关李总关心和意向支持的助学项目。

说简单也简单，李总希望资助家境困难而勤学上进的初高中生。相对系统地资助洱源的这一类学生群体，这就是所谓解决一个层面或者一个切片上的问题或困难。说不简单，也真不简单。李总希望能够精准选拔，动态关注，以及长期坚持。所谓长期，我与李总介绍交大乡村振兴洱源基地的情况，谈到约定期限大约是 15 年时，李总一方面表示认同，另一方面表示他想做的长期大概是 15～20 年。

这是很功德无量的，也是不那么容易做到和做好的。与李总聊的时候，红会的同志是在场的，小熊也在的，大家意见交换得也比较充分，关于规模、关于金额、关于方式方法，或是计划、或是困难、或是顾虑，也是摊开来放在桌面上讨论的。

上海交通大学教育发展基金会洱源调研座谈会

李总离开洱源后，我跟小熊交换了一点意见。说实话，开始我是有些顾虑的，毕竟过几个月我俩都离开洱源要返回交大，在与不在，不会完全一样，这样一个成体系需要一点绣花功夫的活，能不能接得下、干得好，都存有商榷空间。不干吧，好像又说不过去，李总这份心就很交代不过去，错过这么好的机会对洱源也有些交代不过去。

和交大基金会同事商量，大家也倾向于要做，至于最后成没成就是另一回事了，事在人为，莫要顾虑太多。同事们说，之前的项目也不是你走了就结束的，最少也还要持续三四年，不也是要继续跟踪继续做吗？再说了，不还有我们一起帮忙吗？

说的也是。县红会的意愿不消说了，自然是支持的。我与教体局领导联系，说了说大概的情况，也非常支持，并专门安排资助中心的老师一起座谈交流。

互相介绍了各自的工作，我发觉自己还是不够接地气，很多情况也浮于表面，知之不深。教体局内设资助中心，每学年都会对全县的学生家庭情况做排摸，形成相关数据，作为国家助学资金评定和发放的依据。国家助学资金覆盖面大一些，但金额相对低一点，给住宿学生大约一年 1500 元，走读学生大约一年 750 元，这个资金量对小学生作为生活和学习的补充差不多够，中学生难免捉襟见肘。

常态掌握这个数据，对我们要开展的项目是利好。关于家境困难的情况，基于这个数据，再做排摸、分类和甄别，事半功倍。干啥事都得找对人。

县级红会经年累月助困助学助医，对基层真正困难的了解和理解，比我们深刻得多。我们与红会同志做了交流与探讨，也请红会根据既往工作中的经验和数据，结合教体局资助中心掌握的困难认定标准，拿出一个符合洱源县情的困难情况或者数据标准，这就更贴合实际了。

勤学上进，这就需要班主任们给力了，自己的学生怎么样，自然班主任最清楚。一个班、两个班、几个班都好办，全县 13 所初中，3 所高中，面广人多，人员调动和组织安排，非教体局支持和给力，才能做好。

很巧，教体局的老师姓段，红会的老师也姓段，都很给力，都很支持，其利断金。

大家约定齐努力，先摸清数据，后提出分类标准，再撰写建议方案，分头行动，推进起。

赴洱源小分队就剩下第三项任务了，查看并指导交大乡村振兴洱源基地建设情况。顶着下午的大太阳，基地走起。

基地建设初现雏形。领着我们的人，看着我们的地，心里很是高兴。综合活动楼的布局已经确定，该填的填，该补的补，下一步外扩框架再起来，就像样了。住宿生活楼的防水已经做得差不多了，每间宿舍的格局都确定了，各有不同，基础也快完成了。教学办公楼改造进度相仿，户外延展浇筑的平台也快拆托架了。这个饼，渐渐五分熟了。

同事们觉得挺不错的，很期待基地完工后的新颜和各自的工作安排。上海交通大学高原特色健康食品（洱源）创新中心确定入驻，这里只是创新中心的起点，未来还有拓展。"丰源甄选"的公益直播也选好房间了，颇为满意。常驻人员和临时人员的管理服务也在考虑中，配套的制度也要拟起来。

赴洱源小分队，来回说是三天，去掉往返交通，也就一天时间用得上，算不得轻松，让大家看得意犹未尽。

算算日子，大家说，要再抓抓紧了。

## "丰源甄选"，求字访友

4月下旬丁校长访问洱源期间，我们发布了"丰源甄选"品牌。刚开始，大家说是不是就做个小铜牌，揭个红盖头？被我否了。我觉得好不容易几方力量能形成闭环做这件事情，又都是代表着交大方方面面的资源，还是要能体现出一点文化气息的。

想来想去，决定请洱源书法家协会杨彬老师题字。杨老师欣然应允，斟酌再三，决定创作一幅繁体字条幅——豐源甄選。杨老师闭门创作了两幅备选。选定后，又前后张罗，送到大理加急装裱。座谈会当日，完美呈现，书法作品自然透出文化气息。同样的元素又完美呈现于现场伴手礼袋上，呼应得恰到好处。

活动结束后，有领导给我提了一个小小的建议和作业，两个方面。一是繁体字很不错，不过从可读性和传播性的角度，也需要准备简体的版本。二是既然都是交大几方力量的闭环，那么再丰富一点交大元素也是有必要的。

这也是说到我心坎里了，两个方面都很实在。前者做个简体字版本，很好解决。后者交大元素的方面，开始我是有些顾虑的。学校对于品牌和标识的使用非常珍惜，自有规则，所以在设计伴手礼袋的时候，我专门关照先不要放上交大标识等元素。

没想到作业这么快就来了。脑筋开动起来。

自然而然，詹老师映入眼帘。

詹老师是沪上颇有名望的海派小写意花鸟画家，也是我们交大的教授。学校与诸多贤达交往时，常常致送詹老师的作品，往往我也是经办人之一。

1982年，詹老师的竹刻艺术作品《陶渊明》致送给世界船王包玉刚先生。1990年，詹老师的国画作品《瓶梅图》致送南非总统曼德拉。1998年，詹老师受邀在沪接待美国总统克林顿，现场挥毫作画《春到人间万物鲜》致送克林顿，还致送其女切尔西《牡丹图》。2003年，詹老师的作品《寿桃》致送新加坡资政李光耀。2005年，詹老师的作品《水墨玉兰》致送台湾亲民党主席宋楚瑜。不一而足。最近的一次是今年4月校庆期间，詹老师国画作品致送香港前特首林郑月娥。

我是2009年底到交大基金会工作，于是有了机会向詹老师请教，陆续请詹老师创作作品致送校友和捐赠人。詹老师是交大开明画院执行院长，也是交大与日本女子美术大学联合设立的中日（国际）美术教育研究中心主任。我很有幸，参与过詹老师的一些工作，2014年初曾经陪同交大领导和詹老师赴日本女子美术大学访问交流。日本女子美术大学时任理事长是大村智教授，专门会见了我们，还请我们到家里，拿出珍藏的名家书画请詹老师鉴赏。我印象很深，詹老师看到了自己的老师唐云先生的作品，非常激动。2015年，大村智教授与屠呦呦先生共同获得诺贝尔生理学或医学奖。后来詹老师牵线，大村智教授与交大开展了一系列的学术交流活动，2016年大村智教授获颁上海交通大学名誉博士学位。

很朴实、很有趣、很热心的詹老师。一般来说，大家知道詹老师是海派小写意花鸟画家，不太知道詹老师书法好。我是有一次和詹老师聊天，听他说起自己艺术之路，从竹刻到书法到国画，我就记住了。后来交大获捐霍英东体育中心，霍氏贤达希望能以书法形式呈现馆名，我就想到并请詹老师题写，横竖各一幅，获得霍氏赞同。

前年我要到洱源来挂职的时候，在学校碰到过詹老师，跟他说了一下。他说你看看有啥事情我能帮得上忙的，你就跟我说，需要我去教书画都行。这两年，未能请詹老师到洱源，小有遗憾。不过这一次，我要请他帮忙了。

五一劳动节，遇上大理三月节。大理的假期很长，我就回一趟上海，奔着詹老师去的。五一节后，大理继续放着假，我就在上海上班。给詹老师打了个电话，说一下我的想法，简体的需求，交大的需求，如此这般。詹老师说没问题。

完美。

上午打完电话，傍晚时分，詹老师又打回给我。一下午，已经给我搞定了，简体书法作品《丰源甄选》，落款"上海交通大学詹仁左题"。多的话就不说了，简直了，完美契合我们需求。詹老师说，横竖我都写了一幅，都给你了。

次日上午，奔到徐汇校区开明画院，找詹老师拿墨宝。詹老师风采依旧。向詹老师汇报了一点工作情况，他很高兴，还是那句话，有啥事情他能帮上忙的，尽管跟他说。

詹老师真好。拿回墨宝，仔细拍照，传给小伙伴们，大家都说好，这是真的好。

于是，丰源甄选，集齐了洱源和交大书法家的墨宝，集齐了繁体、简体不同演绎。

著名海派画家詹仁左教授题字"丰源甄选"

这两日，周老师和岳老师找我，高原特色健康食品（洱源）创新中心的工作，两位老师真是放在心里了，咱们仨又细细聊起。岳老师已经安排在做叶上花发酵梅酒与市面上主要梅酒产品的检测、分析，以及成分与活性物质分析比对等。技术我也不太懂，不过感谢我是懂的。又聊起与中国农学会关于乡村振兴培训基地的合作可行性，大学小镇的可行性，县域乡村振兴路径样板的可行性，面向高原特色农业的新型研发基础设施建设，等等。很受启发，相约分头行动。

蹭着两位老师的工作安排，我也跟着与康师傅集团几位老总做交流。康师傅与农生学院共建食品安全的实验室，与我们基金会也互有往来。

又见到康师傅人资长吴之炜。吴总是台湾中山大学第一届人力资源硕士班毕业，在人力资源领域深耕二十载。我与吴总是第三次见面了。第一次还是 2015 年在学校，当时聊康师傅支持内地几所大学的同学赴日本早稻田大学深造的奖学金项目。第二次是前年底，也是搭两位老师的顺风，向吴总报告了一下到洱源工作的情况。这第三次见面，更熟稔了。吴总说上个月受邀去大理做人力资源领域学会的实践分享，住在洱海边上，印象非常好，只是时间仓促，来不及到洱源，也就没有通知我。

两位老师帮我敲边鼓，跟吴总说起上个月我们成立高原特色健康食品(洱源)创新中心的事情,以及接下来的工作规划。目前也在谋划食品安全以及乡村振兴领域的高峰论坛,届时一定要请吴总率康师傅团队一众出席。吴总也饶有兴趣,欣然应允。

钟国兴先生负责康师傅的食品安全研究与管理,这次是第一次见面。钟总长期耕耘于供应链领域,康师傅创立2年后就加入集团,服务至今,大家开玩笑说他是嫁给了康师傅。钟总大约代表着食品安全领域行业实践的方向,与学院派有着很不一样的管理理念和实践方法。我们也向钟总请教诸多,康师傅大约能够代表国内食品行业对食品安全的最高要求,这样的企业对我们创新中心在洱源企业的实践有着更直接的指导意义。

苏振源先生和周旭女士也是老朋友了。苏总是康师傅首席研发专家,对钟总非常尊敬,一直说自己是钟总一手培养出来的。我俩坐隔壁,一直悄摸地说《去有风的地方》这个电视剧。苏总说看了很感动,问我到底是不是真有这样的地方。我说可不就是,我常去的,凤阳邑、沙溪古镇,找机会过来吧,我陪你去吹吹风。周总是负责康师傅校企合作的,敲边鼓,是啊是啊,一起去。

我是很希望有机会邀请到康师傅的诸位能够到大理到洱源看一看聊一聊,哪怕当下还不完全具备合作条件,但从这样一个食品领域的巨无霸的视角,如果能为洱源的高原特色农业发展把把脉断断诊,想必是极好的。吴总也说,看创新中心的发展需要,他来安排西南大区和云南的同事一起帮忙。

短短两三日,三月节的假期也告一段落,又是回到彩云之南返场返工的时候。

# 基地

*JI DI*

## 广西北流，遇人知事

去年清华发起成立了乡村建设高校联盟，同步发起了"百校联百县兴千村"行动，大意是想对乡村建设人才短板形成支撑，引导社会力量参与乡村建设实践，希望能够以校地共建为抓手，共同谋划校地合作新思路，共同建设校地合作实践基地，共同破解乡村发展建设瓶颈，共同培育乡土人才，形成一批具有地域特色、可复制推广的经验。

联盟成立的时候，清华联系上交大团委邀请我们加入，团委老师征求我的意见。我的看法是，交大要埋头把自己的工作做好的，也要交流互鉴，这项工作也是定点帮扶和乡村振兴范畴内的，我觉得加入没问题。于是我们拿出了丰源村案例，加入了联盟。

劳动节过后，5月9日，县里同志找到我，说省乡村振兴局转发了国家乡村振兴局的通知，5月中旬将在广西壮族自治区玉林市下辖的北流市举行"百校联百县兴千村"行动推进会，问我能不能去参加。我有点犹豫，最近我们交大洱源基地建设进程近半,这两天正在盯着进度,确保夏天到来前要完工交付。我请同事帮着向省局咨询具体情况,原来云南省一共 5 个县与 4 所省内外高校参加了这个联盟,分别是红河州石屏县结对的昆明理工大学、临沧市临翔区结对的云南大学、大理州南涧县结对的清华大学、大理州洱源县结对的上海交通大学、迪庆州德钦县结对的云南大学。省局的意见是觉得交大做的工作更成体系一些,也比较务实,此次就定向邀请洱源县与省局领导一同参加会议。

那就得去了,不光是交大的事情,也是省里的事情。

10 日参加大理军分区的学习团,去了一趟楚雄州,观摩基层武装部规范化建设,早上六点半出门,下午 7 点钟到家,机动性很强。11 日抓紧到丰源村,和村里的同志把基地的建设情况细细梳理一番,与建设计划基本匹配,各部分初步框架都已经出来了。基地建设头绪比较多,好在村里很给力,相互配合无间。基地事情处理完,小熊跟我说,他刚接到了交大团委通知,也要去北流参加会议,接着还有一个培训交流。

于是我们一起去,12 日,北流走起。坐火车,9 个小时,路上时间长,琢磨为啥这个会在北流开。

北流市位于广西东南部,隶属玉林市,毗邻粤港澳大湾区,素有"粤桂通衢"之称,因境内圭江由南向北流而得名,是全国文明城市、中国陶瓷名城,也是国家外贸转型基地、国家园林城市、国家卫生城市、建筑之乡、荔枝之乡。

3 月去过浙江衢州市龙游县后有一点启发,有时候比较一下各地与洱源的数据指标。看到北流的数据,也比一比。

2022 年,北流常住人口 156 万,GDP416 亿元,增长 3.3%,一般公共预算收入 19.8 亿元,增长 6.2%。

2022 年,洱源常住人口 25 万,GDP88 亿元,增长 2.5%,一般公共预算收入 4.5 亿元,增长 5%。

人均算的话，差别也不太大。

不过，北流市的主要经济指标总量稳居广西壮族自治区县级前列，连续 6 年上榜中国西部百强县市、广西高质量发展先进县，连续 3 年入选全国县域旅游发展潜力百佳县，连续 2 年入选自治区实施乡村振兴战略实绩考核优秀县、自治区乡村振兴改革集成工作先进县，获评自治区民族团结进步示范市。

这个位次是洱源短期内在云南省及无法企及的。这大约与北流的区位优势和产业发展密切相关。

区位而言，北流是北部湾经济区和珠江西江经济带的结合部，位于规划建设的南宁经玉林至深圳、桂林经玉林至湛江"一横一纵"两条时速 350 公里的高铁干线的交汇点，玉林高铁新城落户在北流市新圩镇，南广高速公路、玉铁高速公路、洛湛铁路贯穿境内，玉容一级公路横贯东西，北宝二级公路纵穿南北，2 小时可达南宁，4 小时可达广州，1.5 小时内可出海。

产业而言，北流市以发展轻工业为核心，明确了"3＋2＋1"产业链的工作思路。"3"是重点发展电子信息（侧重电子元器件、小家电）、童装品牌服装、鞋帽三大主导轻工产业链，"2"是转型升级家具、陶瓷等两大传统优势产业链，"1"是培育发展金属装备智造产业链，重点规划建设广西（北流）轻工产业园——电子信息、服装鞋帽、金属装备智造三个特色产业园区。目前，广西（北流）轻工产业园 150 万平方米标准化厂房及配套用房已全部建成，已有 55 家企业入园签约，已签约 78 万平方米，其中投产或试产 29 家，2022 年完成工业产值 9.5 亿元。

后来在北流一天多时间里，与当地同志交流，原来北流很好地把区位和产业结合起来了。我觉得北流区位最大的优势是毗邻广东，产业最大的优势是接到了广东"腾笼换鸟"的产业转移。这个机遇抓得实在好！当地同志告诉我，北流传统重商，建筑行业起步很早，民间积累颇丰,乡贤文化浓厚。我猜想,北流的经济数据支撑起高质量发展先进县,政府债务负担可能也比较小。

我们抵达时,已是晚间,虽然下着雨,但街道上车多人多,很热闹。住进酒店,条件确实也一般,和咱洱源差不多。

我翻起会议手册,陆续发现来北流是一件很有缘分的事情。

各省市和高校都有人参加,上海高校就交大一家,没啥看的,就看起上海市来的同志名单,就两位,然后就看到了姚训老师的名字。姚老师来自市农委,我有点吃不准,莫不就是原来交大人事处的姚老师,同名同姓? 不懂就问,请教俺们交大领导,果然就是的。领导说,上海来的另一名同志,黄辉老师,很可能也是交大出去的,最早应该是在上海农学院团委,后来两校合并后在交大团委,接着去了其他单位。

这么巧! 姚老师我是有些印象的,以前在学校见过面的。黄老师我就没见过了,也不能确定是不是原来交大的黄老师,如果是的话,就是小熊的前 N 任农学院团委书记了。

次日开会,早早先到会场,瞧个真切找校友去。很快定位桌签座位,就等两位老师到位了。喊上小熊,告诉他这么个校友信息,我俩就瞄着座位了。小熊也告诉我一个校友信息,北流市的市长是交大校友,2013 届船院硕博毕业,选调生来的广西,没想到已经是北流市的市长了。搜索了一下,果然是的。又搜了一下北流的市委书记,原来是清华的校友,难怪这个会议放在北流召开,清华对校友的支持支撑,确实很到位。

一会儿黄老师到了。凑过去自报家门,果然是原来团委的黄老师,2000 年调任上海商学院,3 年后又调任农委系统,算起来离开交大 24 年了。寒暄过后,我们又凑到姚老师那里,果然也就是原来交大的姚老师,2006 年调任市委组织部,后来又调任农委系统,算起来离开交大也快 20 年了。黄老师正在统筹上海乡村振兴培训工作,有个项目很适合基层干部，相约后面大家进一步交流一下，看能不能给洱源开放一些免费培训名额。真好啊！

没想到北流的会还是交大校友的小聚会。会议结束后，小熊看到了市长同志，喊我一起打个招呼，大家都很高兴。后来等我离开北流，回顾北流之行时，偶然发现北流的一位副市长可能也是交大校友，是2016年材料学院或者化工学院博士毕业后选调生去的广西。

这两年在洱源工作，深感基层不易，任职基层、扎根基层的校友们，比起我这样挂职的同志，更是艰辛砥砺。这次真是很奇妙的缘分，来北流真是对呀。不由想起师长们常说的一句话，聚是一团火，散是满天星，祝福校友们精进笃行，造福一方。

来北流真是对，遇人遇友是一方面，另一方面则是知事互鉴。

广西北流，遇人知事

北流的推进会,我是比较认真地听着记着,特别是交流单位的发言,干货还是可以迅速捕捉到的。

河北省乡村振兴局的发言提到,清华大学与容城县合作,容城县投入 500 万元建设清华大学乡村振兴工作站,这个月底能投入使用。

吉林省乡村振兴局的发言提到,已有 20 多所联盟高校与省内县区市签约,成立了 18 个乡村振兴研究院或者学院。吉林结合"百村提升"工作方案,遴选了 48 个"吉乡农创园",每个农创园支持衔接资金 100 万元,联动科创、文创、农创、商创,"政校企村"四位一体。

广东省乡村振兴局的发言提到,广州市从化区改建了 1 幢 8 层 2 000 平方米的办公楼,提供给华南农业大学作为实践基地。省乡村振兴局、省教育厅共同建立奖励机制,明确签约要求高校对工作成效突出的乡村建设工作队员在职称评审、岗位竞聘、考核评优等方面优先倾斜。

陕西省乡村振兴局的发言提到,灵活运用新建、改建、再利用等方式,提供不少于 6 人的生活、工作、服务成果展示场所设施,各签约高校组建不少于 6 人的乡村建设服务队,对驻村服务人员在职称评审、岗位竞聘、考核评优等方面予以倾斜。

东道主北流市的发言提到,北流市积极统筹使用本级衔接资金提供支持,聘请知名乡村建设设计团队成立国内第一个农民参与的美丽乡村建设设计院,进驻村庄开展陪伴式规划编制,创新提出了简化版的实用性乡村规划,让群众看得懂、易接受、能遵守。

福建省福鼎市的发言提到,福鼎与清华签订协议,建立"一二三"合作机制,一是清华大学乡村振兴工作站,二是校地双方长期合作共建机制,三是校方、地方、校友三方共同运营管理。福鼎投入了 1 600 万元,建设清华大学东角研学基地。

重庆市酉阳县的发言提到,统筹衔接资金、社会帮扶资金、金融资金等1200万元，支持签约高校开展陪伴式、浸入式驻村服务，为高校团队的美好蓝图变为现实提供最强财力支撑。坚持小投入、微改善，无偿为高校在酉阳提供研学载体、实验场所。投入资金10万元，改造闲置村社，在花田乡建成占地270平方米的四川美院（酉阳）艺术与乡村研究院。

天津大学的发言提到，一是凝聚合力，打造优质资源集聚的"耦合场"，牵头成立专委会，发挥桥梁纽带作用，引导联盟高校专家学者参与；二是示范引领，拓展校地合作的"朋友圈"，与厦门市翔安区共同建设天津大学乡村振兴翔安工作站，主办乡村振兴翔安发展论坛。

中国农业大学的发言提到，建立河北涿州教学实验场，聚焦区域特色，布局实践基地，设立科技小院。中国农业大学专门设立社会服务序列职称晋升体系，将驻村成效列入考核与任用体系。

南昌大学的发言提到，在江西省莲花县成立了乡村建设联合工作站、大学生实践基地，探索"专家陪伴式指导＋乡土工匠队伍建设＋农民群众"的乡村建设新模式，着手建立若干研究机构。

河南农业大学的发言提到，探索研究新时代农村人居环境治理、新乡贤文化培育以及乡村建设技术体系等方面的实验路径。针对不同地域特征、生活习俗及文化背景，制定切合当地实际的村庄清洁行动措施，推动农村建设由点的牵引到面的联动，带动农民群众从保持观望到自发参与。学校人事处专门制定服务乡村的奖励办法，在职称评定、评优评先给予政策倾斜；社会服务处出台科技奖励政策，与纵向科研项目一视同仁；教务处制定课程调停与驻村减免工作量等文件；学院给予社会服务优秀工作者荣誉等同教学先进工作者。对参与的学生在实践考核、优秀学生评定、奖学金金评定等方面均出台了优先政策。

我也做了一点思考。上述发言中提到的各种措施大约两个特点。一是典型做法和经验往往出自经济发展水平相对较好、地方财力保障相对充裕、地方支持力度相对较强的县区市;二是出台对驻地服务教师支持政策的省份或者高校,往往结对共建的范围都在本省。

换一个角度而言,经济发展水平相对较弱、地方财力保障不足、地方支持力度不够的县区市,这方面的工作如何争取高校的支持和联动,高校在这种情况下又如何破解"巧妇难为无米之炊"的困局,是需要进一步研究和探索的。这方面,教育部直属高校结合十年来中央单位定点帮扶工作的经验,应有拓展之道。王婆卖瓜,我觉得我们在洱源这两年的一些新的工作思路、方法和探索,也许从这个角度而言算一点借鉴。简单而言,这两年我们做的一点工作,如果说可以阶段性凝练一些特点的话,大致是长期性、系统性以及资源协同性的安排。

清华发起的这个"百校联百县兴千村"行动,纳入了国家乡村振兴局的工作范畴,通过国家局统筹,各省市自治区乡村振兴局也积极推动。这次推进会议,也是国家乡村振兴局主办的,由广西壮族自治区承办,广西壮族自治区领导致辞,国家乡村振兴局领导到会讲话。

会议之所以选在广西召开,主要考虑广西乡村建设工作重视程度高,工作举措实,推进力度大,实施效果好,突出体现在三个方面,分别是推进力度大、校地合作实、驻村服务好。国家乡村振兴局领导对于此项工作讲了几点意见。一是建立健全实施体系,"百校联百县兴千村"行动实现良好开局,工作推进体系全面建立,政策支持体系初步构建,服务保障体系逐步完善,试点示范效应初步形成,行动取得阶段性成效,校县签约实现过百,服务对象覆盖千村,实践基地加快建立,驻村服务有效推进。但也存在一些困难问题,如思想认识不到位、工作进展不平衡、政策落实有差距。二是准确把握总体要求,推动"百校联百县兴千村"行动走深走实,必须厚植爱农情怀,必须推进重心下沉,必须坚持校地共建,必须量力而行、稳步推进。下一阶段要在建好校地合作实践基地上下功夫、要在强化政策咨询服务上下功夫、要在开展陪伴式规划建设上下功夫、要在人才培养上下功夫、要在活化农村土地资源上下功夫。三是强化组织领导保障，凝聚"百校联百县兴千村"行动实施合力，加强省级统筹协调，强化校地合作指导，加大行动政策支持，做实行动检测评价，切实转变驻村服务作风。

领导讲的都在点子上，我体会尤为深刻的就是在建好校地合作实践基地上下功夫。我做一点延伸思考：目前，仍有过半数签约县未建立校地合作实践基地，有的不愿提供基地建设改造资金，有的找不到基地建设场地，有的基地规划设计还未完成。实践基地是校地合作的基础、沟通的桥梁、服务的支撑。总结过去经验，凡是基地建设得好，驻村服务就开展得好；凡是没有基地支撑的，校地合作大多停留在签约阶段。希望各省乡村振兴局积极推动签约校县加快建设实践基地，为高校长期驻县驻村服务提供基础保障条件。强调一点，基地建设不一定要投入大量资金，不一定要高大上的建筑，鼓励大家通过新建、改建、再利用旧村部或民房等方式建设实践基地，基地具备孵化平台、培训场所、研讨交流、吃住条件等基本功能即可。

深以为然。基地作为驻地工作平台和服务内容载体的作用非常重要，而且未来会更重要。我觉得很幸运，交大是个大学校，交大人务实，认定要做的事情，不声不响把它做好。

这一天，北流一直在下雨，不影响上午会议，也没有影响到下午的考察。对我们做基金会的人来说，下雨很好，有水有财。考察了北流市校地合作实践基地，新圩镇河村、新圩镇新圩村司马第组、西琅镇木棉村三旺组。三个村里的点，规划、村容村貌、产业安排都非常好，其中校地合作实践基地在规划、设计和建设过程中发挥了重要作用，北流的乡贤文化也发挥了重要作用，经济宽裕的人捐钱捐物，劳力富足的人以工代捐，两者都不太具备的人投票支持，这种方式很传统，又很现代。

北流市校地合作实践基地，我比较感兴趣。原来这里是西琅镇田心村的村委旧址,4.3 亩地,经过全体村民表决,通过盘活闲置土地的方式,将这一块村集体用地前 5 年免费出租给广西美丽乡村设计院进行改造建设,之后每年租金 4 万元。北流市投入本级财政资金 360 万元,本地工匠、农民广泛参与,组成施工队,积极投入基地建设。在多方共同努力下,建成占地 5 亩的校地合作实践基地,主要包含理念成果展厅、设计办公室、规划室和多媒体会议室等。

这个基地建得挺不错的,广西美丽乡村设计院也略有一点公司运作的感觉,这样也比较高效,业务主要聚焦乡村的规划、设计和建设,面向北流市有条件、有需要的乡村提供服务。我倒比较认同北流的这个做法,符合北流的需要和北流的条件,事实上做得也很不错。对应到上午会议领导最后关于校地合作基地的要求上,因地制宜,因时制宜,因势利导,因情施策,才能做得到位做得好。

第三日,早间七点半,返程,晚间 8 点,抵达洱源。香港信兴集团上海分公司的朋友们已经在洱源等我了,来看看我,看看洱源,相约明天见面。

广西北流这一趟,遇人知事,此行不虚。

## 呈邓学长，汇报与请求

5月中旬，云南校友会老纳副会长呼我，惯例先忽悠说来洱源了，查查我的岗看在没在。我是在多离少的，于是老纳正经告诉我，真是有校友要来洱源，很快就来，是想交流一下在洱源教育或者相关领域谋划一点支持。老纳说，你好好梳理一下，准备一下，如果洱源不要的话，他的家乡建水就不客气了。

我向副会长报告，要肯定要，至于是支持洱源抑或是支持建水，都是对云南的支持，都是很好的缘分。梳理和准备的工作也请放心，临近任期满，既往的工作历历在目，我会与学长全面且简要地做一个汇报和交流，听听学长们的意见，也提一点我的建议。老纳说，就这样哈，校友定下来时间就打电话给你哈。

过一日，接到邓超学长电话，相约次日到洱源。邓学长在云南省驻沪办工作，这次回云南联系对接工作，来到洱源，一是来看看我，交流一下支持意向；二是受朋友之托到洱源初步考察和落实一个小小民宿的投资意向。邓学长是 2013 级秋季入学的安泰 EMBA 校友，也是我的院友，读书期间曾经在大班集体中发起过赈灾公益活动，并且执行到位，同学们赞誉有加。今年入学十周年，大家想做一些有纪念意义的活动，很自然聚焦到公益方面，自然也聚焦到邓学长身上。作为云南人，希望在家乡和母校之间形成关联，邓学长自然又想到洱源。

基本按照时间顺序，把我们到洱源之后陆续开展的一些工作向邓学长简要汇报，穿插交流，很多方面我们的看法有相似之处。这两年，我们工作的一条主线是教育，这个领域陆续得到学长、师长们关心，得到了很多很大的支持。从教育出发，衍生出交大乡村振兴洱源基地的建设，也是得到地方上和校友们鼎力相助。有了交大洱源基地的谋划，很快形成了围绕健康食品，涵盖研究、检测、认证、培训、直播与电商，以及捐赠反哺的发展闭环。

下午，从两点谈到四点，我不得不去大理开会，他不得不去茈碧湖边考察民宿。我们不得不结束交流，不然能谈到吃完晚饭。我向学长表态，我把今天交流的内容，形成简要文字材料，供各位学长了解。

于是形成《呈邓学长关于支持洱源发展的相关建议》，如下。

## 一、交大与洱源

2003 年起上海交通大学开展洱海水生态保护科学研究，2013 年起定点帮扶大理州洱源县。2018 年洱源县率先脱贫摘帽后，学校帮扶力度不减，助力脱贫攻坚全面胜利。2021 年起学校助力洱源县乡村振兴，聚焦深化教育振兴，扶志扶智，探索洱源县教育振兴长效机制和多元举措。2021 年 8 月，我受学校委派挂职洱源县人民政府党组成员、副县长，这是我从 2001 年毕业留校后在交大工作的第 3 个岗位，前两个岗位分别在教务处和发展联络处。为便于协调和争取校内外资源，在洱源更好开展工作，我仍担任学校发展联络处副处长、教育发展基金会副秘书长。

二、工作开展情况

1. 助学与励学

交大历年在洱源都有助学项目，捐资助学也是大家通常的公益活动。如何使得助学工作发挥更好的作用，我们做了一些新的思考和尝试，把大学中助学激励的做法引入基础教育，在洱源探索助学与励学并进的资助项目，一方面进行力所能及的资金帮扶，另一方面对所有获得资助的学生颁发以上海交通大学具名的勉励状，内容为："洱源思源、励学励行。任重道远，自强不息。特颁此状，与君共勉。"这样的做法，在洱源孩子、家长和学校中取得较好的激励效果，也获得校友贤达的肯定和支持。

交大洱源吴剑勋王晔助学基金。2021年10月，我们争取到交大1997级安泰管理学院校友吴剑勋学长和夫人王晔伉俪支持，捐资100万元设立"交大洱源吴剑勋王晔助学基金"，每年帮助洱源县乔后镇100名中小学贫困家庭学生，持续资助5年。交大洱源吴剑勋王晔助学基金是首个对洱源县山区乡镇进行整体助学资助的慈善公益项目，每年资助100名学生，每人资助2000元。目前已完成2021—2022学年和2022—2023学年资助。

交大洱源中兴财光华项目助学励学。2022年7月，吴剑勋学长帮助牵线，中兴财光华会计师事务所上海分所捐资设立"交大洱源中兴财光华项目"，其中7万元款项资助洱源乔后7名家境困难的小学生，持续资助5年，每人每年2000元。目前已完成2022—2023学年资助。

交大洱源励学励行基金。在洱源开展工作期间，陆续会碰到部分品学兼优但家境困难的高中学子，一定程度上对他们的学业进步产生不利影响。2021年11月起，我们在交大发展联络处党支部、交大转化医学研究院党总支、农生学院机关党支部以及交大校友和社会贤达黄克锋、王庆刚、李凯王薇薇伉俪等支持下，以"交大洱源励学励行"的名义，开始了贫困高中学子的个案资助。目前已完成 6 名学生资助工作，每人每年资助 6000 元左右，并将持续予以资助。

交大研究生支教团励学立志基金。交大第 23 届研究生支教团于 2021 年 8 月至 2022 年 7 月在洱源开展支教服务一学年，并筹募发起交大研究生支教团励学立志基金，资助洱源县玉湖初级中学家境困难且勤学上进的学生。此项工作得到上海交通大学云南校友会支持，交大 1990 级电力学院云南校友王伟梁学长捐赠设立上海交通大学云南校友会洱源励学项目，于 2022 年 9 月资助玉湖初级中学 10 名学生，每人 1000 元。

以上项目，我们都会举行颁发和勉励仪式，邀请捐赠校友线上线下出席活动，对受到资助的学生颁发勉励状，激发受资助学生的荣誉感和进取心，也将"饮水思源、爱国荣校"的交大校训根植于孩子们心中。

2. 思源特班与托管帮扶

近年来，县域高中的办学困境在洱源尤为突出。洱源一中成立于 1931 年，目前开展高中阶段教育教学工作，曾有多名优秀学子考入上海交通大学。近年来洱源县承担了洱海源头生态环境保护主体任务，经济社会转型发展面临较大困难，教育也受到较大影响，初中毕业优质生源流失尤为严重，每年中考高分段学生约有三四百人转至县外高中升学就读，对本县高中冲击巨大，转出学生家庭经济负担也大幅增加，转出学生也面临适应困难等问题，普遍发展不佳。经过分析研判，我们将高中教育提振和教育教学水平提升作为认真研究的课题，也作为长期努力的方向。

创办思源特班。我们充分调研洱源高中教育现状和突出问题，决定通过支持洱源一中创办思源特班为抓手，破解洱源一中优秀生源缺失的困局。为办好思源特班，我们积极谋划，争取各方支持，汇聚资金和智力资源，形成合力。2021年9月，我们争取交大给予洱源"9·13"大型山洪泥石流抢险救灾资金100万元，其中50万元用于洱源灾后教育发展，作为种子基金支持思源特班初创工作。

交大洱源孙斌教育基金。2021年10月，我们争取到交大2000级船建学院校友孙斌学长支持，捐赠100万元，设立"交大洱源孙斌教育基金"，共同支持洱源一中思源特班建设发展。交大洱源孙斌教育基金捐赠资金分三年拨付至交大基金会，目前已到款60万元，剩余部分将于2023年底完成拨付。

交大洱源中兴财光华项目思源特班激励。中兴财光华会计师事务所上海分所捐资设立的"交大洱源中兴财光华项目"，其中6.6万元捐赠款用于思源特班建设发展，统筹用于学生激励。

云南校友会洱源励学项目思源特班激励。交大1990级电力学院云南校友王伟梁学长捐赠设立上海交通大学云南校友会洱源励学项目，其中2万元捐赠款用于思源特班建设发展，统筹用于学生激励。

思源特班于2022年7月开启招生，首期2022级学生97人于2022年9月入学，生源质量比过往年份得到大幅提升。首期学生第一学年每人每月资助500元，一是作为首年招生激励政策，二是作为生活补助，2022—2023学年资助经费来源于交大种子资金。为更好统筹使用思源特班相关资源，2023年9月起，形成交大洱源孙斌教育基金、交大洱源中兴财光华项目思源特班激励、云南校友会洱源励学项目思源特班激励等资源合力，对2022级全体学生将实施优中选优动态机制,遴选思源学生,给予日常资助,并给予学年末优秀激励,继续支持 2023 级和 2024 级思源特班招生和后续动态资助与激励,涵盖三个年级各学年思源特班和思源学生的完整周期。

"子午连心"教育共建基地。上海交通大学教育学院对思源特班建设发展提供全面支撑。2021 年 12 月,交大教育学院与洱源县人民政府签订"党建引领、教育帮扶"合作共建协议书,在洱源一中设立"子午连心"教育共建基地,遴选教育学院优秀党员学生担任洱源一中高中学生导师,选派教育学院教师赴洱源开展教育培训,赴洱源一中开展暑期学校活动等。教育学院的加入,对思源特班发展形成了强大的智力支撑。

交大洱源—荣昶讲坛。县域高中教育教学水平提高,一方面取决于师生在第一课堂学科教学相长的努力,另一方面第二课堂与第一课堂的互为促进也将发挥越来越重要的作用。2022 年 8 月,我们争取到上海荣昶公益基金会鼎力支持,捐资 100 万元设立"交大洱源—荣昶教育基金",选派上海交大"荣昶储才计划"优秀学子赴洱源县开设"交大洱源—荣昶讲坛",为高中学生开展生涯规划、升学指导、专业前沿、学习方法、科技实践、心理健康等专题活动,构建丰富立体有效的第二课堂体系,并在寒暑假邀请思源特班优秀学子赴上海交通大学研学实践。交大洱源—荣昶讲坛每月邀请交大师生到洱源交流一次,目前已开展 4 期,12 个主题,24 场次的宣讲活动,效果非常好。目前首次暑期思源特班学生交大参访活动也在筹划中。

思源特班创办过程中,交大各部门给予了很大支持和指导。交大发展联络处、教育发展基金会、地方合作办公室、团委、转化医学研究院、仲英青年学者、图书馆、文博档案管理中心、终身教育学院等单位利用和创造各种机会,通过讲座、报告、展览、交流等各种形式,各方力量汇聚,帮助洱源一中和思源特班建设发展。

县中托管帮扶。机会总是留给有准备的人。2022 年 5 月,教育部发布县中托管帮扶工作通知,要求直属高校附属高中及相关单位要托管帮扶中西部脱贫地区的县域高中。非常幸运,洱源一中获得了州级推荐,得到了交大托管帮扶的发展机遇。于是前期我们关于洱源一中思源特班的所有思考、工作和资源积累,全部纳入托管帮扶工作范畴,也为托管帮扶顺利开展提供了非常好的切入和抓手。在此基础上,交大派出了附中体系 2 名老师挂职洱源一中,我们也协调了交大研究生支教团 6 名成员整体服务洱源一中,形成了 2＋6 的长期师资帮扶队伍。交大基础教育办公室积极协调附属学校资源,谋划更为丰富和多元的帮扶体系。

### 3. 各方资源与多元资助

我们积极寻求各方资源,为洱源教育提供多元资助。2021 年 12 月,交大捐赠人王柏年先生捐资 40 万元在洱源建立了 20 所柏年图书室。2021 年 11 月,荀澄敏女士捐赠喜马拉雅儿童音频卡 550 套,丰富洱源学生课外听读拓展活动。我们对接团中央光华科技基金会和交大团委,共同开展云支教系列活动,2021 年 12 月为洱源县导入 10 万支彩色铅笔资源,2022 年 5 月导入 10 万元图书资源。2022 年 1 月,交大研究生支教团徐胜哲捐资 15 台(套)电脑设备,帮助基层信息化水平提升。2022 年 8 月,交大校友谭陈歌学长捐赠 1 万元,支持洱源"汇聚爱心帮圆梦"大学资助活动。2022 年 10 月,交大校友于爽学长捐赠 10 万元课桌椅用具,改善基层办公条件。

### 4. 长期与长效帮扶

上海交通大学乡村振兴洱源基地。根据中央部署和学校安排,如何在交大定点帮扶洱源县的常态工作中做出更多成绩,造福洱源百姓,是我们下一步思考和实践。随着县中托管帮扶等工作不断深入,交大派驻洱源县长期工作同志不断增加,我们着手谋划建设上海交通大学乡村振兴洱源基地。2022 年 10 月,我们争取到洱源县人民政府和大理公路局支持,落实了选址毗邻洱源一中院落的 15 年无偿借用协议。2022 年 11 月,我们争取到上海睿远公益基金会鼎力支持,捐赠 200 万元,同步争取到交大配套支持100 万元,支持上海交通大学乡村振兴洱源基地建设。洱源基地于 2023 年 3 月启动建设,6 月基本完工,7 月投入使用。上海交通大学乡村振兴洱源基地建成后,一方面将围绕基础教育提质增效展开工作,为上海交通大学托管洱源县第一中学提供教学与教研支撑,为洱源县基础教育水平提升和改革创新提供全面支持。另一方面将引入和承载校内外多方资源和力量,支持乡村振兴,为洱源县医疗卫生、文化旅游、绿色食品以及农业科技等领域提供综合助力。

上海交通大学高原特色健康食品(洱源)创新中心。交大洱源基地建设同时,我们同步谋划服务洱源乡村振兴工作的新内容和新平台。2023 年 4 月,我们协调洱源与交大商得一致,与上海交通大学陆伯勋食品安全研究中心共同成立上海交通大学高原特色健康食品(洱源)创新中心,依托上海交通大学科研力量,对洱源县发展高原特色优质农产品以及打造"绿色食品牌"形成科研支撑。创新中心定位为科研服务工作站和乡村振兴智库,涵盖检测、研发、认证、培训以及乡村振兴相关工作。聘请云南省周培专家工作站首席专家、上海市食品安全专家委员会主任、上海交通大学新农村发展研究院常务副院长周培教授担任洱源县乡村振兴首席顾问,聘请上海交通大学陆伯勋食品安全研究中心主任、上海市食品安全专家委员会副秘书长岳进副研究员担任上海交通大学高原特色健康食品(洱源)创新中心主任。创新中心落户于上海交通大学乡村振兴洱源基地，通过一个阶段的建设发展，计划打造成为省级新型科研基础设施。

"丰源甄选"闭环平台。洱源县丰源村是交大重点帮扶和支持的行政村，这两年聚焦产业发展，我们积极争取乡村振兴衔接资金，建设标准厂房，打造村级绿色食品孵化器。随着上海交通大学高原特色健康食品(洱源)创新中心的建立和运行，丰源村绿色食品孵化器空间引进了高原特色菜籽油标准化生产项目，正在引进健康食品标准包装线项目，孵化器已激发活力。我们在前期争取和协调资金支持洱源县乔后叶上花酒坊水源及电力设备项目基础上，依托创新中心拓展了发酵梅酒的检验检测、活性物质分析以及食品安全认证工作，全面提升产品竞争力。我们争取校友协同支持，共同发展，打造立足洱源、面向大理、辐射云南的集检测认证、包装创意、品牌管理、直播电商及公益反哺于一体的丰源甄选闭环平台，打造地方、校方与校友协同的商业模式。

以基地为依托，以平台为支撑，下一步我们将再接再厉，乡村振兴任重道远，虽远必达。

三、思考与凝练

这两年我们做的一点工作，初期也没有特别宏大的规划和非常系统的思考，回头检视和总结，大约可以归纳出长期性、系统性以及资源协同性三个特点。

长期性指的是着眼于相对长期的工作布局，比如交大洱源基地的15年期限，乔后助学5年期的工作安排，荣昶讲坛3～5年的工作安排。

系统性与长期性相辅相成，指的是努力争取能在某个层面或者切面上尝试解决一点系统性的问题，或者做一点系统性的提升。比如交大洱源基地设计的承载内容，县中托管帮扶的目标任务，荣昶讲坛对县域高中第二课堂的系统构建，高原特色健康食品（洱源）创新中心的设立以及丰源甄选形成的地方、高校、校友三方闭环业务协作对健康食品研发、检测、认证、销售以及反哺的系统安排，以及我们正在争取的中学层面"困、进"学生的资助体系构建，等等。

资源协同性指的是在县域财力支持薄弱的情况下，如何协同县域非财力直接投入的资源和支持，如何协同和整合大学可用资源的投入，如何协同校友和贤达外部资源的投入。

长期性、系统性和资源协同性，都不是很容易的，需要天时地利与人和，需要了解理解、磨合整合地方与高校的具体情况，急不得，又等不得。各中艰辛，冷暖自知。不过沉下心来的话，总有突破口，资源永远是可以找到的，或多或少，关键要真切发挥作用，各方才愿意支持，满天星才能聚成一团火。

四、提请支持洱源发展的一点建议

2013级秋季EMBA今年正逢入学十周年，各位学长意向通过集体公益行动的方式纪念同学情谊，助力母校教育事业发展，意义非凡。感谢各位学长，关心支持洱源发展，给我们一个机会汇报这两年在洱源的工作开展情况。谨对有关集体公益的形式和内容，提一点建议，备各位学长参考。

1. 集体公益的形式

建议各位学长以班级集体的名义共同开展公益行动，筹募资金，与上海交通大学教育发展基金会签订捐赠协议书，设立诸如"2013秋EMBA基金"，捐赠资金以相对聚焦归拢的形式拨付。如有可能，建议捐赠协议约定总捐赠额为100万元及以上，以便学校基金会、校友会及学院提名和推荐班级集体参评"上海交通大学杰出校友思源贡献纪念奖"，作为对入学十周年的美好纪念。协议中可约定捐赠资金拨付方式，一次性到款或者分期到款均可。

2. 集体公益的内容

"2013秋EMBA基金"具体资助的内容，以捐赠校友集体的意愿确定，通过捐赠协议予以约定和执行。学校在人才培养、科学研究和服务社会等方面均有需求，各位学长可以进一步交流研究，也可以与学校基金会和学院进一步交流，凝练集体公益内容和资助方向，也欢迎并感谢各位学长考虑对洱源教育和研究领域开展公益和资助活动。

3. 支持洱源发展的建议

如有可能资助洱源发展，建议"2013秋EMBA基金"开展3～5年的资助安排，与学校对洱源定点帮扶的长期性和长效性契合。具体资助方向提四点建议供参考。一是考虑整体支持洱源最远山区西山乡的贫困助学，资助方式可参考"交大洱源吴剑勋王晔助学基金"。二是考虑对洱源二中朝向培养艺术和体育领域特长高中生的转型和发展提供帮助和支撑，支持内容涵盖艺体设施设备建设和学生资助激励等。三是考虑帮助改善洱源相关学校最薄弱基础设施，支持内容建议为寄宿制学校公共浴室建设和相关学校风雨餐厅建设，解决寄宿学生在校洗浴、雨天就餐等问题。四是考虑支持上海交通大学高原特色健康食品（洱源）创新中心建设发展，帮助创新中心朝向打造省级乃至国家级新型科研基础设施方向努力，缩短建设周期，提升科研和服务能力。以上四个方向，或集中资助，或交叉资助，或请各位学长提议其他资助方向，共同研究推进。

以上汇报和建议，恳请各位学长批评指正，不当之处，请予包涵。

## 乡村合唱，推荐李老师

前年来洱源后，加入了各个时期不同主题的挂职同志工作和交流群，常常会看到很好的工作分享和人生感悟，也有非常有用的信息，比如这两天就看到一个。

这是 5 月 24 日，刚刚 8 点过，中国人民大学的宋彪老师，在教育部云南高校帮扶的群里发了关于举办中小学乡村教师合唱教育及振兴论坛的通知。点开一看，有意思的。

6 月 22—24 日，中国合唱协会大学合唱委员会、上海市高等教育学会、上海音乐学院附属中等音乐专科学校将在上海联合举办"中小学乡村教师合唱教育及振兴论坛"，以合唱推动乡村中小学音乐教育普及与发展，助力乡村美育教育振兴。具体承办单位是上海市高等教育学会文化艺术教育专业委员会和上音附中少年合唱团，协办单位是山东省乡村振兴基金会、上海师范大学泊乐合唱团、上海心悦女声合唱团、上海华音少年外语合唱团、苏州平江实验学校合唱团以及阳光合唱团，支持单位是中国合唱协会和中国(深圳)少年儿童合唱节组委会。论坛的参与对象是全国乡村中小学音乐教师，规模大约200人。这个规模不小的，一方面是面向全国各地村、乡、镇、县的正在或计划开展合唱教学的中小学教师(不限于音乐教师)，另一方面是面向全国各地长期在村、乡、镇、县开展合唱帮扶工作并继续开展该工作的志愿者。

论坛的内容也很丰富，有三个板块。教师提升板块包含中小学合唱的指挥技术、中小学合唱的排练技术、中小学合唱教学法、音乐教师核心技能提升。培训课程板块包含合唱帮扶教材作品精讲以及音乐素质公益课程示范。论坛交流板块包含合唱在美育和乡村振兴的意义、中国乡村合唱公益活动的开展讨论以及合唱音乐会。

内容很丰富，另一个引人之处是学习支持方面。首先，无培训费、资料费等任何费用。其次，如需帮助，可申请上海学习期间的部分金额或全额食宿接待，申请对象一般为非沿海省份的村、乡、镇、县的教师。最后，如需帮助，可申请工作地至上海往返部分金额或全额旅费支持，申请对象同上。

在我看通知时，胖胖的、整天笑呵呵的李爱玲老师映入眼帘。

李老师是洱源一中的音乐老师，对我们交大来的老师和同学非常好，常常挂在嘴边上的话就是，我家就是你家。她还专业，在交大二附中跟班学习过，自费到上海音乐学院学习过，对白族音乐传承和发扬更是倾注心力，虽收入不多，常常自掏腰包谱曲作词录音，指导本地几个合唱团更是免费义务。我知道她组建的洱源一中少数民族学生合唱团、茈碧花组合少儿合唱团，还知道她一直在指导洱源老年合唱团，忙得有时候要飞起，一直不亦乐乎。

我想，有没有可能帮李老师争取一个参加学习和论坛的机会呢。马上加上宋老师微信，自报家门，请求支持。宋老师很热情，马上给我链接，嘱我落实李老师的报名，然后把李老师简要介绍发给他，把希望得到的支持提出来，他会帮忙与山东省乡村振兴基金会争取。

和宋老师聊几句，原来他是教育部派出的第5～8期云南怒江州兰坪县挂职的副县长。我有点奇怪，第5～8期是什么算法？原来2017年宋老师由中国人民大学派出挂职怒江，当时的任期是一年。他深感地方不易，脱贫攻坚不易，脱贫意义重大，需要做的工作和他可以做的工作太多太多了，于是他连续三年提出延期申请，希望多为怒江做些事情，直到2021年脱贫攻坚取得胜利才返回北京。在怒江州期间他做了大量的工作，成为"荣誉村民"、怒江州"荣誉市民"，也获评"全国脱贫攻坚先进个人"。

前辈老大哥！

我把这个机会告诉李老师。李老师可高兴了，很快提交了报名信息，也把个人基本情况发给了我。我仔细看了李老师的材料，更佩服，相比我之前知道的一些情况，李老师做的事情实在是太多太多了。

想来想去，我写了一封推荐信和请求信，体现我们对这个论坛的高度认同和积极态度，恳请得到最大的支持。宋老师看过之后，很快呈送论坛组委会和基金会老师，帮我们争取支持。我想，能得到支持就太好了，也算对李老师和白族传统曲艺传承发扬的一点心意。

记录一下我的推荐和请求。

尊敬的本次论坛组委会并山东省乡村振兴基金会领导：

我是上海交通大学挂职云南省洱源县副县长黄金贤，谨向各位领导推荐洱源一中音乐教师李爱玲同志参加即将在上海举办的"中小学乡村教师合唱教育及振兴论坛"。

李爱玲老师酷爱音乐，乐于钻研，不断提升，在民族音乐领域小有建树。在做好音乐教育教学本职工作的同时，长期致力于白族传统和原生态音乐的挖掘和传承，先后组建洱源一中少数民族合唱团和少儿原生态民族声乐团，免费义务培养和指导，创作了一系列原创合唱歌曲，极大丰富了本地文化生活，传承发扬了白族优秀曲艺，深受白族乡亲喜爱和政府、社会肯定。

此次论坛聚焦中小学合唱技术技能提升，注重帮扶教材和音乐公益，研究合唱在美育和乡村振兴的意义，探索中国乡村合唱公益活动拓展，内容丰富，意义非凡。如能获得参加机会，必将对李爱玲老师的能力、素养和视野提升起到极大帮助，对下一步更好传承发扬白族优秀音乐和文化传统带来莫大指导和指引。

当前洱源县经济发展和财政状况面临较大压力，洱源一中教育教学和支持保障工作也面临诸多困难。如可给予李爱玲老师参加此次论坛机会，一并请求给予往返上海差旅和在沪学习期间食宿支持。

随函附上李爱玲老师基本情况，以备查阅参考。

如蒙慨允，不胜感荷。

衷心预祝本次论坛圆满成功，为中国乡村基层音乐教师们充电加油，为中国乡村合唱公益活动和乡村振兴伟大事业贡献力量。


静候佳音！万一没成，我们再想想其他办法，总归要让李老师去得成。

## 再去二中，没有的浴室

有的事情可以做慢一点，有的事情需要做快一点。我是很想有机会能够促成二中还没有的浴室，各种有可能的渠道都要快一点去试试，比如邓超学长这边。

一方面，我把在洱源开展的工作，梳理给学长们再报告，把可能支持的方向也做一小点建议。我是周末初步整理的工作情况，周二和周三利用中午时间，形成了文字材料。另一方面，邓学长也已经与其他学长们初步讨论了。邓学长 18 号来洱源。周三晚上联系我，他从洱源回去后就和班委交流了到洱源的情况，也谈到了二中浴室的问题。有学长是做供暖供热系统集成的，有基本的集成产品可以应用，也很有心进一步交流和推进。邓学长嘱我落实几个情况，大致是新建的淋浴房面积多大，每天要供或者计划容纳多少孩子洗澡，等。如果有一些基本的需求信息，学长可以安排设计人员先算一算用多大面积的集热板等设备、从哪里接上水、在哪里留下水管等具体细节问题。

学长们如此上心。接着邓学长的话，我把准备的材料也细细看了一遍，订正完，请邓学长和诸位学长查阅参考。我也告诉学长，我约了明天下午再到二中去一趟的，就是琢磨浴室的事情，等我回来细细汇报。

这个星期我一直在琢磨这件事情，周二开始约去二中的安排，周三下班前敲定，周四中午就去一趟。请了教体局和乡村振兴局的同志一起现场看一看，再聊一聊。事实证明，这个安排是及时的，对上了邓学长的招呼。

到二中，都很熟悉了，就不用客套，单刀直入。二中确实有现成的预留场地，地块位置、长宽大小、地形地貌，做浴室的布局是合适的。地块临近公共卫生间，上下水和电力保障都没有问题。地块上还有一口深井，据说水质不错，可以作为一部分水源的补充。

交流一下不同的方案。造一个新建筑是一种选择，邓学长帮助对接的集成系统也是一种选择，目前的地块大小应该都能容纳。不同的选择也有各自的优缺点。前者可以清楚估算建造成本，可以使用太阳能方案节约运行成本，但是周期略长，至少需要半年，筹募资金的压力也会大一些。后者集成产品相对应用成熟，如能达成一致，落地周期会比较短，如能争取到校友支持，我们需要筹募的资金压力可能会小一点，但尚不很清楚产品的形态，运输和安装是否会面临困难，运行维护以及是否符合云南人的使用习惯也需要进一步交流。

不管哪个方案，涉及的成本总是与计划每天能够容纳的淋浴人数密切相关的。这个问题，现场也要交流一下。这是有标准的，大致是按每名寄宿学生平摊建筑面积 0.1 平方米测算，每 60 名学生设置 1 个浴位，每 1 个浴位建筑面积为 5 平方米，以每周每个学生可以淋浴一次的容量为宜。

二中从浴室建筑面积角度做了测算。当前地块是长方形，长 20 米，宽 14 米，计划一半用于修造浴室，长 16 米，宽 6 米，占地面积就是 96 平方米，四舍五入算 100 平方米。计划建造 2 层，男女生分开，浴室总面积就是 200 平方米。以每个浴位 5 平方米核算，共设置 40 个浴位。每天开放中午和傍晚两个时间段各 1 小时，算上前后换衣服和洗澡时间，每人半小时，每天每个浴位可以安排 4 个学生洗澡，总共就是 160 个学生。综合考虑平日和周末，周末离校和留校因素，差不多每人一周可以洗一次澡。如果缩短每人的时间到 20 分钟的话，就更好一点，每天可以安排 240 人洗澡。也可以考虑延长每次开放时间，一个半小时或 2 个小时，那样每天能够容纳的人数就更多一些。

按 200 平方米建筑面积＋40 个浴位测算，基建加上设备和安装，预计每平方米 2 300 元，需要 46 万元。稍微有点资金压力。按照 150 平方米建筑面积＋30 个浴位测算，需要将近 35 万元。按照 100 平方米建筑面积＋20 个浴位测算，需要 23 万元。最终还是要看能争取得到的资金量确定建筑面积和浴位数量，再通过科学管理优化服务容量。

沟通过程中，提到浴室管理的问题。我认为需要通过付费使用的方式优化管理和提高服务。之所以需要收费，是基于公平和节约的考量。洗澡次数多少、洗澡时间长短，这两个重要的因素不能不考虑，收费是一个很好的衡量用水量和支付对应成本的方式，哪怕收费很低，也是一个调节手段。收取的费用用于水电基本支出和设备日常维护。公共设备设施往往容易损坏。参考通用的做法，有一个刷卡计时器，刷卡即出水，出水即计费，卡拿走则终止，科学合理。这可能会增加建设成本，要看到底需要增加多少，能否承受。实在不济，用写小纸条的土办法也可以解决计数和时间问题。再不济，次数总是可以衡量的。收费不用很高，按成本或者低于成本都可以，不足部分学校想办法筹措补贴，但必须要收费。

教体和学校的同志有不同的看法，认为学校没有类似的批准收费项目，就不可以收费，只能免费。我有些疑惑，那么学生在学校吃饭，也是根据每人吃多少饭交多少钱，公平合理，从这个角度看洗澡与吃饭并无

在二中的地
块上挖呀挖
呀挖

二致。同志们谈了一点关于承包和招投标等因素。我个人觉得理由不甚充分。不过这个问题不影响前期我们争取这个项目的资金，争取下来，我想我还是要提出并坚持科学管理的要求。

回来后，梳理了一下情况，向邓学长简要汇报，以便学长们掌握基本情况，初步研判。

一是关于场地的情况。目前二中有场地可以建设浴室，场地占地约为 20 米×14 米，一共 280 平方米。拟建设的浴室，计划使用其中 16 米×6 米，一共 96 平方米的用地面积。根据后续安排，浴室面积的大小有调整余地的。

二是关于水电的情况。目前场地上有一口深井，水质较好，每天可以抽取 20 立方米左右井水。此外浴室东侧是公共卫生间，有现成的自来水，可以补充供水。卫生间有现成电路，电力情况也无问题。

三是关于浴位的安排。根据调研和交流的情况，初步考虑一共设置 30～40 个浴位，男女各一半。以 30 个浴位核算，每天午饭和晚饭后各开放 1 小时，涵盖 120 名学生。周末开放时间适当增加。目前洱源二中学生人数为 1 300 人左右，今年 9 月招生人数有所调整，2025 年二中学生规模基本稳定在 1 000 人，30 个浴位能满足在校学生们的洗澡需求。再少一点的话，20 个浴位，向管理要效益，也可以基本满足需求。当然 30～40 个浴位是更佳配备。

四是关于方案的建议。结合学长提及的有可能支持的意向，目前的方案计划有两个方向。

方向一是传统的新建造的方式。根据 30～40 个浴位设计，浴室总面积约为 150～200 平方米，可能需要 2 层结构，男女各一层。如按 20 个浴位设计，总面积为 100 平方米左右，1 层基本可行。建筑安装基本造价为每平方米 2 300 元，20 个浴位 100 平方米总价约 23 万元，30 个浴位 150 平方米总价约 35 万元，40 个浴位 200 平方米总价约 46 万元。这个基础上，还需要增加 4 万～8 万元的储水箱和太阳能供热设备。

方向二是采用邓学长帮助对接的成熟系统方案。初步预估，学长的系统方案，目前的场地面积是够用的，水电也是基本够用的。根据与二中交流的情况，有两个方面也想请学长帮助对接。一是供热的方式，学长的系统方案，有没有可能接入太阳能。洱源常年基本日照很充足，从本地生活习惯和经济考量上，大家都使用太阳能热水器。二是学长的系统方案中设备的大小。二中地理位置略有点不足，进出的路偏窄，昨天交流下来大约能够进出中巴车辆或是小型货车。

附上现场的图片资料以及概要示意图，提请邓学长帮助把关。学长们收到后，正在综合考量，静候学长们回复。

成与不成，都很感谢！

# 海菜花开，孔老爷子劳心

老爷子就是孔老师，交大孔海南讲席教授，七十有三的"70后"。七十从心，这两年老爷子一直在憋海菜花的大招。

5月刚入下旬，老爷子就告诉我，月底来大理，参加洱海论坛，然后要来洱源找我一趟，聊聊海菜花的事情。我以为是《海菜花开》这本书，关于孔老师和团队这么多年扎根大理、治理洱海的纪实作品，前后张罗好几年了，终于付梓，这次会在洱海论坛上精彩呈现。

28日洱海论坛开幕。这是简称，全称是"推进全球生态文明建设(洱海)论坛"，2023年的主题是"人与自然和谐共生  携手同行现代化之路"。今年在主论坛之外，设立了5个平行论坛，各自主题分别是"构建生态经济体系  助力高质量发展""中国式现代化生态观的国际传播叙事表达""推动绿色低碳化的企业智慧""城市生态产品价值实现新路径"，以及"以生物多样性保护推进生态环境建设"。

孔老师和王欣泽院长出席今年洱海论坛，并在"以生物多样性保护推进生态环境建设"平行分论坛发言。

孔老师以"从洱海保护治理看生态文明建设"为主旨做分论坛报告。孔老师讲述了在党和国家的领导与关心下，20多年来洱海治理的励志故事。他讲道："经过持续治理，因水体污染消失多年的海菜花又绽放在洱海，而且大面积生长，增添动人景致的同时，也为当地群众带来了致富创收新途径。"他分享了和团队总结凝练的洱海保护治理经验——政府主导、依法治湖、科技支撑、企业创新、全民参与，给全国江河湖海的有效治理提供了推广建议。他希望大家牢记习近平总书记保护洱海水质与生态环境的重托，鼓励更多的青年教师与学生"关心大理，情系洱海"，守护祖国青山绿水的美好环境。

欣泽院长在发言中谈到，本次洱海论坛聚集了世界环境学科专家，希望基于论坛研讨和发布的相关内容，展示中国的治理参与和有效成果，推动全球生态文明建设再上新台阶。他提出后续将重点关注湖泊治理脆弱性问题，包括生物系统变迁的不可逆性、气候变化对云南高原湖泊的影响，以及治理成效与生态系统非线性响应关系问题，综合考虑技术治理和经济发展之间的平衡，同时分区域分指标对治理成效进行评价。他表示，交大师生团队会坚持扎根云南一线，以科研支撑、人才队伍等助力当地建设与发展。

我觉得两位教授各有侧重。孔老师侧重"绿水青山"的使命担当，又着眼于"金山银山"的接续探索；欣泽院长聚焦湖泊和生态，着力于技术与发展。这个组合一如既往的漂亮。

5月28日下午，孔老师就安排了他的学生胡湛波学长先期抵达洱源，看看松曲的海菜花基地。胡学长从广西专程过来，广西在诸如螺蛳粉之类预制菜方面的探索已经很深入，产业链既长又深。孔老师请胡学长来看看海菜花，或可以共同谋划，或可以触类旁通。胡学长很仔细，很认真，一直看，一直聊，一直思考。

好巧呢，云南广播电视台云南新闻联播记者李颖在会场看到了孔老师。这次李颖是来采访和报道洱海论坛的，听了孔老师的报告，很有启发，也很振奋。启发是孔老师说到海菜花的后续文章，振奋是感动于母校教授们扎根洱海的坚守和开拓。没错，李记者也是我们交大校友，毕业后回到云南十年多的交大师妹。交大女生确实强。

李颖向台领导汇报，拟对洱源海菜花做跟踪采访和报道、采访孔老师。台领导应允，孔老师亦应允。于是 29 日下午，我们几个交大人就顶着大太阳会合在洱源松曲海菜花基地。整个下午，孔老师、李记者、胡学长、合作社负责人、还有我，差不多把海菜花聊透了。坐着聊完不过瘾，又去到水边海菜花边，就差下水了。我有点担心孔老师身体吃不消，老爷子摆摆手说没有问题，海菜花的事情，他做什么都愿意。

云南天黑得晚，回到酒店就安排采访。内容都在孔老师脑子里，稍加沟通，逻辑和内容，信手拈来。

在过去，洱源县曾经是远近闻名的"大蒜之乡"，高峰时期种植面积曾超过 10 万亩。然而，大蒜种植以"大肥大水高药"为特点，会产生富含氮磷的农田尾水。据统计，每年从洱源流入洱海的水量超过总入湖水量的 50%。大蒜种植产业在创造巨大经济收益的同时，给洱海带来的农业面源污染负荷也不可小觑。随着洱海保护治理的不断深化，流域内种植结构调整和绿色产业培育势在必行。

孔老师说，大蒜禁种后，我们花了五六年的时间在洱源调整探索，直到找到了海菜花。只要海菜花能在这个水域正常生长，这个水的透明度就会成倍地增加。海菜花使水透明度增加，透明度增加，又使海菜花能够进一步地长好，是个良性循环。

海菜花是我国特有的一种沉水植物，在Ⅲ类及以上水质、温暖清澈的水体中方可生长，也是洱海原生态的"水质指示生物"。20 世纪 90 年代，由于洱海水质恶化，海菜花一度难觅踪迹。面对困局，大理州紧盯洱海源头保护治理，综合调整流域空间布局，结合上海交通大学大理（洱海）研究院的科研成果，在洱源县构建了面源污染治理的多级体系。以河道两岸缓冲带、中游异位湿地、河口湿地等工艺单元的生态修复功能与村落污水处理相结合，实现面源污染的拦截和净化，从而改善入湖河道水质，达到海菜花的生长条件。水清则花盛，成片蓬发的海菜花，是洱海保护治理成效的生动注脚，也为洱源县农业产业结构调整、全力推动绿色发展带来了新的可能。目前，洱源县海菜花种植面积已发展到 3 000 亩左右，亩产值达 2 万元，"环保花"变成"致富花"，"绿水青山"正源源不断地转化为"金山银山"。

孔老师希望我们洱源的海菜花能够克服保鲜的问题，顺利到达上海、北京、广州这样的大城市。市场开阔以后，以销定产，我们的种植面积会进一步增加。希望这条路能够越走越宽，能够给老百姓带来的利益越来越高，也能够使洱海接收的洱源来水的水质越来越好。

再一日，孔老师与县里主要领导见面，又与分管领导见面，又到基地看现场，说的都是海菜花的事情。

我们张罗基地以及丰源村小园区的事情孔老师也知道，也关心这方面的进展。我领着孔老师两边都细细看了看。老爷子说，我知道你在张罗这些事，只是没想到做得这么快，做得这么好。我说哪里，都是大家支持，离不开您的关心指导。

老爷子详细了解了基地里的布局。除了基础教育方面的安排，我也汇报了高原特色健康食品（洱源）创新中心和"丰源甄选"落户基地的布局和业务上的闭环安排考虑。老爷子说，我张罗海菜花的事情你也知道，你也一直告诉我一定支持。我没想到你基地和园区的布局做得这么快，绿色食品创新中心和"丰源甄选"对我们后面做海菜花的保鲜研发和销售，一定是非常好的助力。这一次我来洱源很值得，也很有心得，我对海菜花产业化的路径也有更清晰的看法和做法。这次我也正式跟你提出来，在交大洱源基地和丰源村园区里进行海菜花保鲜试产的工作，你的意见怎么样。

受宠若惊。我和孔老师说，交大洱源基地和丰源村园区，您也一直知道，一直指导。我们必然同意和强烈请求您把海菜花的相关工作能够放进来这里，如果在这里能做出一些有用的工作，我们荣幸之至。

关于海菜花保鲜试产的工作，这次是第一次听孔老师说起，于是向孔老师再请教。

原来，最近这两年，孔老师一直在思考海菜花产业化的事情。洱海的治理和保护，使洱海流域特别是洱海源头的洱源县生态价值不断显现，海菜花也从濒危灭绝转向繁花点点，从而与水共生共荣。在洱源，松曲一个村的海菜花种植规模已达 1 500 亩至 2 000 亩，受不同年份海菜花价格波动影响，基地内老百姓的种植面积也有调整。这是一个规模很像样的基地了。海菜花很受欢迎，但面临两个突出问题。一个是价格波动，例如今年春节每斤高达 24 元，现在淡季只有 3 元左右，差别太大，影响老百姓种植的收入和信心。二是海菜作为水生植物，保鲜期很短，虽很受大家欢迎，但主要市场在本地。合作社也尝试并且一直在做诸如昆明、成都、重庆以及北上广深一线城市的电商业务，现代物流冷链也已经能够支持 24～36 小时保鲜为货，但运费实在太高，每斤冷链运费大约 8 元起步，远超海菜花本身成本，受众自然小了。

这两年看下来，随着洱源湿地生态价值的不断提升，扩大海菜花种植面积一倍两倍都不是太大的问题，之所以不敢也没有继续扩大，根本还是销路的问题。销售渠道畅通和销售量足够大的话，问题之一的价格波动就能很好得到调控；问题之二的保鲜问题如果能够得到解决，运输成本就会大大降低，渠道和销量就能大大扩大和提高。

这一阶段，孔老师密集与州县同志以及合作社同志交流，各方均对海菜花产业化持支持鼓励和前景乐观的态度。不过具体到产业导向、政策扶持以及发展路径,都不很清楚,思考和实践也不充分。这也难怪,这是一件新的事情,涉及政策、科研和市场诸多环节,确实也很复杂。

规模和前景,孔老师已有很好估算,这一阶段颇有些囿于切入点和切入方式,这也是这次安排比较多的时间来洱源看我们基地和园区进展的原因之一。这次聊下来,孔老师思量的切入点和切入方式就是前面颇为正式说起的海菜花保鲜试产的工作。

孔老师告诉我,之前他找人做过比较初步的尝试,简单用焯水和真空方式,保鲜期就能够延长一倍左右。这次看到我们健康食品创新中心推进的情况,对保鲜研究和结果就更有信心了。我把我掌握的创新中心的情况也向孔老师细细介绍,怎么张罗起来的,找谁张罗,做什么,做到哪里了,一一报告。孔老师说很好,过几天他要回上海,要去找这些人聊一次。

丰源村园区虽小,确是实打实的标准厂房。三分之二用途已经定了,剩余的三分之一也被泽辉校友预先拿下了。孔老师对厂房很中意,现有的基础对于做海菜花保鲜试产的工作很合适。

但老爷子毕竟是做水环境处理的专家,对于生产经营未见专长。当我把杨泽辉关于"丰源甄选"的操盘计划细细汇报时,老爷子眼前一亮,连声说道,我怎么没有想到他呢,我应该想到他的。原来他俩也很熟悉,以前泽辉也多有向老爷子请教。

我问老爷子,你要不要见见泽辉,昨天我在县里看到他的车了,没准今天也还在。老爷子很高兴,快快快,打电话。泽辉果然在,这几天在张罗洱源维也纳酒店开业的事情,本来下午就要回昆明的。这就被我们截和了。老爷子更高兴了,搬搬搬,今天搬去泽辉的维也纳住。

见到泽辉,就没我的事情了,来龙去脉,老爷子教育上了。泽辉也听得仔细,想得认真。聊了很长时间,基本情况说明白,最后孔老师大意是,基础已经具备,你在洱源发展,家乡的事情,也算是责无旁贷,能做你还是要做的,我们会全力护航,全力支持。

我认为泽辉也比较务实，其实泽辉是认同孔老师的做法，不过他也要分析条件，再做调研和咨询，才能最终表态。

后一天，上午，老爷子带着泽辉，也带着我，又去松曲海菜花基地现场看，现场聊。下午我去接来洱源助学助教的交大武装部一行，老爷子把自己关在房间里继续琢磨思量。晚上我们回来，交大武装部老师和退役大学生士兵协会的同学在洱源看到孔老师，激动不已。

再接着，我安排送孔老师到大理机场与医学院领导专家会合。他们要一起去交大研究院交流，去大理大学交流和义诊，然后再来洱源义诊交流。

6月5日是世界环境日，朱大建老师创作的关于孔老师和团队的纪实文学《海菜花开》在交大徐汇校区举行首发仪式。孔老师提前一天回到上海，出发前我在洱源陪他等车。他安排给我两件事情。第一件事情是想约浦东挂职洱源的常委副县长王燕伟在上海见面。燕伟正好在交大徐汇校区参加招商引资的专题培训，天时地利。我与燕伟联系了，他也非常高兴能和孔老师见面。5日上午新书首发日，下午他俩就见面聊上了，谈得很好。孔老师说要给燕伟和洱源同志们安排一些书，这个小事就交给我了。第二件事情其实老爷子自己安排好了。6日老爷子去了一趟农生学院，去找保鲜技术的支持。农生学院的侯士兵书记是老爷子的学生，点名请岳进老师一起接待老爷子，这就各方聚上了。老爷子说了两个多小时，很给力。

下一步的推进，老爷子也考虑得很充分，海菜花保鲜研发的资金资源也已开始谋划，谈不上万事俱备，至少可以算得上召集东风了吧。

老爷子太不容易了。

我与泽辉也聊了一下，既是自己家乡的事情，泽辉表示他和团队应该会支持老爷子。目前正在内部沟通商量，很快也会给老爷子答复。

能帮得上一点忙，我们都很愿意，都很高兴，都很发自内心。

就着海菜花,陪着老爷子

孔老师指导交大洱源基地建设

## 交大"戎耀",走进洱源西山

　　孔老师在洱源几天,然后要去和医学院义诊团会合,开展完大理州义诊再回洱源。巧也巧,承接转换的这一天晚上,交大武装部康健部长、宋玲老师,交大退役大学生士兵协会的三位同学高添硕、朱甬麒、刘林也来到洱源,约好次日去西山乡建设中心完小给孩子们过六一节的。在洱源看到孔老师,武装部的老师和协会的同学们都特别激动,孔老师也很高兴看到大家来洱源做一点工作。

　　这事要往前追溯到今年元宵节刚过的时候。黄梦雪是去年交大洱源支教团的成员,那时候已经回学校继续念硕士半年多了,支教团在洱源服务一年,我们多有互动支持,回去了也常常联络。这一天中午黄同学问我说,交大一位退伍大学生士兵有一笔1万元的奖金,想通过协会的名义对洱源比较贫困的小学进行捐助,看看是否可行。

　　那当然可行啊,就看看咱们兵哥哥有没有意向学校。黄同学说她已聊过,山里有的小学比较困难,校服都传了好几代。黄同学说听我以前提到过,但忘了是哪所小学了。既然是听我说的,那应该就是西山建设中心完小了,去年六一节我去过一次,年底前还去过一次附属幼儿园。我也稍稍更正,校服传了好几代应该是讹传,校服比较旧一些是真的。

黄同学于是把我推给高添硕同学,缘起。

原来添硕是 2020 级电院本科生,也是交大退役大学生士兵协会的现任会长。去年底,协会获评上海交通大学年度人物团体奖,有 1 万元奖金。大家觉得这个钱好像发给谁都不合适,一致决定捐出来做一点更有意义的事情。听黄学姐说起在洱源支教的事情,知道山里的学校和孩子比较困难,大家讨论后决定把这 1 万元买成学习和生活物资送给孩子。不过大家都是第一次做这样的资助活动,对当地情况也并不十分了解,所以在资助对象、资助物品资助数量等方面都不太吃得准。黄学姐说起我到洱源后做过的一点工作,添硕想和我交流一下再具体确定。

交大退役大学生士兵协会还有一个响亮好记的名字——交大"戎耀"。这次的资助活动,交大"戎耀"还做了一个小方案,说明来龙去脉,专门提到,如条件允许,交大"戎耀"选派骨干成员前往现场交付、交流,同时可以在学校开展爱国主义教育宣讲等活动,体现"扶贫、扶志、扶智相结合"的精神,深植爱国主义的种子。

这可就太好了。物资资助是一方面,扶志扶智和进行爱国主义教育更重要,特别是对山区的学校和孩子,太难得了。

好事送上门! 我跟县里山区的同志商量一下,看看孩子们最缺的东西是什么。顺手我把去年底我去西山替雯倩阿姨给建设幼儿园小娃娃送羽绒服的小文章发给添硕参考。

此话一出,给添硕找了个好帮手,原来高妈妈也是幼儿园长,具体需要点啥,可以听妈妈的话。我也去问问学校的需求,大约需要桌布、积木玩具、手工材料,也需要一些文具。

很快,物资就确定下来了:幼儿园防水防油桌布 40 张、卷笔刀 96 个、HB 六角铅笔 288 支、A5 软面笔记本 200 本、橡皮 390 块、大颗粒积木套装 5 个、拼装积木 520pcs 套装 10 个、《我们的中国》+《环游世界》立体书 20 套、36 色橡皮泥 10 套、儿童保温杯便携水杯 260 个、按动中性笔 12 支＋笔芯 36 套、超大天安门积木 1 套、48 色蜡笔 10 套、手工材料礼包 10 套、图画本 80 本。

一群兵哥哥考虑得很周到,网上采买好,直接寄到洱源西山建设完小。物品内容和快递清单理得清清楚楚,图文并茂,便于学校按图索骥,确认查收。3 月底,所有工作安排得明明白白。

接下来就是安排行程。武装部每年都会走访各地交大入伍服役的士兵,既是慰问,也是鼓励,虽是部队士兵,也是交大学生。今年计划里就有云南路线的慰问,所以我们就强烈要求并等候交大武装部老师和同学们亲自来一趟洱源,到一趟西山。

我提另一个请求。既然要来洱源,要到西山,能不能加一个安排,给我们西山初级中学的孩子们讲一课,鼓励孩子们勤学努力,读书为上。兵哥哥回复,交大"戎耀",主题自然而然会聚焦在国防教育和爱国主义教育。

原定 4 月中旬成行,大家没凑拢时间,推迟到 5 月。5 月中旬时,我们邀约,撞日不如择日,看能不能凑到六一前后。

居然真的凑成了。也正是因为凑上了六一,我们也在洱源见到了孔老师,多好的缘分。

5 月 31 日,大家先到大理,我过去会合,因为前一阵偶遇一位校友刘松泉,现役军人,现在是大理市人民武装部政委,这就与咱们交大武装部颇有渊源,大家相约一起去看看老刘。

偶遇老刘,巧得很。那是 5 月 10 日,大理军分区组织各县市人民武装部负责同志和县市政府分管退役军事事务局的同志,到楚雄州观摩基层武装部规范化建设。这一年,退役军人事务局正好在我的分工安排内,我就一起去观摩学习了。楚雄基层乡镇武装部规范化建设做得很好。话说很少见到这么多上校军官在一起聊天。聊到尾声,老刘问我是哪里来代职的,我说我是交大在洱源挂职的。老刘说,我也是交大的。我说,我是上海交大的。老刘说,是的,我也是上海交大的。再攀谈,原来老刘是2007年强军计划从云南省军区考入上海交大机动学院汽车工程专业念的硕士,2010年毕业的。当时全军有50个名额可以报考交大,有效报名30多位,最后考取16位,老刘位列其中。

说起交大,老刘饱含深情。最大的印象,之一,是功课太难了,从跟不上到跟上到毕业,太不容易了;之二,是交大太美了,条件太好了,学习条件好,生活条件好。总之在交大度过了美好的两年半时光。毕业后回到省军区,前几年调任大理市人武部。部队有纪律要求,老刘虽心向往之,但平时与校友会鲜有接触。

我问老刘,学校来人,可以来看你吗,不违反纪律吧。老刘说那绝对行,太欢迎了。于是就有了交大武装部来大理和洱源,第一站先看校友和战友老刘。大家聊得非常高兴,我们也约老刘,有机会回交大看看,给交大同学们也讲一讲。

六一当日,早上8点,我们就出发,向西山。之前网购的物资都已经寄到学校了,前几天添硕他们又寄来三大箱物资到我这里。原来是行前又专门面向公众做了募集,收到了书籍、马克笔、星空投影仪以及衣物等,还有许多写给洱源小朋友的信和明信片。这一天我们是从县城带上交大老师和同学们的礼物出发的。

去西山,很有些不容易。司机大哥很贴心,知道我这次陪着的是交大老师和同学,特意开得很慢,怕大家晕车。我算锻炼过,不看手机,问题不大。

一路转完号称的499道弯,11点多抵达西山。建设完小的老师们安排太精心了，之前寄来的物资，分门别类整齐排放在操场上，我们三个兵哥哥扛起三个大箱子，也打开来放在一起。娃娃们可高兴了，全都涌上来，看看这个，摸摸那个，有个小姑娘很欣喜地拿着一本余华的小说《活着》对另一个小姑娘说，看，有这本书！我问小姑娘，你知道这本书啊？小姑娘很不好意思地笑一笑，说知道，但没有看过。

在西山，戴上红领巾

我们做了一个简短的小仪式，算是给孩子们的儿童节礼物吧。孩子们给我们外面来的大朋友戴上了红领巾，后来我对小娃娃们说，我的女儿今年二年级，在上海读小学，也是今天入队戴红领巾，我很谢谢咱们建设完小的老师和同学，让我今天和女儿一起戴上了红领巾，太有意义了，祝愿咱们西山的同学们儿童节快乐，也感谢西山的老师们辛勤付出，希望同学们好好学习，天天向上，用学习用知识创造自己的未来。

最近洱源太热了，火辣辣的太阳，火辣辣的热情。仪式感有一些就行了，不能让小娃娃们太晒了，下午学校还有儿童节游园节目，我们就不多打扰，让孩子们在自己的节日里尽情玩耍吧。

简单吃口饭,就赶去西山乡政府。交大"戎耀",走进洱源西山,另一个重要任务是给西山初级中学的初三同学做个报告。西山中学条件薄弱,没有大过教室的屋子,于是我们借了乡政府的会议室,能够容纳两个班级 100 名同学。

我们三个兵哥哥太认真了,之前的备课就不说了,来的路上还在不断完善 PPT,各有分工,有条不紊。添硕主讲,主题是"祖国不会忘记,你该如何选择"。从三个兵哥哥当兵故事讲起,穿插做做游戏、做做选择题的互动形式,结合卫国戍边英雄群体故事、大家感兴趣的时政新闻、抗美援朝胜利 70 周年相关知识和文艺作品分享感悟体会,宣扬家国情怀,鼓舞斗志,希望为初中的小同学们培树远大理想,补足精神之钙,开拓视野,打破认知,在中考乃至未来的各个关键阶段取得不斐的成绩。

添硕他们讲的同时,我拉着康健兄去西山中学看了看。西山中学我去过一次,这次相对深入一点,看得康兄和我心里还挺不是滋味的。条件太艰苦了,没有运动场,没有跑道,教室捉襟见肘,宿舍更是拥挤不堪,不大的房间里要挤进 24 个同学住。没有浴室,没有像样的盥洗间,学校所处地形地貌甚至连拓展这些功能的空间都不具备。

然而西山中学每年的中考成绩排在全县第二名,乡里同志和学校老师告诉我们,大约也是因为西山的艰苦,西山的孩子是憋着一股劲拼命学的,这样才能走出去。所以这次我们能来给西山的同学讲一讲,他们很高兴,很替孩子们高兴,这是西山中学第一次有外面的大学力量来给孩子们讲。

其实西山的同志更不容易,孩子们的成绩和他们的努力是分不开的。西山所有的学校都是寄宿的,从幼儿园到初中,无一例外。有时候听到这么小的孩子就住宿会觉得很心酸,但想到大部分孩子都是留守儿童,就知道西山乡党委和政府的良苦用心,以及在这么艰难条件下、在自己的职权范围内给予教育最大的倾斜支持了。实际上也是很有用的，一方面西山中学的成绩是努力的回报，另一方面西山无一例辍学儿童是努力的见证。

我向西山的同志致敬。

我们觉得时间差不多了，就回到乡政府等下课，进到院子里就听到楼上会议室里热闹得很，一会儿掌声，一会儿笑声，看来交流分享受到了同学们的热烈欢迎。等了一会儿，同学们陆陆续续下楼来，回校去。迟迟等不来三位兵哥哥下楼，宋老师激动地说，同学们拉着他们签名呢。

我也找后方的同事要了一些交大的校园卡包，交给三个兵哥哥作为提问奖励。全用完了，我们很高兴，用得出去才是好。

告别西山的同事，我们回城去。3点出发，5点多也就到了。下山快一些，下山后我们宋老师终于也憋不住了，哇啦哇啦吐了一口。回程路上，我与康兄请求，交大"戎耀"的兵哥哥们是能吃苦的，希望未来有适当的形式能够关心和支持一下西山的孩子们，有钱有物自然更好，但我觉得更需要的是一年有一两次机会让孩子们听一些交大兵哥哥的课。康兄很认真地回复我，这次西山行，冲击和感触很深，兵哥哥们一定会再来的。

晚上，咱们在洱源一中支教的研究生们应约而至，康兄也是交大学生处副处长，这次来看望支教学生也是计划之内的事情。支教团和兵哥哥聊起来，你认识那谁，我也认识，好不高兴。再聊起来，两位兵哥哥请假来洱源时，正是找的我家夫人办的手续。很好的缘分。

大约十天后，西山的同志很高兴地告诉我，交大兵哥哥又寄过来东西了，连声对我说感谢。我说别谢我，得谢我康兄，我还真不知道康兄已经又行动了。

谢谢交大"戎耀"，谢谢交大兵哥哥，谢谢兵哥哥的老师们。

# 医学天团，义诊洱源

4月19日傍晚，研究院封吉猛老师呼我，说起医学院可能来义诊的事情，这时我正送郭老师去机场。郭老师前两天忙完北京的事情直接飞到丽江，刚刚在洱源两天时间指导完交大基地的建设，又赶晚上的航班飞回上海。

封老师说的医学院义诊的事情，缘起2021年10月。当时交大医学院宣传部牵头，请院领导带队，协调各附属医院医疗专家计划来一趟大理，做一些医疗帮扶方面的工作。当时瑞金医院的医疗队是对口帮扶剑川县的，大理大学医学院与交大医学院亦有些联系，交大定点帮扶又是在洱源县，各方面渊源都很深。

孔海南教授和团队将近20年扎根大理，治理和保护洱海，在交大人心中可谓是神一般的存在，这种奉献和精神，与医学院"博极医源、精勤不倦"的精神是一致的，医学院也特聘孔老师担任思政老师，与老师同学们常常做一些交流和分享。

于是孔老师心心念念的海菜花也就成了医学院同志们的心头好。大家也都很想看看承载着"绿水青山就是金山银山"的海菜花的真菜真花。那就必须得来洱源嘛。既然要来洱源,总不会空手的,当时大家就相约医学交流和义诊,也给洱源老百姓带来上海三甲医院的顶尖资源。

医学院宣传部张罗这事的李剑部长和雷禹副部长,都是熟人。静候佳音一个月,5月下旬时,雷老师确认了行程。原定是6月中旬,得知孔老师5月底在大理出席洱海论坛,6月初在洱源调研海菜花产业,医学院决定云南行程提前到6月1日至5日,完美的儿童节礼物。

雷老师发我一份医学院团组名单,医学院党委副书记赵文华老师带队,宣传部统筹协调,12家医学院附属三甲医院共14位专家组团,孔老师随团指导,在大理会合。一方面,我称之为医学天团;另一方面,我有些顾虑,这么多专家都能拿得出时间来云南交流和义诊? 雷老师说我想多了,都安排好了,不会有偏差。

提前几日,雷老师发给我专家简介,图文并茂,不得不说,医者仁心的气质,隔着屏幕油然而生,以至于发出感慨,交医天团,明明可以靠颜值,偏偏却要靠才华。

14位专家,各有所长。

蔡伟,上海交通大学医学院附属瑞金医院普外科主任医师,博士生导师,擅长甲状腺肿瘤及胃肠道肿瘤的临床诊治。陆勇,上海交通大学医学院附属瑞金医院脑病中心主任,主任医师,博士生导师,擅长任亚洲肌骨影像学会(AMS)执委、国家VTE规范建设项目专家组成员兼上海联盟秘书长、中国医师协会健康管理分会青委副主任委员、中华医学会放射学分会肌骨影像学组委员、上海放射学会肌骨影像学组组长等职。孙昱皓,上海交通大学医学院附属瑞金医院神经外科副主任医师,硕士生导师,擅长颅脑肿瘤的神经内镜手术治疗、微创手术治疗颈椎腰椎疾病、脑积水的内镜微创治疗等。翟炜,上海交通大学医学院附属仁济医院泌尿科副主任医师,研究员,博士生导师,擅长肾脏肿瘤、肾盂肿瘤、输尿管肿瘤、肾上腺肿瘤的机器人和腹腔镜微创手术治疗等。章瑞南,上海交通大学医学院附属新华医院消化内科副主任医师,擅长消化系统相关疾病的诊疗、肝脏疾病的基础与临床研究等。徐袁瑾,上海交通大学医学院附属第九人民医院口腔外科主任医师,教授,博士生导师,擅长各类口腔疾病的诊治,高难度阻生牙、埋伏牙、多生牙的微创拔除,牙槽部疾病及颌骨良性病变的治疗等。龙江,上海交通大学医学院附属第一人民医院胰腺外科主任,教授,主任医师,擅长胰腺癌、十二指肠肿瘤、神经内分泌肿瘤等治疗。江潮胤,上海交通大学医学院附属第六人民医院海口医院业务副院长、骨科副主任医师,擅长骨科修复重建和关节周围骨折,以及糖尿病足病创面愈合的临床及基础研究。刘廷亮,上海交通大学医学院附属上海儿童医学中心心内科主任医师,擅长儿童心血管疾病的诊疗,以及先天性心脏病的心导管检查和介入治疗。邵静波,上海交通大学医学院附属儿童医院血液肿瘤科主任医师,硕士生导师,擅长儿童常见的血液、肿瘤性疾病,以及儿童贫血、血小板减少、骨髓衰竭性疾病的治疗等。张海,上海交通大学医学院附属胸科医院呼吸内科副主任医师,擅长肺部感染、肺移植等的基础与临床研究。洪武,上海交通大学医学院附属精神卫生中心临床六科(特需)科主任,主任医师,硕士生导师,擅长抑郁症、双相障碍、焦虑障碍、睡眠障碍、精神分裂症等诊疗和研究。钱志大,上海交通大学医学院附属国际和平妇幼保健院生育调节科主任、主任医师,擅长计划生育疑难病诊治,生育调节、女性生育力保护等研究。余将明,上海交通大学医学院附属同仁医院骨科副主任,副主任医师,副教授,硕士生导师,擅长开展应用脊柱内镜、通道等微创技术治疗各种脊柱伤病。

医学院此行,旨在推动学习贯彻习近平新时代中国特色社会主义思想主题教育走深走实,实地学习习近平总书记给全国高校黄大年式教师团队代表回信勉励精神,切实把"我为群众办实事"落到实处,进一步深化上海交通大学医学院和云南地区的对口合作。此次活动也是上海市教卫工作党委重点支持的上海医疗专家组团式志愿服务项目,从2017 年就开始了,至今已经 6 年。交大医学院充分发挥履行社会责任的模范作用,联合 12 家附属医院组织专家队伍去云南、新疆、西藏、贵州等对口援建地区和革命老区开展大型义诊、捐赠、健康宣教等活动,累计服务各地群众 1 万余人次,让广大边疆与革命老区群众在家门口享受优质医疗资源,切实把主题教育理论学习的成效转化成为生动的群众服务,助力边疆地区打造医学高地。

真好,加深和印证了我隐约的思考和认识。一是理论指导实践,实践践行真知。一切的学习和教育终究是为更好地投入到实实在在的工作中去,又从工作中体会和加深对学习和教育的理解把握。二是认为一件事情有意义的话,就坚持做下去,长期做下去,时间轴拉长后,产生出来的效果、体现出来的意义就更不一般了。

医学天团为了这几日的行程紧凑完整,豁出去了,凌晨 3 点多就去浦东机场,6 点多的航班,9 点多到大理,这一天就能用上干工作了。

交大云南(大理)研究院是医学天团这次的第一站,孔老师赶去会合,也是陪大家一起到研究院参访交流。正如赵文华老师所言,通过实地考察和交流学习,真切地看到了治水科研团队以黄大年同志为榜样,践行"心有大我、至诚报国"誓言,在祖国大地上书写科研论文。

第二日,大家在大理大学医学部交流,又到大理大学第一附属医院义诊,我在洱源盼星星盼月亮。七点过了,终于等来医学天团,就吃食堂。

第三日,就是我们洱源的事情了。大家对洱源的事情,很是上心的,除了义诊,还有教育的支持。一大早,大家赶到洱源一中,捐赠学习用品和图书。小小的仪式上,赵文华老师说,今天我带队交大医学院和附属医院专家到洱源义诊,同时我也是交大教育学院的老师,所以对洱源教育的支持也是责无旁贷。交大与洱源,源远流长,情谊深厚,交大医学院的领导和广大师生、校友都高度重视和关心洱源的教育工作,今后将再接再厉,把工作继续推进下去,扎实帮扶责任,提高帮扶水平,创新帮扶方式,在教育帮扶、人才培训、产业发展、科技成果转化等方面继续给予支持帮助,为洱源的教育和医学等方面的高质量发展贡献智慧和力量。

马不停蹄,接着赶往县医院,9点过了义诊就开始。前一日我来现场踩过点,这几日洱源太热了,近五六十年历史同期最高温,我是有点担心大家在户外义诊会不会中暑。我多虑了,县里对义诊工作相当重视,经验也很丰富,准备更是充分。义诊选在住院楼门前广场,比较开阔,左右各排开遮阳棚两列,每位专家介绍和铭牌齐备,还给每位专家配备了一名县医院的医生。我跟县里同事说,太好了,真是周到。他们冲我眨眨眼,说给专家配一名本地医生,一是方便交流,可能有的老百姓普通话不一定讲得很好,可以帮助沟通;二是可以做好记录,专家义诊时如果提到用药等安排,及时记下,方便老百姓更好衔接。三是县里的医生也可以和咱们专家跟学,加上微信,以后请教可就有渠道了。不得不说,可真是机灵鬼啊。

县医院提前做了宣传,医院还没开门前,老百姓就来排队取号了,每位专家上限50个号,一下子就领完了。我们的专家非常认真,非常仔细,也非常耐心。内分泌和甲状腺、骨科、呼吸科、口腔科等是最受欢迎的,没想到精神科也有很多需求,小县城里焦虑和失眠的状况还真是不老少。原以为大约11点出头能差不多,最后是12点过了才结束,老百姓围着不让走,说我就是来瞧专家的,无论如何给我看一看啊。我们专家老师也乐呵呵,好的好的,一定给你看完再走。

从今年开始,瑞金的医疗队是在迪庆支援和服务,于是大家简单吃口中午饭，又要往迪庆赶，开展一场综合义诊。后来雷老师跟我说，这么多年出来，连轴跑，连轴义诊3天，第一次这样的密度强度。也难怪，云南太大了，一半时间都是在赶路。

医学天团，义诊洱源，我真是非常非常感激和高兴。医学有其特殊性，在学校的人才培养和科研服务体系中独树一帜。医疗方面的帮扶也有其特殊性，是通过省级卫健体系筹安排和分配对接的。定点帮扶这么多年，州县一直希望交大的医学体系能够对大理州和洱源县更多倾斜，交大医学体系的附属医院一直也在云南开展医疗帮扶工作。帮扶区域的分配是云南省和上海市卫健系统根据双方需求和供给情况协调安排的，所谓好钢用在刀刃上，优先安排最有需要的州县，在这个阶段应该就是把最好的资源投入到国家级乡村振兴重点帮扶县，云南省有27个区县入围，分别是东川区、昭阳区、鲁甸县、巧家县、镇雄县、彝良县、盐津县、大关县、永善县、宣威市、会泽县、武定县、红河县、元阳县、绿春县、金平县、马关县、广

交医天团，
义诊洱源

南县、澜沧县、宁蒗县、泸水市、福贡县、贡山县、兰坪县、香格里拉市、德钦县、维西县。

去年上海的医疗体系对云南的帮扶工作，确实也是体现了这个战略倾斜。在延续之前的医疗帮扶力度基础上，根据《中共中央组织部等关于印发〈"组团式"帮扶国家乡村振兴重点帮扶县人民医院工作方案〉的通知》，去年上海市启动"组团式"医疗帮扶的工作，向云南 10 个重点帮扶县人民医院派出 10 支组团式医疗队，共 50 名医疗人才，近一半为副高以上职称，队长担任受援医院院长，派驻三年，队员派驻一年半。

这个力度非常大。交大医学院附属新华医院和第九人民医院分别承担了盐津县人民医院和澜沧县人民医院的"组团式"帮扶。

新华医院派出了 5 位医生到盐津县人民医院，朱晋医生任院长，李玉峰、倪斌斌、严健华、窦宁宁四位医生分别任儿科主任、骨外科主任、心内科主任、神经外科主任。

九院派出 5 位医生到澜沧拉祜族自治县人民医院，刘菲医生任院长，王燎、葛奎、吴巨钢、顾豫飞四位医生分别任骨科主任、急诊科主任、普外科主任、泌尿外科主任。

交大医学体系其他附属医院的帮扶，也体现着对乡村振兴重点县的倾斜。比如瑞金医院就调整到了迪庆州香格里拉市，第一人民医院帮扶彝良县，儿童医院帮扶广南县，同仁医院帮扶金平县等。

其实在洱源这两年，我们也在努力试图在医疗领域做一点工作，也做了不少对接，可惜方方面面的原因，成果还不显著。

所以，于我而言，交医天团到洱源，给了我在洱源这两年试图推动医疗方面一点工作的特别好的收官和自我交代。特别感恩。

# 基

JI
DI

## 地

### 基地优化，再行西山

每次到西山的时候都说，这大概是我这两年最后一次来了，上一次这样说的时候是陪交大兵哥哥们去送儿童节礼物。

6月上中旬，确实忙起飞了。张罗完交医天团的洱源义诊，送孔老师返回上海，接着就抓紧推进交大洱源基地的事情了。这一阵子，佳雨比较忙，郭老师也比较忙，我就抓紧盯着建设的基础工作。

我有好几天没能去看进展。我去看时，总觉得哪里有点不太对头，隐隐有点卖家秀和买家秀的意思。论审美，我不如佳雨，论设计，更不如郭老师，于是赶紧请佳雨和郭老师能不能抓紧来一趟，大家一起看现场，该分析分析，该调整调整。

两位欣然，马上决定6日就来。佳雨说，还记得雯倩么，去年底给西山小娃娃送羽绒服的姐们。我说支持我们洱源的姐们，哪能忘记。佳雨问我上次捐过去羽绒服的幼儿园远不远，雯倩这次决定陪她一起来洱源，方便的话就带雯倩去看看。

热烈欢迎,我很方便,来洱源,到西山,虽远必达。

6日中午,两拨人马抵达洱源。我在洱源的助手李会平老师很给力,最近好些事情帮我忙前忙后,大家配合得非常好。

午休就算了,抓紧时间,直接奔基地。郭老师计划是花一下午时间把基地的事情捋一遍,然后赶末班飞机回上海。现场看下来,略有些不容乐观。水泵房和洗衣房混杂,不合理;最里面的边墙高度不够,水泥粉刷也操之过急;公共储藏间和公共卫生间与院落衔接砌墙过猛,气场不合;宿舍改造窗户分隔不合理,空间割裂破碎;老建筑门窗油漆涂装不佳。

也有很好的进度。住宿楼的主体改造基本完成,各房屋布局总体合理;教学办公楼和综合活动楼户外拓展全部完工,效果颇佳;院内主路已完成浇筑,左右空间划分合理。

该调调,该拆拆,该补补。我和佳雨看起来略有点忧心忡忡,计划7月中旬教育学院师生来为洱源一中开设暑期学校,想依托我们基地作为大家工作和交流的平台,这样改了之后,工期是不是还来得及,确实有点担心。郭老师淡定,说不要怕,不要急,我今晚不走了,今天下午和明天。我把优化工作安排得妥妥当当。明天你们归你们去西山,回来后看我的进展。

我和佳雨互瞄一眼,嘴角上扬,要的就是这句话了。

这一日下午,我们几个就扎在工地上了,叽叽喳喳。

次日一早,分头行动,我们去西山,郭老师跑工地。

佳雨和雯倩两个姐们相当可以,不怎么晕车,晃悠着,11点过了我们就到建设完小了。虽说是第四次来,但之前三次来略有些匆忙,看得不细,聊得不深。这次我说我们悄悄地进村,就只去建设完小和幼儿园,好好待一点时间,仔细看看,深入聊聊。

刚刚进到学校,下起雨来了。这一阵子洱源非常热,热得有点受不住了。人热一点倒也算了,山林吃不消了,再热下去就非常担心护林防火的工作了。大家都在等这场雨。

下雨了,我们就到老师们的办公室坐一坐。老师们的办公室就一间,大约十来张办公桌,兼做学校的监控室。我和杨洁校长比较熟悉一点。杨校长比我要小十来岁,大理市人,却已经在建设完小工作 9 年了,前两年接任的校长岗位。去年把女儿也从大理市接到了洱源西山,也在建设完小读书,刚刚三年级,和我家妹子一般大。

我们说,在西山工作很不容易,真是辛苦了。杨校长笑笑说,她已经很满足了,能够带着西山的孩子们读书学习,很知足。原来还有点牵挂女儿,现在女儿也在自己身边了,很踏实。杨校长介绍,现在建设完小老师和工勤一共是 21 人,公办教师只有 7 人,更多的还是临聘老师。去年临聘老师涨工资了,涨到了 1 600 元。

我们很惊诧,甚至有点难过。临聘老师的收入太低了,折算一天才50 多元,比我接触到的洱源所有用工形式都低。因为是寄宿制,老师和孩子们一起吃住,每个月老师吃饭大约也要 300 多,算下来剩下的钱也就是八九百。不算其他开销,一年辛苦下来攒 1 万元左右。

我问这么低的收入,为什么老师们肯继续做。原来有两种情况。一是年轻人先做临聘老师,边做边准备教师编制考试,也是积累经验,互有促进,不过教师编制总体而言是僧多粥少,想考上很不容易。二是教书育人是真爱,或者是做了十几年教师和孩子们有感情,或者是家里孩子也在学校读书可以兼顾。

这么苦,又很乐观,一时语塞。

雨一会儿大,一会儿小。建设幼儿园是建设完小的附属幼儿园,在小学下面的山坡上,大约走路五六分钟。一般幼儿园的小娃娃 11 点过了就走路上来吃午饭,这样可以和小学的哥哥姐姐们错峰。小学的孩子们也是各年级稍稍错开一点时间吃饭的。这天中午雨有点大，幼儿园小娃娃们一直上不来，小学的孩子们就先吃。

学校有个厨房，没有餐厅，厨房外面是屋檐，往外又延伸了两米宽七八米长的雨棚。不下雨的话，孩子们就在户外院子里，或者坐在台阶上吃，或者坐在地面上吃，或者站着吃；下雨天就只好都拥在屋檐和雨棚里吃，很挤，几个人围坐在地上吃。每人一个碗，盛大半碗米饭，中午两个菜，番茄炒鸡蛋和烧洋芋块。难怪每个孩子都结结实实大半碗米饭，不然真吃不饱。晚上的菜里一般会有些肉的，中午就没有了。资源所限、经费所限，孩子们一天在学校吃三餐，算上营养餐的补贴，自己家里也交一点，平均一天伙食费大约 8 元左右。

过了一小会儿，雨小了，幼儿园的小娃娃们也上来吃饭了，小小的个子，大大的碗，很独立自己把自己照顾得不错，和老师们、哥哥姐姐们看起来也很熟悉的样子。我们看着又高兴又有点不高兴。

雯倩觉得很难过，佳雨和我比她好点，佳雨一直在怒江做小学的资助和探访，我在洱源这两年也有见闻，现在看起来虽是不容易，但比起以前孩子们都要自己带米、带洋芋，中午自己生火做罗锅饭的情况，的确好太多了。

午饭之后，我们去下院的幼儿园看看。和去年底来的时候变化不大。因为下雨，感觉比之前更暗一些了。教室的地板还是有破损的老样子，我们到的时候，小娃娃们也吃好饭回到教室了，很端正地围坐在桌子边。老师说这就是去年冬天给咱们送羽绒服的雯倩阿姨，这次来看望我们的。小孩子们很开心，比我去年来的时候活泼多了。看起来还是雯倩阿姨更受欢迎。

在教室里，我看到了六一节交大兵哥哥们给孩子们送的小小保温杯，整整齐齐地排在一起，其中有一个另类，就是一个普通杯子。我问老师是不是上次的不够没有全分到，老师说不是不是，是这个小娃娃说

陪着雯倩佳雨，又到西山

太好看了舍不得用，藏在家里了，先用自己原来的杯子。

幼儿园是两层的小楼，这次我们到二楼也看了一下，是孩子们的宿舍，和教室一般大小的一大间。宿舍要放小床，排起来就显得有点小，有点挤了。在西山，总的感觉是对越小的娃娃照顾得越好，幼儿园的条件好于小学，小学又好于初中，虽然总体都很不容易。

雯倩跟我们几个说，也请校长和老师们看看情况，后续看哪些是学校最需要的，也是她能够帮助或参与的，大家可以一起再商量商量。校长很感谢，我也很感谢。我觉得来日方长，先建立一个联系，争取都能做点力所能及、随缘随喜的事情。

不便叨扰老师们太久，我们也抓紧时间回县城，路上还有 2 个半小时，回到县城也傍晚了。

郭老师在县城里捣鼓了大半天了，看到我们回来了很高兴，拉着我们说，ok，ok，全搞定了，昨天下午看到的问题，解决方案全部落定。郭老师拿出一张纸，三下五除二，大院子的简笔图勾勒出来，各部分的优化操作如图所示。我和佳雨又互瞄一眼，ok。事情办妥，郭老师撤退，当日末班飞机回上海。佳雨和我嘀咕，看我们把艺术家给折腾的。我说，不怕不怕，你复旦的都还在跟我们一直捣鼓呢，艺术家他是校友，合理的。

次日，佳雨和雯倩飞上海，我飞西安去杨凌，参加唐仲英基金会和西北农林科技大学联合主办的西部地区高校仲英青年学者论坛，返程又弯一趟昆明，找找校友。这一阵子在县里有点连轴转，出去换一下脑子，也向支持我们的领导老师校友汇报一下近期的一些工作，不给他们忘记洱源的机会。

雯倩回到上海之后，又关照我要多多关心西山的孩子们，有什么需要及时和她说。我也与西山的同志和建设完校长老师们保持联系。

还是那句话，力所能及，随缘随喜。

产业
CHAN
YE

## 常来常往，开小花

好比亲戚之间要常走动，州县与学校也是如此。两年三次，交大党委书记和校长不断到洱源推动工作，看望师生，我们很受激励。这两年，我们也协助协调州县领导到学校访问交流。

小花第一朵。

6月15日，大理州党政代表团访问上海，同期也访问上海在大理定点帮扶的三所高校，交大、复旦和同济。

州委领导期待洱海研究院进一步提升建设水平，打造国家级湖泊治理研究平台、示范平台；期待校地合作进一步深化，推动重大科研项目、人才培养和治理能力提升，携手开创大理更加美好的未来。学校领导表示，上海交大与大理州十年合作，成果丰硕，双方都受益匪浅，值得珍惜，希望此次会晤能推进双方巩固已有合作，深化进一步合作，不断探索新的合作。上海交大将坚定不移地支持大理研究院建设，并以此为平台凝聚更多的人才、项目、资源，进一步扩大、开放、拓展合作领域，进一步完善合作机制体制，打造交叉学科高地，把校地合作推向更高水平。

小花第二朵。

也是这段时间，帮着李爱玲老师牵线联系的中小学乡村教师合唱教育及振兴论坛，主办方也跟李老师对接具体参加事宜了。很高兴李老师能与全国同行交流互动，从李老师的朋友圈看得出，她更高兴更开心，她说她是参加培训人员中年龄最大的。我觉得年龄大不大的无所谓，大家开口唱一唱，李老师一级棒，民族的就是世界的。论坛提供了600元生活资助，很感谢，但也确实无法涵盖往返和在沪几日食宿所需。我和李老师说不要担心这些，我会再想办法，唱出我们白族风采是关键。我也不能忽悠人，李老师回来后几天，我落实了经费的安排。

小花第三朵。

在沪这几日，找时间与佳雨和雯倩喝了杯茶。雯倩记挂西山建设完小的事情，让我问问看，有啥需要先跟她说一说。回来后我与建设完小杨校长说了说，还真是有急需。目前学校最迫切的是缺一台大点的复印机，期末复习了，要打印复印的资料有点多，小学唯一的一台 A4 打印复印机屡战屡败，这几天只能借着幼儿园的来用。

我有点没把握，先问问佳雨咋样。佳雨说没事的，随时跟雯倩提，她可以兜底。心里有点底，我跟雯倩汇报杨校长的需求。我有些不好意思，跟雯倩说，复印机新的旧的都行。另外这事咱都别有压力，随缘随喜张罗一下。雯倩细细问了需求，当天下午就告诉我，彩色 A3 的复印机已买好，7 月 9 号前会送达学校，谢谢黄老师牵线。我说又让她破费，太感谢了。雯倩说，学校的事一定是要抓紧办的。

谢谢雯倩。

小花第四朵。

罗银在丰源村做第一书记时，争取到沪滇资金为丰源村大小南极自然村实施了自然能提水项目，解决了山上村子的用水问题。前年

"9·13"大型山洪泥石流冲进了提水点的设备房，淤泥塞满整个屋子，所幸淤泥清空后主机并没有坏，联系厂家更换了一点零件后，正常运行。后来发现水提不上去了，检查后发现原来是沿着凤羽河铺设进提水点的输水管道裂开了，导致进水压力不够，提不上去。丰源村一直想争取资金把它修好，因为县里已经投入资金在建同步提水二期工程了，建设内容是铺设分水管道，将提上去存在蓄水池里的水输送到各户农田，这样一下子就可以灌溉山上上千亩地。

修复管道的资金一直没有着落，沪滇资金也改为聚焦支持产业了，不大会继续支持这样的设施建设。看起来我们要自己想办法了，不能留下半拉子工程。和村里仔细聊下来，大约需要40万元。又和乡村振兴局沟通，最终明确了资金来源。于是请村里抓紧做方案，遴选施工单位，紧锣密鼓要修起来。我想这事必须得做，既是对洱源负责，也是对交大负责，也是对前期投入的沪滇资金负责。

小花第五朵。

之前到乔后看叶上花酒厂和综合市场的建设，基本方向我很认同，模式在基层很有代表性，特别是叶上花酒厂打通了一二三产融合的困难，为青梅精加工提供了很好的示范。上海交通大学高原特色健康食品(洱源)创新中心也正为叶上花做检测和分析的赋能工作，"丰源甄选"也选定叶上花为首推产品，各方都很看好。当下面临的困难是电力扩容的问题，这是关系到酒厂和综合市场能否投产的最后一棒。和乔后镇商量，又和乡村振兴局商量，大家决定一起做一个资金拼盘，我们想办法解决65万元资金，乡村振兴局想办法做类似的配套，最终拼盘成功。

有了这一棒，镇里与电力部门和施工单位衔接，进度一下子加快了。7月10日我去乔后看现场，生产线布局已到位，梅果清洗、破碎脱核、初次发酵、二次发酵的工序已经动起来了，厂房里梅果香味很好闻。接下来要做各工序的调试、衔接和优化，奔着现代化工厂的模样跑步前进。盘盘进度,有望 8 月上旬完成这些工作,正式申请生产许可证。我提了点建议,如果想按这个计划推进,需要把接下来要做的每一件事情都列清楚,同时明确完成时间,每天盯每天赶,才有可能如愿。最近这些日子我在赶交大洱源基地进度的时候就是这么干的,亲测有效。也是因为做这几件事情,对省领导提出的"今天再晚也是早,明天再早也是晚"干事口号有了更深切的体会。

小花第六朵。

交大洱源吴剑勋王晔助学基金,第二学年的资助工作一直在做。做好一个公益项目也不那么容易的,还是需要花不少心思,这一年与镇里同志对资助的遴选工作又做了进一步的梳理和指导,也算是渐入佳境。想着洱源学校快要放暑假了,得有点提前量,于是前一阵子把这一学年的执行报告写好,名单和小朋友们的表格都汇总齐全,形成书面材料向吴总伉俪报告。同步,也写好"中兴财光华项目"执行报告,汇总名

替吴总伉俪,
给孩子激励

单和小朋友的表格，向汪总及事务所爱心同仁一并报告。

7月10日进去乔后那次，看完叶上花的进度，就去乔后中学做助学基金颁发及勉励仪式，代表吴总伉俪和中兴财光华事务所把资助金送到孩子们手里，把激励话说进孩子们心里。

小花第七朵。

洱源二中浴室的事情也落实了。之前联系的校友们，一时条件还不太成熟，于是再想办法。想办法的同时，请洱源二中提出建设想法和管理想法。也算大家支持，二中迈出了愿意收费管理的一小步。最终我们也落实了建设资金40万元。资金的用途大致是，土建工程25万元，水电及安装1万元，化粪池调整、太阳能设备设施和地勘、设计、监理等项目待摊费用14万元，新建浴室100平方米，设置30～40个浴位。这事说大不大，说小不小，确实花了一点心思，也算是我在离开洱源之前再尽点力吧。

小花第八朵。

6月中旬在沪几日及回到洱源后，花较多时间做的一件事情就是交大与大理州关于乡村基础教育振兴的交流活动。我做的小小建议，交大基础教育办很支持，州教体局也很支持。不过牵涉的部门和人员也挺多的，各方虽方向一致，但还是有些不同的意见需要协调和统一，一直磨合中、推进中。这两年我也算有点经历，有点经验，不十分着急，到位不越位。回到洱源后发现，进度起来了，于是陪同基础教育办、地方合作办以及研究院的同志又与大理州教体局的领导们当面对接，各方面基本都达成一致。

最后确定日期是7月16日，上海交通大学和大理州人民政府联合主办乡村教育振兴研讨会，承办单位分别是交大基础教育办公室和大理州教体局，协办单位是洱源县人民政府。

特别高兴，特别期待。

# 创新中心，工作中

高原特色健康食品(洱源)创新中心，我们一直在对接具体的工作开展。6月中旬回一趟交大，对接大理州党政代表团访问学校的安排，顺道和创新中心岳老师约约见面。

岳老师这一阶段正在给小段的叶上花发酵梅酒做检测和对比分析，刚好出来了初步结果，约了小段线上做个交流。刚好我在，那就约我一起听听。

好巧呢，这一天上午睿远孙传春学长和佳雨也在学校，在我们办公室偶遇，小聊几句。赶到岳老师那里，线上会议专业内容这部分刚好交流完，到结论环节。挺好，完美切过我听不懂的部分。原来岳老师安排团队做了叶上花和市面上两款热销梅酒的技术检测和对比分析，一款是梅汁调配酒，一款也说是发酵酒。

技术细节暂略过，结论大致两个部分，关键优势很明显，总黄酮和总酚物质含量，叶上花的指标分别是两款酒的5～8倍和10～15倍，岳老师告诉我这个指标非常好，总黄酮和总酚就是梅子发酵产生的活性成分，说明小段的技术和工艺确实领先，也说明洱源梅子是可以的。

也有改进之处，比如酒精含量标识的误差。检测出的数据与瓶身标识的酒精度有些许差异，瓶身上的酒精度标识是小段通过计算得出的，比实际测定度数略高，不过也是达到酒精度与保质期关联度的阈值的。此外，从食品构成成分书写规范角度看，现在写的山泉水、九成熟梅果、白砂糖这三种原料的名称要再规范。

岳老师说这个检测和分析做下来，她很放心。现在是在作坊生产阶段，存在不稳定的环节，能达到这个品质已经相当不错了。等酒厂建成正式出酒的时候，再做更细的检测和分析，把技术指标明确下来。

回云南在虹桥机场候机时，接到岳老师电话，她最近想再到大理调研。原来，这一段时间岳老师一直和云南省科技厅对接汇报创新中心的工作和规划。省厅很支持，也提出很好的意见。省厅肯定我们做创新中心的举措，也很支持对洱源高原特色健康食品的赋能，希望能够结合云南省"十四五"期间打造世界一流"绿色食品牌"的发展规划，对规划中大品类发展有所贡献就更好了。

周培老师和岳老师研究下来，还是要有所聚焦，一是地域聚焦，从洱源到大理，这是我们最熟识的地方；二是内容聚焦，如果能够对大理的品类赋能，是最便于切入也是我们最愿意做的。岳老师找我商量，我建议去宾川看一看，看那里的水果和咖啡。

6月最后一天，周老师、岳老师就带着团队过来了。

先到大理研究院，和欣泽院长交流。周老师的云南省专家工作站也是在研究院框架下申报和运行的。正如周老师所言，这一两年从行政岗位上退下来，陆续把以往的积累做系统梳理，接下来结合创新中心的工作，再把云南专家工作站的事情进一步夯实。王院长很欢迎，研究院也希望能够帮助到学校其他学科在云南深入拓展，周老师和岳老师的领域，农业面源污染防治和食品安全，与研究院水环境保护和治理的主要工作又有着很大的相关性，非常期待能够齐头并进。

研究院出来，赶往宾川。宾川的领导很重视也很欢迎我们到来，浦东新区挂职宾川的常委副县长宋飞波直接和我们对接行程安排。

岳老师提了很具体的调研需求，大致分为三个方面。

一是农业产业规划方面。希望了解目前相关产业执行的农业规划，或者是战略规划，可以具象到《宾川县高原特色现代农业产业融合发展规划（2021—2025）》执行情况、重点项目落地情况与问题，是否有修编或延伸需求；希望了解当前药食同源食品产业发展状况。

二是水果产业方面。希望了解目前水果产业（葡萄和柑橘）结构、资源优势、产业布局、市场运作、产量销量等情况，面临的发展难题与技术管理需求；希望了解目前水果采用的保鲜手段和技术、精深加工产品的种类和规模、面临的发展难题和技术需求；希望了解目前水果种植废弃物（如枝条、烂果）和精深加工副产物（如果皮、果渣）资源化利用情况；希望了解目前水果种植执行的标准、相关优势特色生产基地建设情况、产地环境与相关产业的匹配度、农业组织经营与农事生产过程的优势与不足；希望了解种植园区土壤的质量（有机质等养分含量、农药与重金属残留状况）、目前水果种植过程中施肥类型（有机肥、化肥、复合肥、固体肥、液体肥、专用有机肥）等。

三是咖啡产业方面。希望了解目前宾川咖啡产业规模与市场运作情况，面临的发展难题与技术管理政策需求；希望了解目前咖啡生豆加工的生产环境、设备、工艺、产品品质等状况；希望了解目前烘焙咖啡豆、咖啡粉及其他咖啡产品的产业状况、技术瓶颈和需求，加工废弃物（果浆、果壳、果肉、种皮）处理方式；希望了解目前咖啡种植过程中施肥类型、种植园区土壤状况、有机质养分含量以及重金属污染情况；希望了解目前咖农的培养、培育、培训情况。

我想，不怕需求多，需求细，又多又细是好事情，就怕笼而统之，泛泛而谈。

宾川县安排的调研行程也非常有针对性。面上的情况请农业农村局的同志做介绍和访谈交流，又准备逐项书面材料以备进一步了解和掌握。水果方面，安排具有代表性的葡萄专业合作社、万亩柑橘园、10万吨柑橘智能化分级包装及冷链物流中心、20万吨滇西高原特色水果精深加工流通生产线等现场调研交流。咖啡方面，宾川正好是面临咖啡产业如何转型发展的困局，岳老师在咖啡领域有着较好的积累，与星巴克等企业也有非常好的联络与互动，于是安排到宾川的咖啡基地现场调研交流。

傍晚我们到宾川，先到周老师提前联系对接好的一个种植园交流。负责人是一位退休老大姐，管着一大片园子，主要是柑橘火龙果等。老大姐的特别之处是对于酵素的理解、掌握和运用，与周老师团队的酵素集成装置和方案有异曲同工之处。高手也在民间。

略有遗憾，当晚临时接到通知，第二天下午洱源县有个重要会议，我在参会人员之列。次日一早与几位老师和宾川宋副县长告罪，不得不先回洱源，这次没机会陪同考察并学习了解宾川的水果和咖啡情况，期待后面再有机会来学习。宋副县长说，很期待我们的创新中心能够与宾川深入交流探讨，碰撞火花，给宾川这两个产业的发展提供助力。

这天傍晚，岳老师告诉我，宾川的关键点都走了一遍，收获很大，当下已赶回大理火车站，搭动车去昆明，已与省科技厅领导约好汇报对接，持续深入推动，后续有进展及时联系。

老师们很不容易，满满诚意。期待创新中心的新进展。

## 洱源师生，交大研学

5月中旬时，地方合作办张鹏副主任发来乡村教师培训邀请函，邀请洱源15名老师到交大参加乡村教师培训项目。

这个项目是交大农生学院和上海昂立教育集团联合主办的，具体是陈恩桃老师在张罗。项目始于2007年，至今累计培训了来自云南、四川、重庆、甘肃、内蒙古、青海、安徽、江西、湖南等11个省、市、自治区的1285名乡村教师，涵盖500余所学校，通过培训老师们转而惠及学生超过10万人。

阿鹏哥关照，这次给洱源争取到满额15个名额，一定要派满，不然可能明年名额会受到影响。请教体局同志统筹，很快搞定。

我要兑现另一个安排，就是洱源一中综合表现好的高一同学暑期到交大研学。这是交大洱源—荣昶教育基金协议中约定的事项，也是我与荣昶师长们汇报中要做的工作，更是与洱源一中同学承诺要兑现的安排。如何安排,能取得更好的效果,是需要好好想想的。

借力发力,是个比较好的选择。人在学校,办事方便,找到学生创新中心,遇着贾严宁副主任和楚朋志老师,说出想借力。楚老师说八成没问题,暑期学创中心若干个活动营,可以看起来,学创中心兜底。

今年交大面向全国优秀高中生的暑期学森挑战营,学生创新中心是主要的科创课程提供方,近水楼台,我们洱源来 10 个学生没问题。联系我贾老师,正式提出请求。贾老师应承下来。这样的支持真是没得说。

课程搞定,食宿咋办？请教贾老师,原来学森挑战营主办方是咱们交大招办。好吧,我就再厚厚脸皮,找到招生办公室武超主任提供请求。我与武老师如是说：

> 不好意思咨询一个安排。荣昶基金会支持我们交大学生与洱源一中学生互动交流,今年夏天我们拟安排洱源一中思源特班 10 个学生和 1 个老师带队到交大和上海学习交流。我联系了学生创新中心,拟请求参加 7 月 16 日至 21 日的有关训练营。我刚刚与学创中心的老师联系了,学创中心已经同意了。我想咨询一下招办统筹的高中学生训练营中的食宿安排,我们有没有可能搭个车。如果有可能的话,我们就更便利和节约了。不过这事别有压力,如果确实饱和了的话,非常理解,我再想办法看看外面住宿啥的。成不成都非常感谢。

武老师让我稍等,容他确认一下。过一小会儿他告诉我,刚刚跟具体负责的老师沟通过了,应该问题不大,就把他们加进来吧,到时候让招办负责这方面工作的老师和学创中心的老师对接,人数衔接清楚就好。

给我乐得。很快我与招办鲁飞凤老师联系上，特好的人。鲁老师和学创中心的老师一起帮忙，洱源同学的人数、性别、课程、衣服尺码，全部落实到位。唯一没能衔接的是吃饭，怪我这事协调得有点晚。不过这事也最好办，三下五除二借来自家单位11张机动就餐卡，吃饭更机动了。

回头看看，有点难想象，这些事情一天内大家都支持到位。非常感恩。

次日落实往返交通。最近机票如此之贵，贵得难以承担。饮水思源，善款善用，我们决定坐火车去。运气很好，提前大约一周，往返火车票竟然都买到了，也真是要感谢一直帮着交大荣昶储才学子们张罗各地实践的差旅单位。期间还经历担心换乘衔接时间的退票重买，垫钱退钱，也都有惊无险。

7月15日一早，洱源一中10名同学和1名带队老师踏上旅程。

我倒是想带着大家一起去交大，奈何7月12日起，我的洱源行程就排满到8月初。我是有点担心，直到13日晚间，这一届支教团的同学们告诉我，他们专门定了15日的同程火车票，带着洱源同学们一起去交大，我心安定。

沈一鹤是这届支教团的小伙，主动请缨照应洱源同学在上海期间学习生活，是很够意思的小伙。15日半夜，一鹤告诉我，一切安顿妥当，都住下了。16日早上，一鹤领着大家走一走上海"脚痛"大学，安顿好各类后勤，接下来就是开营和学习了。

从带队老师的朋友圈看到洱源同学们在交大的点滴，很开心。洱源同学很兴奋，很爱学习的样子，我都有点羡慕。也有点感慨，一群很聪明机灵的孩子，缺的最多的就是机会。上海的夏天很热，他们却觉得交大的单车很好骑，交大的饭菜很好吃，交大的风景很美丽，交大的课程很有趣。

交大研学的洱源老师们

交大研学的洱源同学们

这时候,我在朋友圈发现了交大乡村教师培训的洱源身影,原来是张子秀老师带队,8号就到了,16号结业,17号撤退。时间上正好和洱源同学的研学营有一点交集。赶紧问子秀,有没有和咱们洱源同学们在交大会师。子秀说,有有有,同学们还来看了老师们的结业仪式。

于是看到洱源老师们的研学培训,内容很丰富,好多位任课教师都是很熟悉的同事。特别高兴地看到,7月16日,洱源的5名老师从全国各地参训的103名老师中脱颖而出,带着自己的教书育人优秀案例参加最终的汇报评比,并取得了3个二等奖、2个一等奖的好成绩。当晚"乡音师韵"联谊晚会上,洱源老师团队以一首《我是洱源尼》引爆全场,让观众们感受到了洱源风光、洱源热情、洱源魅力。

洱源同学的研学还在继续。有一天看带队老师和同学们的合影,少了两个人,老师说,已经快天黑了,两位同学还没有下课,还在教室奋斗。

20日结营,相信种下小小种子的孩子们会收获多多。21日,孩子们在上海转一转,感受一下国际大都市的节奏和风采。22日,大家又是一天火车回大理。

累是累一点,应该很值得。

## 基地揭幕，思源桥启用

　　基地加班加点搞建设。郭老师办完北京个人画展，直接飞到丽江，冲到洱源，最后一轮把关。这次来，看得到上次定的优化方案基本都到位了，接下来就是全力收尾。我们逐项拆分工作，定了每一项工作的时间节点，接下来我的任务就是每日监理。

　　定了16项具体工作，截止日期从7月4日至30日，依次铺开，绝大部分工作需要在7月12日前完成，之后的工作只有两三项，那是最后的收尾。之所以大部分工作定在12日之前，是因为教育学院今年要在洱源一中开设暑期学校，很有可能需要用到交大洱源基地开展磨课、评课的工作，甚至是住宿，教育学院来的日子就是12日下午。基础教育办公室组织交大附属学校的校长们也会先来洱源，与洱源的校长做交流，之后再去大理研究院参加交大和大理州联合主办的乡村教育振兴研讨会。在洱源的交流计划安排在我们基地。

　　后来，我们买的床没赶上趟，教育学院的同学们只好另觅酒店下榻,于是去了洱源校友家的维也纳,必须打个折。基地的冰箱投入使用了,同学们带来的培养皿、在洱源买的乳扇有了安顿处。交大洱源基地是大家去洱源一中的必经之处,大家在洱源这几天,常常路过就走进去看看进展怎么样了,帮我监着工。

门面很重要。交大的招牌必须上,"睿远仰望星空乐园"和"上海交通大学乡村振兴洱源基地"的名字分列右首,在路口一下子就能看到"交通大学"几个字,莫名有点感动。

校长们的交流,如期在交大洱源基地进行。12 日,两个大屏到货安装完毕,一个固定在教室里,一个移动到综合活动楼里。还需要第三个场地,我选了户外露台,自己宿舍里不怎么用的电视机扛过来作为第三个屏。小圆桌和椅子早早就到位了,布置得挺温馨,效果 nice。14 日上午交流开始,分为幼小组 25 人、初中组 20 人和高中组 15 人,10 点开始,一直交流到 12 点多,效果一级棒。

大家表扬我们基地做得很好,我们很高兴,继续加班加点,收尾扫尾。

15 日,收尾工作更进一步。张安胜副校长也是这一日来到大理,出席大理研究院理事会,次日上午出席乡村教育振兴研讨会,下午到洱源,推进定点帮扶和乡村振兴,看望挂职同志,看望暑期学校师生。我们也借这个机会,请领导参加我们的交大洱源基地揭幕仪式。后面我们继续收尾,估摸着月底能全干完,8 月份请睿远的师长来洱源,正式启用。

交大和大理州的乡村教育振兴研讨会,洱源县人民政府是协办单位,我作为双方代表参加。下午就陪着学校领导一行人到洱源。非常意外和惊喜,李霞学姐一大早赶飞机从上海也飞过来了。学姐说,听说我快要期满回去了,借这个机会专门来看看我。给我激动的。教育部基础司高中处的领导专程到大理出席乡村教育振兴研讨会,我们得空向领导汇报了洱源的一点工作，领导决定下午也跟我们去洱源看看。

下午直奔基地。县里的领导们也在基地参观。交大云南校友会蓝波会长、卓文渊名誉会长和老纳副会长这次也一起来洱源，主要工作是为丰源村下龙门思源桥揭幕。于是我们就都汇到一起了。

我把基地的来龙去脉、建设过程、功能布局向领导们简要汇报。各位领导饶有兴趣，差不多每一处都看了，给我们很多肯定和很大鼓励，也给了我们很多建议。邀请教育部领导、张校长、县里主要领导一起给我们基地揭幕，大家欣然应允，合影留念。教育学院还在基地认养了一株桃树，在李树边，桃李不言，桃李天下，美好的寓意。

上海交通大学乡村振兴洱源基地揭幕

教育学院的师生在洱源一中上课，张校长一行专门去看看大家。这时候就体现出基地的优越位置，3分钟走到洱源一中。领导们看到老师同学很高兴，老师同学们看到领导们来探班更高兴。

丰源村下龙门的思源桥，是一座新建的很结实的桥，前一阵刚刚建好。这事源于前年"9·13"大型山洪泥石流灾害，凤羽河是重灾区，上游冲下来的石块木桩硬生生砸坏了下龙门的桥。小熊发愿修桥，我们自然鼎力支持，云南校友会和蓝会长的健之佳给了最大的支持，社会贤达、师生校友也是慷慨解囊，筹募到了修桥善款。说是修，其实是重建，建了将近两年，

丰源村思源
桥启用

终于在前一段时间完工交付。

小熊找我商量，一是桥的名称，二是村里想立志铭记。桥的名称，我建议和云南校友会商量，最后定名思源桥。立志铭记我也赞同，我提议把所有对思源桥捐赠支持的单位和个人名字都要记下，这是我们的心意，更是村里的心意。在洱源做这么一个石刻碑记还真不容易，小熊捣鼓了好长时间，终于像样了。之前几天石碑送来安装，我们一眼发现还是有瑕疵，但问题不大，很方便就可以解决，也算是顺当。

我们运气真好，正好学校领导到洱源，又在我们期满之前，这事真圆满。蓝会长和校友会的领导，一则是来出席思源桥启用，二则是蓝会长作为云南省工商联副主席，今年开始参加"万企兴万村"的帮扶工作，蓝会长点名要求健之佳对口洱源县，也得到了省工商联同意，这次来也是与县领导和县工商联初步对接，看看后面怎么进一步开展工作。

思源桥启用，太高兴了。张校长、两位会长、县领导一起拉开红布，大家看到自己的名字被铭刻在列，都特别高兴，这是我们感恩的心意。

交大洱源基地揭幕，思源桥启用，简记之。

## 教育交流，两条线

3月上旬，我提议乘教育学院的师生在洱源开展暑期学校和交大基教办组织交大附属学校的校长们到大理的机会，来一场乡村教育领域的对话交流。

琳媛出手，两件事都成了。教育学院和基础教育办公室，两条线，齐头并进。

7月12日，教育学院陈鹏副书记率师生先期抵达洱源，13日在洱源一中做开课等系列准备。13日，琳媛率交大附属学校的校长们也抵达洱源。

14日上午，暑期学校开班式。

为准备暑期学校，教育学院花了极大的心思。3月开始，一直到6月，教育学院广泛动员、认真遴选，最终确定13名专任教师和11名教育学硕士研究生组成暑期学校师资队伍。研讨、备课、磨课、试讲，是那个阶段的常态。之所以费这么大气力，教育学院希望能将前沿性知识、趣味性教学方法有机融入进学科课程中，形成以学科教学为基础，以提升素养为核心，以案例探究、游戏互动为主要教学方式的前沿、有趣、实用的课程体系。

上海交通大学教育学院赴洱源一中暑期学校开班仪式

开班式之后，暑期学校正式拉开帷幕，讲台和教室就交给小老师和同学们了，背后支撑的是教育学院的领导和老师们。

交大附属学校的校长们也参加了开班式，接着就与洱源的校长们分组交流。这是一个专门安排的环节。一方面是通过这种方式让我们交大的校长对洱源的基础教育多一些了解，为洱源基础教育发展提供一些建议，为洱源的校长分享一些心得和经验。另一方面，16日交大的校长们将与大理州的校长也有类似的交流活动，先与洱源的同志交流，能够对大理的基本情况有一个相对准确的把握，接下来州级层面的交流会更精准、更有效。

　　我们提前把交大洱源基地收拾出三个交流会场。交流前一天的下午，县里的同志来看现场时还有些担心，到底能不能收拾出来保障交流。我是下了决心的，这场交流一定要在交大洱源基地进行，前面半个月一直在全力收尾，进度心里有底，务期必成。

　　这天上午大家来到基地，颇有些惊喜，甚至略有些震撼。除了个别细节，基地已经初步具备随时投入使用的条件，三个会场都很不错，大家把我们一顿夸。

交大附属学校校长们在交大洱源基地合影留念

　　16日上午，乡村教育振兴研讨会在交大云南（大理）研究院如期举行，各方都很关心洱源，洱源县人民政府也很荣幸成为协办单位。

　　这次研讨会，完全是交大办会的节奏。

上午 10 点开幕式，短平快，很简朴，但各方很重视。教育部基础教育司普通高中教育处一级调研员曾阳、云南省教育厅基础教育二处处长李永珺到会指导。联合主办方领导，上海交大党委常委、副校长张安胜，大理州人民政府党组成员、一级巡视员吉向阳代表双方致辞。

乡村教育振兴研讨会

十点半至十二点半是专家报告环节。交大教育学院长聘教授徐斌艳分享《核心素养驱动的跨学科主题学习的实践探索》，交大教育学院课程与教学研究中心严晓梅老师分享《提升教师科学素养的建议与策略》，交大附属闵行马桥实验学校校长巢晖做主题报告《沉淀岁月，优雅前行》，交大附属黄浦实验小学校长王平做主题报告《深化三全育人综合改革，擘画大思政课发展蓝图》。

十二点半至下午一点半，大家在研究院食堂简单吃一点，稍许歇一歇就参观解研究院的科研和科普工作情况。

下午是平行研讨会，下午一点半开始，分幼儿与小学、初中、高中三个分会场同时进行。

在幼儿与小学分会场，剑川县教育体育局副局长杨坤旭、宾川县幼儿园园长应雪梅、巍山县文献幼儿园教师饶琴燕、刘厂中心幼儿园园长顾红萍、大理州幼儿园园长赵湖兰、大理州实验小学校长张耀本、弥渡县弥城镇永华完全小学校长周美凤围绕幼儿园普及普惠发展、教师队伍建设、教育惩戒等话题进行主题发言。上海交大附属黄浦实验小学校长王平、附属小学副校长金琦敏、附属实验小学副校长谢晓东、幼儿园园长杨津琪、闵行幼儿园园长于莉，以及教育学院学生心理健康促进研究中心助理教授、院长助理张晓乔分别结合所在学校情况及研究方向，对大理州校长们的话题进行了回应交流。

在初中分会场，洱源玉湖初级中学校长李雪梅、永平县思源实验学校校长马维娅、下关第一中学初中部校长虞朝辉就课后服务、控辍保学、乡村教育振兴路径等话题发言。交大附属黄浦实验中学校长周峰介绍了揭牌以来学校的校园文化和特色活动建设情况，以及学校建立的"1＋X＋Y"课后服务模式。随后，洱源县教体局副局长杨文娟与交大附属闵行马桥实验学校校长巢晖就信息化建设在教育教学中的应用展开探讨。交大教育学院学生发展与人才成长研究中心副教授朱佳妮、教育基本理论研究中心讲师李春影参与研讨。

在高中分会场，南涧一中副校长陈文龙、大理新世纪中学校长孙广辉、下关一中校长刘式良、大理州民族中学教师孙有红、鹤庆一中书记杨文勇分别围绕农村学校布局调整、优质生源外流、教育集团化办学等话题发言。上海交大附属中学闵行分校执行校长范红凤，附属中学闵行分校教导主任、二附中副校长吴艳就学校管理工作进行了深入的交流，教育学院长聘教授徐斌艳，教育学院教授、世界一流大学研究中心副主任刘莉，教育学院课程与教学研究中心讲师严晓梅，教育学院未来教育研究中心助理教授刘妍结合各自的研究为大理州学校出谋划策，并表示非常愿意通过合作研究，为大理州学校发展提供专业

乡村教育振兴研讨会合影

的支持。

　　我参加了上午的活动，下午陪同张校长一行赴洱源考察，没能参加分组研讨，有点点遗憾。后来参加的老师们告诉我，讨论和交流非常热切，不光是大理的校长们收获很大，交大的校长们也觉得收获颇丰。通过这样的形式交流工作，交流体会，大家还建立了联系，相约未来，共谋发展。

　　我更在意建立联系，相约未来。

　　7月18日傍晚，洱源一中的暑期学校结营式，我也去参加了。

　　结营式和开班式一样，活泼多彩，是老师和学生们的舞台。不同之处也很明显，初来乍到的严肃和距离，变成了依依不舍的亲近和真情，老师学生都是如此。一是教育学院师生的泪点确实低，二是大家的确真心换真情，不能自已。

结营式后,交大人一起晚餐,每人分享一个小故事或者一点小心得,都很真实,笑声伴随泪水。

也给我个机会说几句。一是感恩和感谢教育学院的领导老师和同学们,这两年教育学院在支持洱源的事情上不遗余力,竭尽所能。二是大家都提到这次暑期学校给自己带来的感悟和激励,希望大家真正踏上三尺讲台后,遇到困难,遇到挫折,能想起这次暑期学校的经历,能想起今天的感悟和激励、坚持和坚守。三是呼应大家所言,不管一周还是两年,我们在洱源所得的收获远远大于我们所谓的付出。

## 海菜花保鲜，重要突破

　　5月下旬，孔老师来洱源的时候，谈起海菜花产业发展下一步的可能性时，我建议可以请岳进老师试一试。

　　孔老师很认同，回上海后主要张罗三件事情。第一件是《海菜花开》的新书发布会。第二件是找交大农生学院侯士兵书记和岳进老师敲定海菜花营养成分分析，探索保鲜贮藏技术的可行性。第三件是力推大理申办世界湖泊大会的工作。老爷子退而不休，所有的事情都是围绕着大理和洱海。

　　侯书记是孔老师的学生，对老爷子的事情自然特别支持，请来岳老师一起，和孔老师聊了一上午。孔老师把前期我们在洱源的一些准备工作和最近关于海菜花的调研和思考介绍了一番，希望侯书记和岳老师能够帮忙解决海菜花保鲜贮藏的问题。侯书记表示会调动学院力量鼎力支持，先请岳老师的团队按照孔老师的要求和方向开展工作，过程中及后续需要其他团队支援，一定尽力安排。

岳老师已经在洱源开展了好几项工作，这次是第一次见到孔老师，特别高兴。在洱源时吃海菜，当时就觉得挺不错的，也没想到接下来有机会在实验室和海菜花打交道。食品包装和保鲜正是岳老师的研究和实践方向之一，听孔老师介绍基本情况后，岳老师表示这个活能接，也有些信心能做下来。

孔海南教授与侯士兵书记、岳进主任交流

接着洱源就开始往岳老师实验室寄海菜了，也就开始了海菜花保鲜贮藏的研究工作。

酝酿上海交通大学高原特色健康食品（洱源）创新中心的时候，我多做了一点考虑，主要是关于创新中心运行管理方面的，这也是在看过若干专业技术方面的专家站或者工作站的情况下想到的。专家站设立的初衷都是挺好的，希望能够给当地注入专业技术力量，但往往缺乏对后

续运行的通盘考虑,结果可能连差强人意也很难算得上,前一两年还能
够安排一些走动,慢慢就越来越少,越来越浮,仅有的一些走动往往也不
具有针对性,不解决实际问题,或者也没有奔着解决问题的出发点而去。

我认为类似这样机构的运行管理,两个方面比较重要,一是基本经
费,二是协作单位,都关系到常态长效运行。没有一点基本经费的保
障,每次要来洱源或者就着洱源的工作开展一点研究,需要额外现找资
金和资源,或者从自己既有的资金盘中挖一块,一次两次之后就没有积
极性了。没有本地协作单位的话,就很难有一定的工作规划、计划以及
执行和反馈,也很难落实研究项目的本地协调。

我与县里协调,也争取交大的认同,大家一起落实了基本经费的支
持,这样创新中心的交大团队往返洱源的差旅费用、开展研究工作所需
的基本成本就有出处,这两个方面所需的资金量并不太大,相对比较容
易达成一致。待到基本研究工作能够对洱源有关企业或项目形成实质
支撑了,自然能够得到关联方的进一步支持,这样就能形成从起步到发
展的良性循环。

本地协作单位,我与县乡村振兴局商量协作关系和内容,局里很高
兴我们可以想到他们。我说其实很自然,这是基于两年来双方在定点
帮扶和乡村振兴领域良好合作自然形成的认识,不管从业务内容来看,
还是从互相支持的经验和意愿来看,都是最佳选择。大家达成一致,并
报县里同意,乡村振兴局负责协调创新中心日常事务,负责与上海交通
大学做好工作协调、经费保障等各项工作。此外,县乡村振兴局和创新
中心定期举行工作会议,阶段性交流任务计划和工作进展。

也就是在7月27日双方的工作会议中,岳老师通报了两个月来对
海菜花的分析和研究情况,分为两部分内容,一是海菜营养品质评价,
二是保鲜贮藏技术突破。洱源陆续寄去几批海菜样本,岳老师和团队
研究人员对海菜进行了营养组分、微量元素以及生物活性物质等多维

度分析,初步形成了海菜的营养品质评价。我看到评价,颇有些激动,之前请师长学长们吃海菜,只会说这个很好,原生态、无污染,多吃一点,说不清楚海菜好在哪里。现在我就可以这样说:海菜膳食纤维以及

海菜保鲜技术多组别对照处理、观察、检测和分析

321

总酚含量较高，鲜食可以作为日常膳食纤维以及活性物质的重要来源；海菜干基蛋白含量在水生植物中相对较高，矿物质元素 Mg、Fe 含量丰富，干燥后可以用作植物蛋白和矿物质元素补充剂。大家多吃一点哦。

保鲜贮藏技术是此次研究的重中之重，此时体会到了专业团队、专业研究方法和丰富经验的重要性。岳老师带着研究团队，通过各种保鲜技术多组别对照处理、观察、检测和分析，成功将海菜贮藏保鲜稳定期限提升至 12 天。这个突破很重要，如果能够顺利应用到实际产业中，就能从现在省外空运冷链的运输方式切换为陆运冷链的运输方式，3～4 天运达全国大部分市场，再留有 7 天左右时间销售和食用，这是相当棒的保鲜贮藏时间数据。海菜贮藏保鲜稳定期的提升若能落地，就能够有效地降低运输成本，对于扩大省外大中城市的销路有积极影响。销量提升之后扩大种植面积就是水到渠成的事情，有利于增加本地农户的收入水平，形成产业集群和良性循环。

我们把这个好消息告诉孔老师。孔老师认为，海菜营养品质研究和贮藏保鲜的重要技术突破对于下一步海菜产业化工作意义重大。贮藏保鲜稳定期限的提升，将使海菜由现行冷链空运转向冷链陆运，有助于拓展北京、上海、广州、香港等高端市场销售渠道，融入全国主流消费市场。市场拓展和销量攀升将直接稳定和提高洱源当地鲜菜价格，科学的低成本产业装备化保鲜技术又能够降低运输和消费成本，形成良性发展循环，进而助推洱源县扩大海菜种植面积，带动更多百姓就业，切实增加群众收入，实现"绿水青山"到"金山银山"的量变和质变。

孔老师很关心实验室突破与产业化结合的可行性，于是和岳老师进一步交流。岳老师说她正在做这方面的探索，接下来就开展贮藏保鲜技术应用到保鲜包装产业化的研究，初步认为目前的突破不光是从实验室的角度可以做到，和产业的结合度也很高，接下来的研究方向也是与产业相结合，打通海菜花贮藏保鲜技术产业化的"最后一公里"。

　　孔老师把这个好消息与州领导、县领导分享，领导们也都很振奋，分别安排州级和县级媒体与我们对接交流，进一步了解具体情况，也通过各自渠道发表这一好消息。媒体也采访了松曲海菜种植合作社的负责人李文全。老李说，自家海菜花也有销往广州、上海等地，但由于难保存，一桶两三百斤的海菜花，如果有 1 斤变质，很快一桶都会变质，成本高，很难打开销路。听到海菜贮藏保鲜时间提升到 12 天，老李也很高兴，并表示："这对我们是非常好的消息，我们能把海菜花卖到省外去，对我们的收入会有很好的影响，要是保质期还能再长点就更好了！"

　　好吧，我们继续努力。

# 暑期，欢迎大家来洱源

　　暑期是交大师生集中来洱源的时候，也是我们比较忙一些的时候，不过忙得挺高兴。

　　交大夏季学期结束前，7月12日起，教育学院和基础教育办就来了，拉开了交大师生集中来访的序幕。

　　7月18日，教育学院的老师同学们一早离开洱源。早上我处理点最近攒下的工作，抬头看时间，正是大家要出发的点，赶紧跑去送送老师同学们。到宾馆门口发现大巴没在，我想我迟到了。进到里面，发现还有几位同学坐在沙发上聊天，正是穿着印有交大社会实践字样的短袖T恤。我说还好你们没走，看来大巴迟到了。几位同学看着我笑，说刚刚走掉了一辆大巴，是教育学院的老师和同学们，早上大家在餐厅吃早餐时就遇到，刚刚又遇到她们上车出发。仔细瞧瞧，果然不是教育学院的老师同学，攀谈一下，原来是安泰经济与管理学院的研究生实践团，昨晚刚刚抵达，正准备去洱源县图书馆开展社会实践。我说我也是安泰的校友，现在洱源挂职。安泰老师说，原来就是你啊，前一阵就是你帮我们另一个团写的申请校外支持的推荐信。

原来安泰今年派出两个实践团到洱源，这天早上偶遇的这个团，主题是"书香传递，墨香农家"，2019年开始结缘洱源图书馆，每年做一些图书的捐赠支持，同时帮助图书馆完善图书编目等工作，也到丰源村探访交流。另一个团的主题是"服务基层金融建设，共建祖国美好未来"，是希望能够从金融体系建设的角度探究云南省洱源县基层经济发展现状及存在问题。6月底这个团想申请校外一家慈善基金会的资助，找到了交大基金会推荐，我们同事转给我来处理。感叹同学的闯劲，我写了一封推荐信，这就是安泰老师说"原来就是你啊"的缘由。这个团是安泰经济与管理学院同学组队，电子信息与电气工程学院和材料科学与工程学院同学加盟，大概7月底来洱源。

7月21日，交大荣昶储才七期的同学们集体抵达，开启为期10天的洱源社会实践项目。储才同学的社会实践内容比较系统和丰富，祭拜洱源革命先烈、与丰源村基层干部深入交流、参观丰源村提水工程、参观丰源村绿色农产品孵化园、与牛街洞经古乐传承人交流、举行第5期交大洱源—荣昶讲坛、丰源村入户调研、与大学生村官交流、参观黑山羊育养基地、体验松鹤村彝族唢呐非遗文化和青梅采摘活动、调研乔后镇叶上花发酵梅酒工厂、调研乔后镇野生菌产业、参观三营镇全国民族团结进步示范村郑家庄、参访交大帮扶黑蒜企业、参访上海交通大学云南（大理）研究院等。每天晚上储才的同学或举行读书会，或举行观影会，或安排当日实践总结分享，并分别邀请小熊和我做专题报告并交流。

最近我正在梳理两年来的工作，结合前一阵与交大基金会同事汇报交流的材料，做了进一步的修订。接到储才同学的邀请，我也很乐意和大家交流，时间定在7月27日晚间。这也是我第一次比较系统地介

与交大荣昶储才七期同学洱源实践团交流

绍两年来在洱源开展的工作。原计划我讲一个小时左右，再和大家稍做交流。讲起来之后，我觉得大家还是比较有兴趣的，于是就着汇报内容做了一些展开，讲了两个小时。同学们还是有一些问题想交流，比如财政压力的前因后果、债务化解的意见建议、生态保护与经济社会发展的协调关系等，问题有一定深度，也体现了这些天大家在社会实践过程中的观察和思考。

次日我去昆明开会，洱源西湖风景名胜区总体规划的厅际和专家评审会。此行不虚。规划获得通过，接下来根据专家意见修订完善就可以提交省政府过会。规划是国家林草局西南院组织编制的，这次我认识了规划的具体执笔人，竟然是交大风景园林专业2007级校友王梦琳，小王姑娘。特别高兴，邀请小王找个时间来洱源，交大好多人都在呢。晚上赶去见上海荣昶公益基金会王建明主席一行，向王总汇报交大洱源—荣昶教育基金和交大洱源—荣昶讲坛执行和运行的情况。

王总此行到昆明，主要是参加 31 日储才七期同学在洱源社会实践后的总结会，同学们 30 日完成所有实践活动，31 日返程中转站就在昆明。我本应该也一起参加的，这两天发现与即将要来洱源的交大团组冲突了，正发愁呢。恰好来昆明开会，弱弱地问荣昶基金会老师们哪天到昆明，缘分妙不可言，王总一行正是我开会那日下午抵达。太好了，我有机会能在云南见上王总。我把储才七期同学在洱源社会实践的情况向王总简要汇报，也报告了我与同学们分享的情况，特别是同学们的提问交流。王总很高兴，很欣慰，储才同学有收获，行万里路，知中国情，强国有我，青春有为，正是王总和荣昶基金会支持的初衷所在。

有一日中午，我在交大洱源基地做一点收尾工作后返回县城时，路上遇到储才的同学们顶着大太阳往丰源村去。我继续走，又遇到几位身着交大社会实践橙色队服的同学，赶上去问问情况。原来这是生命科学与技术学院同学组队，安泰同学加入的"显微知著"社会实践团，在玉湖初级中学开设生物课程夏令营。我就自我介绍，跟大家说在洱源有啥困难可以找我。同学说，都挺好，没啥问题。

后来我与小熊对了对还有没有到洱源来的交大社会实践团，小熊说当然有，比如农业与生物学院"彩云之约，同心共振"社会实践团、密西根学院"七彩课堂，情暖童心"爱心托管班社会实践团、药学院本科生党支部滇西北共行计划社会实践团、安泰经济与管理学院洱源海菜花产业经济调研社会实践团等。小熊说，还有其他没到我们的，多着呢。

7 月 23 日，交大教职工疗休养团首发抵达洱源。首发团团长是网络信息中心尹慧敬老师，认识 23 年了，团里好些位老师都认识。下午我在丰源村等大家，陪同大家分别到村委会、交大洱源基地、丰源村思源桥和提水工程都看了看，大家颇有感慨。好几位老师几年前都来过洱源的，此次故地重游，看到洱源变化里也有交大包括我们这一任挂职干部的点滴贡献,特别高兴。

尹老师说,你要做好思想准备,今年疗休养路线到洱源的初步计划有 15 个团,每个团大概 30 个人左右,接下来陆续都会抵达,比较集中在 7 月底和 8 月上旬。我先是被这个数字吓了一下,转念一想,这是好事,说明交大老师们对洱源情有独钟,都愿意到这里来看一看,也是关心我们才会来看看我们做的一些工作。今年洱源路线的疗休养团,全程都住在洱源右所镇普陀泉温泉酒店,这也是我们交大工会对洱源的小小支持。

我们也有小小收获。钱学森图书馆的沈美凤老师看到我们书架上暂时空空,回去后就给我们寄了一箱有关钱老的书籍,特别好,我就把这批宝贵书籍放在最显眼的一排书架上。后面的团中有李政道图书馆的袁继军老师,我就向袁老师介绍了钱馆来书。袁老师说,哎,我们李馆也可以支援一些关于李先生的书籍。

有的日子会有两个团同时抵达,于是我们基地里好不热闹。前几日洱源一直下雨,我们的团打着伞也要来看看我们,特别感动。

7 月 24 日上午,孙斌学长带着家人来看我。孙学长前年 10 月捐赠 100 万元设立交大洱源孙斌教育基金,支持洱源一中思源特班建设发展。孙学长一直说来洱源看看,平时实在太忙碌,未克成行。今年 8 月份我要期满离任了,孙学长说一定要来一趟,赶上普华永道财年伊始,请了年假,带着妈妈、太太和儿子到洱源住两天,也算避暑。

孙学长和我多有互动,前年捐赠仪式时太太也来了。孙妈妈和小孙同学是第一次见面,老人家腿脚不太方便,自己慢慢走也不愿意麻烦别人帮忙,小孙同学很快要读小学二年级了,是个小机灵鬼,很活泼可爱。我跟孙妈妈说,非常感谢她培养了优秀的儿子,感谢一家门对交大和洱源的支持。孙妈妈也只是笑一笑,说孙斌是交大的学生,这些都是他应该做的。

2023 年的首发交大洱源疗休养团

陪着孙学长一家人在交大洱源基地坐一坐,也到思源桥看一看,孙学长很为交大在洱源的一些工作感到骄傲自豪。又陪大家到洱源一中看一看,这是孙学长直接支持的项目。一中的领导知道孙斌学长要来,特别高兴和欢迎,陪着我们在校史馆、运动场、校园广场和教室里好好瞧了一番。校史馆里有个留言区,配置笔墨纸砚,一中领导请孙学长写句话留个名,孙学长连连推辞,直说自己并不够格。小孙同学初生牛犊,说那就我来吧,大家都松一口气,僵局解开了。于是小孙同学泼墨挥毫,"好好学习,天天向上"。孙太太说小家伙两个月前开始学写毛笔字,人小鬼大。我觉得挺好,这一代的孩子,自信活泼是好事。

下午孙学长和家人有其他安排,我们就此告别。孙学长后来给我发了个微信,说洱源之行非常愉快,交大洱源基地非常赞,交大以后有啥他能帮手的，让我告诉他，再尽绵薄之力。我当然非常感谢，我也跟孙学长说，都是靠着学长们的支持，我们才有机会做一些新的工作。另外关于出钱出力的事，如果有合适的缘分和合适的项目，我一定找他汇报商量。

陪同孙斌学长和家人参访洱源一中

7月31日，两个非常重要的团同机抵达。一个团是交大学生创新中心的老师们，上海交通大学"科创青禾"洱源行；另一个团是我家妈咪和小哥小妹组成的亲友团，暑期来洱源探班。

学生创新中心对我们的支持可谓不遗余力，7月中旬帮助我们落实了洱源一中10位同学赴交大参加学森挑战营。这次更进一步，送教上门，尝试为洱源更多的同学打开科创的大门。"青禾"就是青青的小禾苗,"科创青禾"就是学生创新中心发起的培养科创小禾苗的计划,也是学生创新中心党总支开展品牌党建活动的重要内容。科创青禾计划就是充分发挥学生创新中心的科创教育师资和资源优势,将人工智能、机器人、无人机等公益科创教育辐射青少年,激发科创兴趣,提升科学素养,为创新人才培养播撒希望的种子。"科创青禾"以往都是在上海开展活动,这一回是第一次走出上海,走进西部,来到洱源。

此次"科创青禾"洱源行,学生创新中心的老师们做了非常充分的准备。中心贾严宁副主任带队,贾老师也是中心党总支副书记。总工程师冷春涛老师、主任助理钟兴军老师和董德礼老师、党政办主任陈云老师、软件中心金晔老师、工程师李翠超老师和杨泽岱老师共同组队。课程上也做了精心安排,8月1日全天和8月2日半天,涵盖VEX机器人、电子创意实践和轻型无人机制作三个项目,最终按照人数分为4个学习小组,每组都是12学时。

殊为不易,倍加珍惜。我与县教体局提前做好对接,并安排局里电教室具体协调,洱源一中55名同学参加,其中包括7月中旬去过交大的10名同学,给我们老师当助教;玉湖初级中学20名同学参加。授课地点就在交大洱源基地。这时就体现了自有场地的优势,干啥都方便,干啥都得劲。

我们做了一个非常简短的开班式。我双方都代表,就客串主持。县教体局的同志对上海交通大学学生创新中心的老师们表示热烈欢迎。科创教育对学生成长具有非常重要的作用,科创资源和科创师资匮乏恰恰又是洱源困境和短板,所以特别感谢老师们为洱源县的孩子带来丰富的科创课程,也相信孩子们会大有收获。贾老师简要介绍了上海交通大学学生创新中心及"科创青禾"计划,并希望通过此次洱源行,能够向同学们传递科技创新的思想和意识,播撒科创的种子,激发科创兴趣,希望未来有更多同学在解决国家"卡脖子"技术中发挥积极

上海交通大学"科创青禾"洱源行

作用。

因地制宜，因材施教。看得出，上午刚刚上手的时候，洱源的孩子有些拘谨，入门也略有点困难。下午就活泼起来了，无人机框架也搭起来了，组装的机器车也能遥控了，就是跑着跑着会掉螺丝帽。次日上午日臻完善，开始比赛了。大家积极展示自己一天半的学习成果，从跃跃欲试到摩拳擦掌，科创带来的成就感和喜悦感，这就有了。

我问老师们对洱源同学感觉怎么样，反响颇佳，基础是薄弱了一小点，灵气还是有的。我们的老师也和洱源的同志交流，未来双方都可以再凝练聚焦，交大凝练和聚焦更合适洱源同学的课程与项目，洱源凝练更有积极性和兴趣的学校和同学，规模不一定大，定点突破还是很有可能的。

"科创青禾"的小小喜悦

　　继续迎接和照应着暑期来洱源的老师们,说说交大在洱源的人和事。工会疗休养团陆续又来到,大约会持续到 8 月中旬。8 月 20 日和 21 日,交大档案文博管理中心张凯主任带队早早已经约好了来洱源,帮助洱源一中新一届高一学生开展入学教育,算上今年的行程,这已是档案文博中心的老师们连续第 4 年来洱源做入学教育了,特别好。这次欧七斤老师还专门邀请了清华大学校史研究同行。清华老师们也很愿意来,洱源的革命先烈施滉正是清华的第一位共产党员。

　　我家的亲友团在洱源住着,很凉快,也不想东跑西跑。县里也照顾我,让我多陪陪家人。我尽量陪着太太娃娃们,县里有工作安排也全力参与,虽期满在即,仍旧把岗站好。

## 研支团，辞旧迎新

　　7月和8月，交大人来来往往，穿梭停歇间，想起这几日辞旧迎新的研究生支教团，每届都有些不一样，每届又都是一样的。

　　辞旧的这一天是7月14日，交大第24届研究生支教团洱源分队圆满完成一年的支教工作，即将返回。研究生支教团是共青团中央牵头的大学生服务西部计划的组成部分，属地由团县委负责日常管理。团县委组织了西部计划服务期满的座谈会，我也应邀出席。

　　对我而言是双重身份，首先是交大老师和学长，其次是协助联系团县委的政府同志，期满欢送我们支教团，责无旁贷。座谈会上最后一个议程是由我代表县里做一个讲话，大意是回顾过往大家的工作，感谢大家的辛勤奉献，祝福大家一路顺利未来可期，希望大家常回洱源看看。

　　正式发言之前，我加了三句关于交大支教团的话。第一句是感谢洱源团县委、教体局、洱源一中以及相关部门领导老师们对交大研支团的理解、包容和帮助,也感谢洱源一中同学和家长们的信任和支持,给我们研究生支教团成长机会和历练。第二句话是感谢交大研支团团结一致,接续在洱源服务和奉献,这一届研支团是在洱源服务的第10届,配合交大托管帮扶洱源一中开展教学工作,很不容易,我本人非常认同,也代表学校表示满意和感谢。包括我在内,方方面面对大家的关心都不很全面,不太到位,比如交大洱源基地也没能够在大家走之前完全建成投入使用,还请我们研支团同学体谅包涵。第三句话是祝贺大家圆满完成各项任务,即将顺利返程。这一年大家应该也都是收获满满,还是那句话:与大家共勉,再过一阵子回头看看,我们在洱源收获的成长,远远大于我们以为的付出。他乡即是故乡,衷心希望大家以后能常回洱源看看。

这一届研支团的同学确实很不容易。县里和一中能提供的生活保障比较薄弱,大家自掏腰包解决住宿问题。承担的教学工作量与一中老师们基本没有差别,上课、早晚自习、作业阅卷以及团委活动等,大家兢兢业业,能做的尽量都去做。学校的教学管理难免也有不尽如人意的地方,大家有时候也向我吐吐槽,但也都会按学校要求落实。也是这样,我对一中有了更全面更立体的认识。

大家去高中,说起来我是"始作俑者",比起教小学和初中,责任和压力更大,可能收获更多,成长也更大。在洱源的第二年,我比第一年更忙一些,很多事情上了轨道亟待落实,与这一届支教团交流的时间比起上一届略少一些。有时候我也有些愧疚,给了很高的要求,却没能提供更好的条件,这也是我觉得如有条件一定要把交大洱源基地做成的原因之一。14日晚间男生们已经退宿了,就在交大洱源基地待了一夜。晚上我和小熊去和大家聊了一会儿天,当时床铺都已经到位了。大家第二天一早5点要出发,带着洱源一中10位同学去交大研学,后来也不知道大家睡了没有。第二天我们早上去基地,大家早就出发了,看到院子里有一个燃放过的小烟花,有点感动。

我和大家很熟悉亲切的,谢谢陪伴我们一年的第 24 届研究生支教团洱源分队成员,他们是材料科学与工程学院邵希晨,电子信息与电气工程学院沈一鹤、王超维、郭梦琪,法学院朱怡霏,媒体与传播学院拉胜·阿达力。

迎新的这一天是 7 月 31 日,左等右等,等到晚上 10 点,支教团的同学们终于出现在交大洱源基地大门口。一见欢喜,再见惊奇,一共应该是 6 个人,来了 5 个,其中 2 个挂着拐,没来的那位还在昆明缓着,也配拐。非战斗减员五成。我说这是啥培训,特种兵也不这样啊? 纯属意外,昆明培训基地晚上路灯没开,大家纷纷崴了脚。不可思议。第 6 位队员是 8 月 5 日抵达的,果然配着拐。

半开玩笑,这可不是太好,兵马刚行,一半配拐。又叮嘱大家,吸取配拐教训,格外注意安全。

虽然行动不便,但新一届的支教团还是领了团县委组织的 2023 年暑期"七彩课堂,情暖童心"第二期面向玉湖社区的爱心暑托班教学任务。支教团排好班次,克服困难,安全圆满地完成任务,还带回来了小娃娃们送的酸木瓜、棒棒糖和多肉小苗。第一期是面向碧云村的小娃娃,交大思源公益云南洱源支教队承办的。

接着,支教团同学们等着洱源一中的报到和教学安排。来之前,新一届的支教团已经经历过教育学院、基础教育办和交大附中闵行分校的教学培训,加上上一届留下的经验教训,心理准备和适应能力应该会更好,这一点我倒不太担心。我也跟大家说,支教的经历也算是一场职场历练,珍惜且留意,观察且理解。

这些天,我把家中小哥小妹也丢在基地,特别是小哥,常常与哥哥姐姐们厮混一下。有一天我问小哥,你感觉交大这群哥哥姐姐怎么样,比你以前认识的大学生如何。小哥说,确实是这群哥哥姐姐更厉害。

新一届研支团圆满完成暑托班教学任务

我说这群哥哥姐姐可能还不算交大学习成绩最拔尖的,但综合素质就是非常靠前的了。这就是交大培养出来的学生,你可以琢磨琢磨自己以后想成为哪种水平的人,现在加把劲,多少也管用的。小哥说,你,又宣传,又统战。

辞旧迎新,气象更新。

## 海菜花市场，新的拓展

　　孔老师最近很忙。接着《海菜花开》纪实文学出版发行，交大正在排《海菜花开》的话剧，更生动地演绎孔老师带领团队坚守洱海第一线近 20 载，与当地各族人民密切配合，让曾经不堪重负的洱海逐渐恢复清澈，让海菜花重新绽放的故事。这部话剧全由交大学生演绎，暑假不停档，学习、排练和打磨。因为这事，话剧团队常常需要请教孔老师，或者请孔老师到排练现场指导，结果孔老师就被"困"在上海了。

　　这期间，除了支持话剧排练的工作，孔老师见缝插针，跑温州，协调推进有关争取世界湖泊大会 2027 年在大理洱海举办的工作，和岳进老师合计下一步海菜花产业生产许可的路径安排、海菜保鲜贮藏技术与产业制备衔接的工作、海菜花拓展上海市场的工作，等等。都有很好的进展。

　　世界湖泊大会是由国际湖泊环境委员会、湿地国际联盟（WIUN）发起的湖泊环保领域权威学术会议。从

1984 年举办第一届始,已经在日本、美国、匈牙利、意大利、阿根廷、丹麦、肯尼亚、印度等国成功举办了 12 届。这是湖泊治理和保护领域的国际最高会议,如能在大理洱海举办,意义不言而喻。而国际湖泊环境委员会作为一个非政府、学术性的国际组织,总部常设在日本,主席和理事长均为日本学界专家,与孔老师均有很好的交往。

之前孔老师帮助大理洱海筹划过申报世界湖泊大会的工作,临门一脚时有所变故,遗憾错先。这次州里态度很明确,也正式向交大提出请求,希望孔老师能够再伸援手。孔老师自觉责无旁贷,前一阵与国际湖泊环境委员会的专家们做了很深入的沟通。孔老师安顿好话剧排练的需求后,7 月 30 日飞大理,与州委州政府领导讨论和研究下一步申办工作。交流非常顺利,州里已下定决心全力推进申办工作。老爷子蛮高兴,很欣慰,更得劲。

野生海菜花是国家重点保护的珍稀濒危水生药用植物,被列入中国国务院环境保护委员会 1984 年 7 月公布的珍稀濒危保护植物名录Ⅲ级,并被列入世界自然保护联盟(IUCN)濒危物种红色名录易危(VU)序列。这样的保护级别,野生海菜花自然不可食用。水质持续向好后,野生海菜花重现洱海,作为洱海源头的洱源开始人工种植海菜花,规模连片,效果很好,很受市场欢迎。

当考虑海菜花产业化推进时,取得生产许可证就提上议事日程。大家发现海菜花不在国家食品名录中,产业化过程中涉及加工或者预制菜工艺,目前无法支撑其成为食品产品上市销售。这是个难题,孔老师思来想去,还是找岳进老师帮忙分析研判。岳老师做了很多功课,最后形成几点支撑意见。一是人工种植海菜花,目前不属于中药材或药食同源植物,也不是新资源食品。云南有食用海菜花的悠久历史和文化,属于云南传统食用植物。基于这种情况,地方农业主管部门或地方相关行业协会,可以出具佐证材料,证明海菜花是当地传统食用植物。

二是新鲜海菜花作为鲜食农产品,可以上市交易。若加工预包装食品,生产单位必须取得当地市场监督管理局颁发的"企业生产许可证",海菜花可归于"水产制品"类。根据当地许可条例规定,发证部门可能是市级或省级相关单位。三是具有法人资质的行业组织或生产经营单位可以向国家风险评估中心申报海菜花为新资源食品,所需材料也已梳理清楚。评估中心考虑到海菜花在云南的食用历史,有可能会驳回"新资源食品"的申请,当作普通食品处理。进一步考虑的话,还可以申报海菜花为"地理标志"产品、绿色食品、有机食品等。基于以上信息,岳老师认为海菜花预制菜的加工企业可以先在当地申请生产许可证,应该办得出来证。

我们把这个意见向县里汇报,县里非常重视,立马着手路径分析。很快明确和落实了。生产许可证负责单位是县市场监督管理局,海菜花作为比较特别且不在国家食品名录中的食材,需要有一个前置备案材料,前置备案材料归属负责单位是县卫生健康局。局里同志很认真,很快搞清楚了流程,在州卫生健康局就能办理。这与岳老师分析的情况一致,待生产经营单位确定后,即可提出备案申请,县卫生健康局就协调跟进,落实后于县市场监督管理局就能发证。

接下来就是考虑生产经营单位的事情了。这是一个市场主体,是一个市场化的选择和决策,我们可以也应该做支撑的工作,但最终还是由市场主体和市场来决定的。产业化谋划初期,各路人马我们都愿意接触。

8月2日,孔老师找我,说兆鸿环境的张震宇对海菜花产业也有兴趣,于是孔老师推荐震宇来找我聊聊,也到交大洱源基地看看。我知道孔老师对海菜花的事情特别上心,于是和震宇相约3日上午见面。震宇创办的企业兆鸿,聚焦湖泊和湿地保护设计规划以及环保产业装备制造等,之前还真没觉得他们对海菜花感兴趣。聊起来,原来震宇他们以前考虑过海菜花的延伸拓展,但企业对于食品领域并不熟悉,不敢轻易涉足。这次从岳进老师团队对于海菜贮藏保鲜技术的突破得到启发，原来交大在食安领域是相当有实力的，有机会的话可以合作推进。

震宇他们对于松曲海菜花基地所在的东湖湿地区域极为熟悉，整个湿地的设计规划了然于胸，对湿地内海菜花可以拓展的水域非常了解。拓展海菜花产业，对于震宇的企业而言，是一个上游和中游交叉的机会，也就是说是在湿地中扩展海菜规范种植基地和贮藏保鲜产业化结合的机会。震宇的设想中有三个重要环节。第一是对海菜花种植以及基地拓展要进一步规范，形成统一的标准，改善和优化目前的种植状态，进一步保证品质的稳定。第二是在海菜花基地建立研发机构，希望能够引入上海交通大学高原特色健康食品（洱源）创新中心进驻，属地化开展海菜花种植模式、营养价值以及贮藏保鲜技术的深入研究。第三是转化技术研究，投建保鲜贮藏产业化设备，形成一定规模的保鲜海菜生产加工能力，同时建设转储冷库，稳定生产链条。

这个思路比起我们之前考虑得更全面一些。震宇也坦言，其实还有第四个环节，那就是市场开拓，这方面是他们的弱项。我觉得一家包打天下也不太现实，大家一起逐渐完善产业模型和商业模式，协调合作，可能机会更大。大家相约进一步沟通，看看能不能再往前大踏步。

市场开拓，是海菜花能否最终产业化的关键。

8月5日，下着大雨。孔老师来到洱源，我们向万鹏县长报告近期关于海菜花产业化的进展和下一步的思路，重点聊的是市场开拓。前一段时间，交大民建委员会一行到洱源调研，大家也谈到有关海菜花的产业化问题。很巧，孔老师也正在拜托交大民建委员会的老师们帮助对接上海蔬菜集团。孔老师把包括上海蔬菜集团在内的渠道开拓思路与县长深入探讨，县长非常感谢孔老师尽心尽力，如果有任何情况需要协调，请孔老师尽管提出来。

这天上午我在交大洱源基地接待工会疗休养团，问了一句中午饭的安排,居然正好就是我们和孔老师工作餐的小店。我说先卖个关子,届时隆重推出神秘嘉宾。于是中午时分,说好的工作餐变成了大型追星现场,孔老师和我们刚吃一口,冲进来一队疗休养老师,拉着孔老师致敬合影,一会儿又来一队,又一会儿再来一队。交大疗休养团的同志没有不认识孔老师的,老爷子也看到几个熟人,很高兴。

我问孔老师下午啥安排,今天回州里还是在洱源待一晚。孔老师说住酒店没啥兴趣,要么到交大洱源基地看看,能住的话也体验一下。我是喜出望外,老爷子到基地,还亲自住一晚,对我们是莫大的鼓励。老爷子说,正好也借这个时间大家再交流一下海菜花的事情。

孔老师来基地,还住一晚,把我们研支团新老师们激动坏了。我家小哥和妹子也很开心,这两人最近常常听到我和孔老师打电话,又看到我在看《海菜花开》,里面有很多孔老师的照片,俩人孔爷爷孔爷爷叫

与孔爷爷合影,幸福的一家人

着,听得老爷子乐呵呵的。老爷子不仅勉励支教团同学,也勉励我家小哥,老爷子给小哥看每天运动步数,特别嘱咐小胖要运动和锻炼。小哥嗯嗯啊啊,顾左右而言他。

孔老师说 10 日要回上海,12 日约好了与上海蔬菜集团领导见面交流有关海菜进沪的工作。我把前天与震宇交流的情况向老爷子汇报了,老爷子说各方都不容易,希望我能在还没有离开洱源的时间里帮他再推进一把,也给后面来的同志打下一点基础,更希望我即便回去学校了,也能够继续帮他协调一些事情。我自然不能也不会推脱,我跟孔老师表示,但凡有需要,我一定尽力。

12 日,老爷子带队,前往上海蔬菜集团交流,孙燕敏总裁接待。老爷子后来告诉我,大家聊得很好,原来孙总也是交大校友,安泰经济与管理学院 MBA,一下子就没有距离了。老爷子目标明确,希望能够通过这次交流以及后续的沟通,上海蔬菜集团对海菜花进入上海市场给予支持。孙总对海菜花有些印象,当场请同为交大校友并负责云南市场货源的同志查询系统,果然上海蔬菜集团几年前小规模销售过。回忆起来,应该是当时洱源还不能大规模提供稳定货源,贮藏保鲜也面临困难。孔老师说现在海菜花种植基地规模已经不小了,翻一番或者翻两番的条件也完全具备,最近交大团队在贮藏保鲜技术上也有突破,天时地利人和初步具备。孙总表示,上海蔬菜集团在沪滇协作机制中承担全品类滇品入沪的任务,在包装、仓储、冷链以及市场渠道方面的优势不言而喻,另一个更大的优势是对于高中端市场需求以及储运技术要求非常了解,也愿意提供一揽子方案和帮助。接下来,孙总将协调安排团队,适时到洱源实地考察,切实推进。

老爷子电话里与我分享喜讯,我也是太高兴了,这大半年配合孔老师做一点海菜花方面的工作,方方面面都很支持,确实也有不少困难,但总是及时找到能够且愿意帮助我们、帮助洱源的各路神仙。

孔海南教授向上海蔬菜集团孙燕敏总裁致送书籍

推进不停档。我是安泰毕业的，学院的情况还是熟悉的，这两天根据老爷子的意见，帮着做一些孔老师拜访学院领导和老师的联络工作。孔老师正协调安泰经管学院的资源和力量，推动学院和校友协同。交大民建委员会的主委、副主委以及大部分成员都来自安泰经管学院，安泰的领导们都很支持，孔老师也交心交底，很快达成一致，安泰将正式接棒民建前期的联络协调，协调学院行业研究以及科技金融有关同志和资源，协同包括上海蔬菜集团和孙总在内的校友和企业全力支持海菜花进入上海市场的工作，适时通过签署协议等形式达成一致意见，比如可选的节点是9月中旬《海菜花开》话剧公演的契机，时间和节奏还是要从快从细。我觉得在这项工作中，不管对学院、地方还是校友所在企业，都能够形成很好的互动，互为研究和促进。

以上拓展，真挺好的，正如孔老师所言，事在人为。

## 上海市场，海菜来了

《海菜花开》的作者朱大建老师回顾采访写作的幕后故事时，提到这样一个小插曲。

2023 年 4 月，《海菜花开》书稿清样出来了，5 月 1 日劳动节假期，孔老师飞武汉为母亲宫润兰过 99 岁进到 100 岁生日。孔老师恭恭敬敬地给母亲递上《海菜花开》审读本。老人家半躺在藤椅上读了一会儿，忍不住泪流满面，竟然哭了一个多小时，劝都劝不住。孔老师只好把书藏起来了。

听到这个故事，很感动，也很难过。子女再大也是孩子，父母总是牵肠挂肚。我想这也是孔老师的妈妈泪流满面的缘故。

这一年，因为海菜花的事情，我和孔老师有很多很多交流，受益匪浅。在洱海，孔老师倾注了后半生的所有气力，换得海菜花开。在洱海源头，洱源人民为洱海保护做出了极大牺牲，从大蒜禁种上可见一斑。《海菜花开》这本书里记述了当时的建议："针对大蒜种植带来的污染,中国农业科学院的专家经过调查与实地研究,提出建议:湖岸线200米内禁种大蒜,200米到2 000米之内限种大蒜,湖岸线2 000米以外放开种大蒜。"孔老师说起这件事情很平淡,很坦然,从不回避,遇到不同领域的同志对大蒜禁种提出各自看法时,总是很耐心很平静地向大家解释各种缘由。能理解的,他笑笑;不能理解的,他也笑笑,并不争辩。

但这件事情在孔老师心里是大有牵挂的,每每谈到洱源农产品的破局,他总是格外留心。大家也一直在找寻可以媲美或者补充大蒜禁种后的替代产品,直到孔老师指导修复的洱源东湖湿地发挥了净化涵养的功能,提升了永安江流域的水质,松曲村村民人工试种海菜花成功并逐步扩大种植面积后,正如海菜花开一般,新的可能性也浮出水面。

两年前我刚到洱源的时候,就跟孔老师去看过松曲的海菜花基地,已经有1 500亩的规模。那时候东湖湿地正开始新一轮的提升改造,发挥生态价值的同时,探索"以湿养湿"经济价值的实现。孔老师是这个项目的顾问,赞同设计方案中有关湿地与海菜种植互补互促的部分,并一直关注着项目的进展。

大半年前,我开始将交大陆伯勋食品安全研究中心的资源带进洱源,孔老爷子正式提出了有关海菜花产业化拓展的一揽子构想,希望我能够帮他一起做一点工作。这些年,我觉得孔老师德高望重,又觉得老人家和蔼可亲,有时候觉得老先生如独行侠般很不容易,沟通越多,了解越多,慢慢又体会到孔老师心性之坚定坚决、思路之开阔开放、方法之灵活多元、行事之果敢决断。

我向孔老师表达两点。一是我个人一定配合与协调,尽全力落实需要我做的工作,在洱源时是这样,离开后也绝不推脱。二是在这项工作中,一切以能促成海菜花产业发展为目的,绝无掺杂我个人或名或利的诉求。

孔老师也点点头,说,我这两年看下来,你是这样的人。

于是有了岳老师在海菜花保鲜贮藏技术上的突破，有了与上海蔬菜集团的初步交流。

铺垫至此，应孔老师邀请，上海蔬菜集团派员到洱源实地考察海菜花产业。孔老师对这次考察极其重视，集团总裁是交大安泰经管学院校友，集团和学院也有产学研合作，孔老师亲自找了学院领导交流，安泰表示全力支持，还要在下一步市场拓展方面发挥主导作用。

这次调研，孔老师直接对接上海蔬菜集团的领导，把洱源的协调对接工作全权交给了我。孔老师说，你把这事得当成离开洱源前最重要的一项大事来办。从时间上讲，8月中旬我已期满，上海蔬菜集团这次考察是8月24日至26日，离开洱源之前，能有机会配合孔老师做这件很有意义的事情，与有荣焉。

孔老师推掉了上海的一切工作，专程陪同上海蔬菜集团一行到洱源，安泰经济与管理学院委派教学服务中心主任张晓丽老师陪同调研。张老师是上海交通大学民建委员会秘书长，和我是认识20多年的老师、同事和朋友了，之前我就是请她帮助对接孔老师和安泰以及民建领导沟通交流的。上海蔬菜集团对孔老师非常尊敬，也特别重视这次调研，委派旗下核心企业西郊江桥公司党委副书记、总经理顾惠良带队，上海蔬菜集团业务管理部总经理助理李陵、西郊江桥公司蔬菜部副经理（主持工作）朱俊伟随行，同时还邀请了西郊江桥公司平台上专供高端蔬菜的上海韵麒农产品有限公司总经理燕一、上海丰悠农业发展有限公司总经理张少华同行。

洱源的书记、县长对海菜花产业化的工作都很关心，我分别向两位领导汇报了此次调研的前因后果、上海蔬菜集团在沪滇协作和滇品入沪工作中的重要分量、此次调研对洱源海菜产业发展的推进效应等。孔老师陪着来，书记和县长也都特别重视，分别与调研组做了交流。

听顾总介绍，才知道上海蔬菜集团是上海光明集团旗下负责上海菜篮子工程的主体企业,而西郊江桥公司是上海西郊国际农产品交易有限公司和上海市江桥批发市场经营管理有限公司两个企业合起来的简称,之所以合起来,是因为两个企业都是顾总领衔同一套人马在运营管理。西郊江桥公司是上海主副食品保障的主力军、长三角城市主副食品集成供应商,以及全国农产品流通行业的先行者,在云南16个州市建有蔬果产销基地,承担了沪滇协作滇品入沪的主要任务。

顾总说,去年云南省委书记王宁到上海对接沪滇协作工作时,就带着16个州市的主要领导专门到西郊江桥公司考察交流。顾总把16个州市通过西郊江桥公司平台上销售农特产品的数据一一展示,年度总金额132亿。

大家聊得很是不错。李新奇常务副县长、王燕伟、李继龙和早浩洋三位副县长也分别参加,从沪滇协作、农业发展、乡村振兴以及生态治理各个角度都有交流。新奇常务说之前在剑川工作时每年都到西郊江桥公司去一两趟的,还在西郊公司现场展销过剑川的花心土豆,印象非常深刻。

顾总表达了助力洱源海菜产业发展的良好愿望和初步设想,接下来会结合现场调研的情况再进一步细化。顾总邀请县领导率团回访,高位推动。县领导感谢各方对洱源发展的关心支持,与调研组就海菜产业发展规划充分交换意见,并欣然接受回访邀请。

25日上午,我陪同调研组前往右所镇松曲村海菜种植基地现场考察。这一阵子是旺季,海菜价格很好,大约每斤12元。大家近距离观摩海菜采摘过程,观察海菜的长势及品相,听取镇村相关同志介绍,详细了解洱源海菜的独特优势、种植规模、产量产值及销售行情等情况。孔老师又领着我们到东湖的邓北桥湿地,老爷子说让大家切实感受一下洱源生态宜居、人与自然和谐相处的美丽画卷。

下午我们就召开上海交通大学、上海蔬菜集团、洱源县人民政府三

现场调研松曲海菜花基地

方有关海菜拓展上海市场的座谈会。

　　孔教授介绍了此次调研的背景和主要任务。老爷子谈到，最近这两年交大非常重视乡村振兴阶段定点帮扶长期长效机制探索和工作创新，整合校内外资源，建设启用上海交通大学乡村振兴洱源基地，设立共建高原特色健康食品（洱源）创新中心，协同打造"丰源甄选"电商平台。今年7月下旬，在海菜贮藏保鲜技术取得突破基础上，交大安泰经济与管理学院会同交大民建委员会积极与上海蔬菜集团对接交流，依托国有一级批发平台，积极推动海菜拓展上海市场有关工作。

　　顾总又向大家介绍了一遍上海蔬菜集团和西郊江桥基本情况，这次是放着PPT图文并茂。顾总激情满满，大家纷纷拍照。顾总结合上午现场考察的情况，对洱源海菜产业独特性和规模化给予肯定，对洱源农产品种植加工、品种优化以及品质提升提出意见建议，并表示下一步争取集团支持，整合西郊江桥公司力量，以洱源海菜为抓手，积极推进"洱品入沪"工作。

顾总表示接下来做两件事情。一是在沪滇协作框架下谋划建立洱源海菜产销基地，并当即就后续的申报工作给予指导。二是尽快启动洱源海菜上海市场试流通及市场宣传推广工作，西郊江桥公司提供销售推广以及检验检测绿色通道，洱源县统筹协调食品名录、货源保障、宣传素材等工作，适时组团访问上海蔬菜集团，推进落实洱源海菜拓展上海市场各项工作。

县里请继龙副县长统筹海菜产业发展的工作。继龙副县长非常重视，安排了县农业农村局、林草局、卫健局、市场监督管理局、商务局、投资促进局、供销社、右所镇、县检验检测院以及有关种植专业合作社的负责同志参加座谈，大家围绕洱源农产品发展及双方合作的愿景做了交流发言。

座谈会上有个小插曲，大家提到洱源鲜食蚕豆种植和销售遇到的困难。顾总先问品种，又问上市时间，再问价格，很快给出建议。一是目前市场上已经不流行洱源白皮绿肉的蚕豆品种，市场欢迎的是青皮绿肉的品种。二是目前种鲜食蚕豆的是浙江三门人，国内几乎被他们一统天下了，要找到他们来实地测土测温测上市时间。

座谈会最后，继龙副县长总结回应六点。一是县里即刻启动人工种植海菜纳入食品目录的工作。二是即刻组织落实海菜进入上海市场试流通所需要的宣传基本素材，小视频和PPT做起来。三是洱源的合作社抓紧与此次来访的西郊江桥公司平台的两家优质企业对接，确定年度内几个阶段的指导价格，安排好时间、组织好货源，抓紧向两家企业发货，启动试流通。四是请求西郊江桥公司帮助洱源在上海蔬菜集团沪滇协作框架和自有平台内申报建立海菜产销基地，指导源头管理、品类分级、保鲜贮藏与冷链物流、种植规模与市场需求相匹配的发展规划等。五是一定加强对接，在试流通基础上，县里尽快组团赴集团进一步谋划海菜产业发展。六是县里配优配强专班力量，统筹各部门，尽快推进各项工作，同时也充分发挥生态治理过程中政府掌握和主导优质水域的优势，依托交大保鲜贮藏技术，做好产业发展的战略规划。

工作启动起来了。宣传小片开工了，申报基地的材料组织得也差不多了，试流通价格确定了，已经开始发货了。州领导也关注到了洱源海菜产业新的进展，专门叮嘱县领导在规划上稳扎稳打，在工作上小步快跑。

孔老师很高兴，我也很高兴。老爷子不闲住，又与岳老师张罗起了海菜保鲜的进一步研究了。专业的事情我不在行，需要我做的我尽全力。

有志者事竟成。

海菜入沪，座谈交流

# 我回家了，谢谢大家

我在洱源的服务时间是两年，2021 年 8 月 16 日来的，科学计数法的话应该是 2023 年 8 月 15 日期满。有点想回家了，也略有点留恋。学校临近开学，各项工作都动起来了，接任我和小熊的下一任同事也安排得差不多了，我们就稍有点着急地安心等待。小熊已经明确回学校后调任校团委副书记，人还没有回去，工作已经砸过来了，这一阵子好几天晚上视频会议开到半夜，于是他比我着急。

我假装很淡定，其实也还算淡定。有这一点时间也挺好的，有啥工作我还能够出点力就出点力，偶尔也回头看看，脑子里放放电影，两年的片段，人和事，事和人，很快很快。今年全党深入开展学习贯彻习近平新时代中国特色社会主义思想主题教育，交大是第一批次，8 月底各二级单位要举行主题教育专题民主生活会，我也要回去参加。发展联络处班子成员的民主生活会定在 8 月 31 日，提前两三日我先回了趟上海。

听说我回上海了，县里有同事以为我撤退了，好几位打电话问我是不是走了。我说怎么可能，咋也不能悄悄开溜，只是回去参加会议，再办点事情，过几天就回来的。

主题教育，我一直跟着学校的部署和部门的安排在落实，大家对我帮助很大，民主生活会开得也很顺利，批评和自我批评，学习教育和事业发展结合，很实在。对我个人而言，接下来回到学校工作后，加强学习，提升能力，做好本职工作的同时，如何在学校和本部门教育事业发展过程中找到比较合适的结合点，能够继续为洱源或者为国家乡村振兴战略做点力所能及的事情，正是这次主题教育中个人很重要的一个思考和未来长远的实践。

回来这几日，向学校组织部的领导和老师递交挂职锻炼鉴定表和两年的考核材料。洱源的领导和同事很支持、很认可，也很关心我，2021年和2022年两年我都获得了考核优秀。一并向组织部领导和老师汇报的还有两年来的工作总结，也希望能给后来的同志一点小小的参考。组织部的老师告诉我，已经在排期送新的同志去洱源，交接工作，也把我和小熊接回来。

在洱源这两年，起先是想自己做一点文字的记录，后来孔老师鼓励我要坚持写下去，师友们知道了也鼓励我，于是攒下来50万字。一年前很好的缘分与交大出版社的李阳老师对接上，那时候刚刚写完第一年的人和事。李老师很有兴趣，书稿拿回出版社，选题会一下子就通过了，并且从时间和字数角度考虑，希望按年份来出，先出之一，再出之二。

是好事，也有些压力，于是第二年的晚上和周末，继续写我的第二年，同步修订第一年的书稿。熬到5月底时，之一将将算成，接下来就是出版社老师们做审稿编辑工作了。李老师一直问我啥时候期满回来，社里加紧进度，争取在我回来之前搞定第一本的出版。也就是在这两日里,李老师告诉我,《洱源这两年(之一)》的书稿已经终审完毕,送印刷厂了,很快就要新鲜出炉了,到时候会送我一些。特别感谢。

组织部的老师联系我,交接的时间确定了,9月10日到洱源,安排人员和工作交接,11日接我们回上海。时间安排与我的预判基本符合,我订了6日的航班回云南,正好留了几天,把宿舍和办公室整理一下,给后面的同志一个干干净净的环境,再和洱源同事们打个招呼,有始有终。

临行前一天,书寄到了学校,揣上几十本,我出发了。

这次返沪前把交大洱源基地的制度性安排落实了,句号基本就画圆满了。特别感谢睿远佳雨秘书长,8月23日打个飞的过来,专程来帮助我们做基地验收和启用的安排。中午赶到洱源,下午仔仔细细做前后对照和验收工作,晚上就住在基地宿舍了,切实检验一下设备设施。我们一直盯着的项目,心里有底,热烈欢迎。8月上旬我在基地住了2周,孔老师还来住过1晚,新一届研支团的同学已经住了小1个月了,该磨合该改进的小地方也一直在优化。

佳雨说,很好,放心了。趁着佳雨来,还有一件事情请她再支持,就是主持基地的启用仪式。佳雨欣然同意,并表示居然还打了这么个小埋伏。我的想法是,我们的规模虽然不太大,但我们的计划和规划还是瞄准长远的,这件事情是真心实意踏踏实实长长久久的,现在又是交大和睿远共同的事情,启用仪式还是必须有的。说是仪式,形式简朴,心意隆重,也不兴师动众,乡村振兴局、支教团老师和村里的同志参加和见证。议程也很简单,主要的目的是通过启用仪式这么一个活动,把基地接下来的制度性安排落实好。

我简单介绍了一下基地的来龙去脉和建设过程。吴佳雨回顾了睿远与交大的友好往来,介绍了睿远在乡村振兴领域的工作,希望以支持上海交通大学乡村振兴洱源基地建设运行为契机，双方进一步加强交流与合作，协调和整合各方资源，共同为上海交通大学教育事业发展和洱源乡村振兴工作贡献力量。

上海交通大学乡村振兴洱源基地正式启用

涉及的制度性安排是三项。

一是吴佳雨介绍了上海睿远公益基金会与上海交通大学教育发展基金会关于设立上海交通大学乡村振兴洱源基地管理委员会的基本情况、人员构成、职责职能，以及运行管理办法等。这是睿远支持我们基地建设时提的三个要求中的最后一个。第一个要求是基地的时限不能短，否则大家的投入不能对交大在洱源的乡村振兴工作形成较为长久的支撑。第二个要求是睿远可以支持，也可以成为主要支持方，也可以成为持续支持方，但这件事情本质上是交大的事情，睿远愿意倾力相助，学校也要共同投入，多少都可以，大家是共同体。第三个要求是对我提的，挂职期满，人可以走，茶不能凉，不管回去之后我在哪个岗位工作，总是在交大的，交大洱源基地不能不管，要支持和协调到底。三个要求合情合理，我们都认真和慎重考虑过，前两个要求早已落实，这次是落实第三个。

二是发布了上海交通大学乡村振兴洱源基地运行管理办法。这个办法是请小熊起草的，我们一起又过了好几遍，参考了学校校园管理的有关规则和规定，结合了县里村里的实际情况，方方面面还是考虑到了的。运行管理总还是要有个依据，情况可能会发生变化，我们就再继续优化。

三是我代表上海交通大学乡村振兴洱源基地管理委员会与丰源村委会党总支书记杨玄签订日常管理委托协议书。这是很好的一个安排，解决经费、人员、管理内容、权责分工的若干细节，大家协作起来有章可循，有据可依。交情好加制度好，才是真的好。

这件事办完了，心里特别踏实。这次从上海回到洱源，其实也没有太多事情。洱源的同事们知道我快期满了，也很关照我，尽量少给我安排工作和会议，留给我多一点的时间收拾自己的东西。我也拎得清，该做的工作还是要做的，最后一班岗不要给交大坍台。

9月8日，星期五，特别感恩和铭记。这一天下午有会，会后，已是傍晚，谭利强书记和万鹏县长把我留下来，很正式地送给我一份礼物——洱源县荣誉市民。之前领导和同事们与我提过此事，我也有点心理准备，但接到证书的那一刻，心里特别温暖。人生苦短，此行不虚。领导们说，你可是我们洱源第一位荣誉市民，工作上不谈，常来总是应该的。我觉得的确是应该。

我带去的书，很快派得七七八八了。大家说很喜欢，我也心里门清，不是说书有多精彩，更多可能是因为记录着的是身边人身边事，很亲切。出版社的李老师给我派了个活，让我在洱源无论如何要做一个新书首发式。我扒拉了一下手头存货,就剩一包了,也就十来本,这咋做首发呢?我找乡村振兴局赵泽标局长商量了一下,说有这么个事,就这么点书,能行吗?标哥说,咋不行呢,就算你走之前给大家送本书总是可以的吧,书不多就范围小一点,也算大家送送你。标哥说,你带书来就行了,有几本算几本,其他就不用管了。

9月9日,我们做了个简朴的座谈交流,还打了个横幅标语,《洱源这两年》新书发布暨座谈会。座谈会开成了夸夸群,我有点汗颜。这天是周六,打扰了大家的休息,很不好意思。来的同事说没事,得本书划得来。

9月10日,组织部邓瑛老师和刘环老师送新一批挂职同志来洱源了。学校后勤保障中心许勇副主任挂任副县长,学生处学生就业服务和职业发展中心呆光伟副主任挂任茈碧湖镇副镇长和丰源村驻村第一书记。提前我把宿舍都打扫好了,还是蛮整洁的。小熊腾空宿舍的任务不重,因为新的第一书记的住所鸟枪换炮了,要住到基地里去,就在村委会对面20米,很方便,协调基地日常以及照应支教团老师们的活也一并承担了,多赢。

前几日在上海的时候,大家就洱源的工作做了互动,在洱源时就着实地情况又说一说,我和小熊就彻底交班了。

11日在县里又看看情况,傍晚的航班回上海。和以前回来时间差不多,晚上9点多降落。差得有点多的是,以往虹桥是中点,这次虹桥是终点。

我回家了,谢谢大家!感恩知足,应如是住。找时间,我再来洱源看大家。

喜提"洱源县荣誉市民"证书

《洱源这两年(之一)》新书发布暨座谈会